U0947065

i
imaginist

想象另一种可能

理
想
国

imaginist

小花旦

王占黑 著

上海三联书店

目 录

小花旦

一

我攒了很多火车票。散在抽屉里看不出，叠起来竟有四五副扑克牌那么厚。这就对了，上大学起，我坐过很多趟绿皮火车，从上海南站出发，开往广州的、深圳的、海口的、昆明的，每一个方向我都坐过，每一条线路上售卖什么商品，牙膏、毛巾还是火车模型，乘务员的普通话带着哪种口音，我都知道，可我从来没到过这些地方。我总是第一站就下车了。

十二块五，是上海到我家的距离。如果人们坐铁路也像坐飞机一样计算里程的话，那么我的就不值一提了。一个钟头，去远方的人一碗泡面还没排队煮上，我就到了。我总想着，哪次能忍住不下车，一路坐到终点站，补完票出来，先给小花旦打个电话，喂，猜猜看，我在哪里了。

小花旦肯定会笑上一阵，细姑娘本事大啊，寻只茅坑，蹲下来摸摸看，屁股上是不是生满坐板疮了，讲完又笑一阵。

这是我和小花旦的约定。那时他一边往头上擦摩丝，一边讲，你要是敢坐到底么，我就出钱给你买三九皮炎平涂坐板疮，车钱也算我的。

口说无凭，我讲。

小花旦从挺括的夹克衫里掏出车票，每趟去上海，他必定挑一件派头大的穿，配一双擦亮的尖头皮鞋。又问我讨一支笔，在右上角写了999，一笔连到底下的名字。画完，继续打理自己的发型。他的刘海卷卷的，垂落几丝，余下则统统往后梳，左边的朝左后拢，右边的朝右后拢，撇出一个爱心形额头，金光锃亮。轰隆一声，火车到站了，小花旦朝前冲了冲，手上的摩丝擦了个花边球，四六开的头路也撞坏了，变成乡下的虫马路，一歪一扭的。

赤逼，火车开得来好比拖拉机，卵蛋都要震碎了，他骂。我们出了站，便去坐地铁，一路上他继续收作他的头。

并没有人说过，地铁站不只是等地铁的地方，它还有长长的过道，四通八达的出口。各式各样的店面围在其中，人们进进出出，随时都能停下来买点什么，吃点什么。这明明是个很有花头的商场呀。平时要进大厦才能买到的高级运动鞋，那时只与我们隔着一堵玻璃墙，它穿在模特的脚上，就像穿在路人的脚上一样寻常。我和小花旦走得很慢，与一个个模特或路人擦身而过，还是来不及看。

我问，这么多店，生意都做得出吗？

小花旦讲，怎么会做不出，有人开店么，总归会有人去。

那你讲，到底是先有人开店还是先有人要买呢。

小花旦顿住了，我们停在一家美珍香门口对望着。这个问题我老早就问过了。那时我还小，他还没下岗。老王在打麻将，叫小花旦带我去吃中饭。我们走在小区外面的马路上，我说，路上开了这么多小店，怎么不倒闭呢，每一爿都有人去吃吗。

小花旦说，肯定呀，有人开么，总归有人会去的。世界上有交交关关*人，人家在做啥，欢喜吃啥，你一个人是想不通的。

我没听懂。

他讲，好比你养一只鸡，就会得一窝蛋，你有蛋了，就能孵出小鸡来。

那你讲，到底是先有鸡还是先有蛋呢。

小花旦卡住了，在一爿面馆门口愣了很久。他朝里望了望，转而问我，想不想吃鳝丝面。于是我们叫了三碗，多一碗带回去给老王。

这次小花旦还是没答上来。他同美珍香的促销店员并排站着，听到人家喊试吃，上前戳了几片猪肉脯，又戳了两片给我。

还有吗？我觉得味道很好，不好意思自己去要。

怕个屁，免费的呀。小花旦握着用过的牙签，又去戳了好几片。店员却翻了个白眼，端着盘子走进去了。我们只好平分手上的，边走边吃。

---

* 交关：方言，很多。

小花旦突然讲，细姑娘，你看这个地铁站，像我们小区吗？

我吓了一跳。地下广场多高档啊，我们小区算什么。

小花旦指着麦当劳，这个么，就是毛头的臭豆腐摊。又指着便利店，这是闵珠杂货店。再过去是怪脚刀的棋牌室，阿宝的修鞋摊。他指着远处的游戏机，旁边坐着卖玩具的人，蛇皮袋铺了满地。还有贴膜的人摇着屁股底下的小板凳。被他这么一说，我倒真觉得像起来了。我们小区的房子，二楼才住人，底下都是车棚。如此一来，发大水了，也不至于叫家具浸烂在水里。十来平的地方，面朝马路，做做小生意正好，许多人家便把车棚租出去了。于是早饭铺啊，租书屋啊，剃头店啊，一爿爿老鼠打地洞似的开起来。整个小区像吊脚楼，地面上到处是小店，单元楼前后畅通，走来走去，闭着眼睛也能到。这些店有的白天开，有的在夜里，办了执照还是三无，搞不清。可什么店里有什么人，倒是固定的，绝没有哪一处冷冷清清。我问的问题，小花旦答不清楚的道理，兴许就在这里。

我们边走边看，给每一家店找到小区里对应的位置，车棚找完了，就去外面马路上的店找。馄饨对馄饨，小炒对小炒，服装店对缝纫摊。快到出口了，小花旦忽然大步朝前，跑到一家美发沙龙门口，三色灯管在身旁转个不停，映亮了他的夹克衫。

小花旦伸开双手向我介绍，你看，此地就是我的店面了，派头大不大。他身后响着吹风机和流行歌曲的混杂声音。

小花旦叫我帮他在店门口拍个照，我说这样不好。他讲，有啥不好的，快点拍一个。

迎宾小伙子用怪异的眼神盯着我们。我赶紧接过小花旦新买的诺基亚按了一记，人影很小，店面很大。他眯着眼看了一歇才讲，嗯，大归大，生意还不如我那好呀。这话说得梆梆响。

小花旦点开相册，往前翻几张给我看。照片里一个大大的油头，顶着“巧星美发屋”的红字招牌，上面露出一截楼上人家晾下来的短裤和胸罩。

我比了比两张照片，朝他望了一眼。不像，不像。

小花旦讲，没办法，人嘛，到了洋气的地方，肯定就要变来洋气一点。细姑娘，你慢慢也要洋气起来了。他提手抄了抄我的短头发。及耳，及额，及头颈，大人称之为游泳头，下水了也不会变形。背后看过去，男生女生是一样的。

我的游泳头从小就是小花旦剃的。小花旦是我们小区的剃头师傅之一。

二

我们小区虽小，理发店从来不会少。我读小学的时候，地面上竟同时开出了三家，哪一家都不缺生意做。东边便民理发店的阿姨戴一副酒瓶底子厚的眼镜，人们就叫她眼镜。眼镜的车棚因是自家的，价钿便宜，老年人去得多。

西边惠民理发店的阿姨年纪稍轻一点，但块头大，人们叫她阿胖。阿胖开店的头两年，整个人像发糕似的发开来了。可她替人刮胡子刮出了名气，去过的都说适意，吸引了一帮男客。还有一爿开在小区门口的香樟树底下，不叫理发店，叫作美发屋，就是小花旦的地盘了。巧星美发屋店面不大，客不多，谈山海经*的人倒是常来常往。路过不细看，只当是老年茶室。

眼镜和阿胖作为竞争对手，时常隔空传话，相互抹黑几句，眼红几句，小花旦却从没人同他吵过。一来，小花旦讲，好男不跟女斗，二来，小花旦讲，我同人家做的不是同一趟生意呀。

我说，那你同外头的美容店是一桩生意咯。我指的是对面马路一些粉红色的铁皮屋。日光灯管拿彩纸包起来，叫人看着昏沉，几个皮松肉散的外地女人躺在沙发上，或坐在店门口，大冬天也要露胸脯，露大腿，三伏天还要擦厚厚的白粉。她们也叫美容美发。小区里哪个男人路过多瞄几眼，就要被老婆骂了。我放学走过也偷偷看，总想着这店里冷冷清清，如何开得下去呢。后来想明白，也许做的是夜生意，我看不到罢了。

小花旦瞪大眼睛，朝水泥地板狠跺一记脚，细姑娘不要瞎讲哦！人家卖人肉包子的，同我有啥关系！下趟走路不要东看西看，当心自家绊一跤。他拿起给客人喷头发的

---

* 谈山海经：俚语，闲聊。

香水，先朝我脸上胡乱喷了几下，气味发冲。

小花旦的生意，同谁都不一样。他讲，五块十块的剃头生意，我不稀奇的。碰到老王这样的老相邻，旧同事，隔月去剃个头，不算数的。小花旦手脚快，三下五除二搞定，从没收过一分钱。巧星美发屋，专门做的是阿姨们的生意。小花旦讲，别说小区里，就是老远八只脚的老太太要烫头，要焗油，都情愿穿过大半个城来找我。

小花旦走的是一条龙服务。

老太太们要出客，要上台，想甩甩浪头了，早几个礼拜就要来巧星美发屋报到。小花旦先问好，穿什么，再定头型。人家若想不好怎么穿，索性全托给小花旦，一手包装。永红丝厂里跑了几十年销售，小花旦对穿着打扮颇有研究，真丝棉麻，料作款式，怎么显身形，怎么衬肤色，脑子里清楚得一塌糊涂。衣服还没做，小花旦上上下下一比画，一形容，老太太仿佛仙袍上身，头颈伸长，腰板笔挺，旁边的小姐妹齐齐叫好。然后小花旦再同人家细细讲，去哪里选料作，寻裁缝，不合身了找谁改合算。做这种事，小花旦本身就很来劲。老太太自然一百个放心，过几天，衣服乖乖拿来，排队等做头发，店里闹猛得不得了。

小花旦讲，人家给老人烫头，好比工厂流水线一样，烫一个，走一个，走出来都是一式一样的，有啥意思，人老了就不要寻开心了吗。小花旦就舍得花时间，给老人研究头型，好好烫，细细弄，走出去有样子，扎台型。久而久之，妇女队伍里传来传去，小花旦就做出了名堂。三五结伴而来的，从头到脚问一遍，一个烫，几个在边上看，蜜饯咬咬，闲话讲讲，也问几句自家等会要怎么弄。小花旦确确有这样真本事，一边干活，一边服侍看客，聊得人家开开心心，服服帖帖。

要论保养么，阿姐比我有经验呀，讲穿了，皮肤同钞票一样，多拿出来摸摸，就不会皱。

大家有缘做几十年小姐妹，为一桩事体吵相骂有啥好处？老来不比美，要比大方。

阿姨覅气，媳妇么，讲究一个以静制动。你不骂，人家也不会主动吵上来。一样的道理，你不下指标，人家反倒不好意思，屋里生活就做起来了。

老太太纷纷点头。她们讲，巧星这只换糖嘴巴，真真是甜的来。跑一趟巧星这搭，比寻个老娘舅还灵光。

巧星美发屋和保健品是一种道理，老年人里有口皆碑，正经人则视之为脓疮毒瘤。社区干部讲，人家东西两爿店虽说是小本生意，到底规规矩矩，有营业执照，有卫生许可的。你看看你这个地方，胡来。

进去检查，小花旦店里处处都是危险动作。电是从楼上接下来的，热水是煤球炉现烧的，烫头罩子万年不洗，各式药膏也没明确的来路，更不必说保质期。今朝用过了放进抽屉，下次再拿出来挤一点。小区每搞一次文明建设，巧星美容屋就面临一次严打。停停办办，实在撑不住了，有一天小花旦也搞了张营业执照，裱起来，挂在店门口叫大家来看，法人代表阮巧星，交关神气。谁晓得这个阮巧星仍是假的，是打给电线杆上的办证电话打来的。小花旦一边烧水，一边说给老太太听，两百大洋，给社区里买个放心。

小花旦讲，我做生意是做给客人的，又不是做给工商局的，要伊满意做啥。

老太太们听得有理，巧星美发屋便照开不误。她们不是不晓得安全问题，只怪小花旦的推销实在做得太好。人家店里贴了明星照，发型图，他这里专程有阮家阿婆做活体模特。

小花旦绝非每天都肯开店的，钓鱼要去，舞厅也要去的。他店门口贴着告示，一份令人羡慕的工作时间：下午12:30—5:30（星期四休息）。但实际操作从不按纸上来办。但凡营业的时候，起来做的第一个头就是阮家阿婆的。吹好弄好了，叫阿婆往店门口的树底下一坐，蒲扇一摇，人们就走过来看了。

哟，阮家阿婆，今朝漂亮来！

三

巧星美发屋门前有一株老樟树，是小区还没造的时候就长起的。

每到夏天，树上的知了脱过壳，一下就活络起来了。知了的脚明明抓在树上，耳朵却生在小花旦的店里。小花旦同客人呱啦呱啦讲话的时候，知了只听，不响。小花旦的吹风机一开，知了就跟着叫起来了。它们越叫越响，盖过吹风机的动静，盖过店里的讲话声，还带动起远处的知了。整个小区上空好像有一个巨大无形的吹风机在运转，到处荡着回响。等到小花旦的吹风机一关，知了晓得了，便识相地跟着停了下来。

有时若不识相，影响了小花旦谈生意，阮家阿婆就拿起手里的拐杖敲一敲香樟树，敲一敲，知了就不敢再叫了。

我讲，阿婆，知了是你养的啊。

阿婆胡乱点点头。她讲，虫么，不过是空叫叫，胡叫叫，吓一吓就好了。阿婆的耳朵不好，坐在树下从不觉得吵，可她仿佛也另有一副耳朵，时时刻刻按在墙上，听牢店里的客人是不是叫树上的客人抢去了风头。

她总是比小花旦更关心小花旦的生意。

阮家阿婆活着的时候，只要不下雨，常常搬一只骨牌凳坐在树底下，有时起身扫扫地，张望张望马路。阿婆若走来走去，就是走给人家看的。人家看到阿婆的头发挺括，心里便有数了，噢噢，小花旦今朝出来做生意喽。三个两个围上去摸一摸，感觉好，再进店里去问问。

阿婆一看到来生意，就高兴了，朝楼上大喊，阿星啊，客来喽。

阮家阿婆生得瘦小，皱皮躬背，一头白发却长而浓密。小花旦隔一阵学来了新发型，就先给姆妈做一个。网兜子罩住的，油光光贴着头皮的，盘起来的，蓬开来的，各有各美。有时也回归老法的麻花结，马尾辫。人家都讲，阿婆这张面孔，一看就晓得，年轻辰光不要太漂亮。

阿婆不自夸，她只夸小花旦，吾阿星手巧么，一只死老太婆，做出来也好看呀。

或是一并夸赞丈夫和儿子，阿星爸爸当年样子神气，吾阿星也神气的。阿星爸爸做事体细摸细想，全传给吾阿星了呀。

阮家阿婆平时话不多，一旦张了口，就是吾阿星，吾阿星。好像小花旦是个太阳，阿婆每天绕着他转似的。可实际上，丝厂的人都晓得，小花旦从小到大，无不是他围着阮家阿婆转的。

小花旦是阿婆的末子。

小花旦的大名，正是不识字的阮家阿婆取的。她讲当年自己预备同丈夫养十个小囡，当上光荣母亲，就能去天安门见毛主席了。丈夫进步，国家造卫星，他也想了个“造星计划”，要按太阳系十大行星（他以为）来取名，搞得有文化一点。水金地火木土，养到第七个，丈夫在睡梦中暴毙。阮家阿婆讲，我又不懂天文地理，只晓得光荣妈妈当不成了，日脚也度不下去了，管伊第七颗叫啥，索性就叫个星。于是阮巧星成了阮家七大行星之末，同六个兄姊围着姆妈转。

阮巧星虽是离得最远的一颗星，却跟得最紧，转得最快。

阮家阿婆当了一辈子的湖丝阿姐。她讲，好茧子泡在滚水里，要伸手进去，一边洗，一边剥。机器比不得人手，手抽的蚕丝不会断，出来的才算好货。我懂，这和做肉饼子，滚刀切的总比摇肉机摇出来的鲜，道理是一式一样的。

可是城里稍微有点关系的，谁会跑去做这种生活。两只手伸下去，再缩不回，木掉了呀。半天浸下来，十根指头肿得像胖大海一样。阿婆摊开手，缫丝工的手掌，到老来仍比平常人的厚很多。她讲，冬天蛮好，热烘烘的。倷就看，谁从来不生冻疮的，十有八九就是老阿姐了。到夏天公，真真下不去手。皮泡软，烫开，一抽就是一条口子，嘶一记，痛到心肝里。下了班，两只手通通红，好比木头砧板，上面全是印子呀。

我听了，吓得不敢回话。阿婆却讲，出好物什，肯定要吃苦的。

湖丝阿姐苦，阮家阿婆又是其中顶苦的。一人拉扯七子，三个上班，三个读书，还有一个背在身上，每天带到厂里来养。阿婆抽丝，小花旦在背上看抽丝。阿婆吃饭，先往背上的嘴巴塞几口。我插嘴，阿婆，你的背脊是背小囡背弯的吗。阿婆不回，只管讲，人家看不下去，就省一点给我们吃，空下来帮我领小囡。

阿婆又笑了，吾阿星真乖呀，不哭不闹，车间里人人待伊好。老话讲，遗腹子隔着肚皮听到姆妈哭，还没养出来就决心要待姆妈好了。吾阿星不单晓得肚皮里的苦，还晓得车间里的苦。三四岁已经端着搪瓷杯走来走去了。读了书，放学先到车间来。早班送饭，夜班来接，从来不肯同我分开的。人家讲，我好比养了个管家公呀。

一直跟到阮家阿婆退休，小花旦书不读了，顶职上岗，成了厂里唯一的男缫丝工。小花旦一上来，已经熟练得像一个老工人了。

男人做湖丝阿姐，到底上不了台面，下趟老婆也讨不好，阿婆讲，后来我托关系，叫吾阿星转到销售科去了。

阮家阿婆讲丝厂旧事，每每讲到小花旦转科室，就打住了。她说，一个人嘛，早前苦够了，老来就有的甜了。阿星爸爸生眼睛，晓得我命苦，派阿星来待我好。阿婆顶着时髦的头发，坐在店门口笑。

不讲了，不去想了。她摇起自己那双厚大的白手，上面泛起密密的黑斑，像摇一串熟透了的香蕉。

细姑娘大起来，要同阿星叔一样，待姆妈好，晓得吗。我点点头。只是阿婆口中的阿星叔，让人产生一种怪异的陌生感。我实在难以把孝子阿星和店里边剃头边陪客聊天的小花旦联系起来。照平常来看，阮家阿婆和小花旦并不多话。开店的时候，一个做头，一个看店。一个谈天，一个听听不响。关了店，一个出去白相，一个就待在楼上。小花旦钓了鱼回来，阿婆就烧鱼吃。小花旦跳完舞，空了两只手回来，阿婆出去买点挂面和熟食。怎么看都是阿婆在照顾小花旦。可是听大人讲，阮家阿婆自从守寡，到死没离开过小花旦。这些年她只跟着小花旦住，小花旦结婚，也是带上姆妈一道进的新房子。

我想来想去，还是名字的问题。阿星是阮家阿婆的阿星，小花旦是大家的小花旦。这是两个人。尤其在阿婆这里，她容不下第二种叫法。人家若讲小花旦怎么样，阿婆就要动气了。这个名字，阮家阿婆不喜欢听的。谁不识相，再讲，阿婆就要翻面孔，下逐客令了。

可是除了烫头的老太太称呼他巧星师傅，我们小孩子叫他剃头阿叔，小区里的大人都喊他小花旦，丝厂的人也是。这从来都不是一位耳朵不好的老太太能阻挡的事。

小花旦自己倒是不介意的。

四

小花旦这个绰号，早在缫丝车间就有了。并非喜欢唱戏，只怪生了一副太监喉咙。照理说，高大的人声音浑厚，小花旦却不是。他的声音细细尖尖，却不如小姑娘的软糯，反有一种中年妇女的锐利和响亮。激动的时候，语调一升高，像铜炉里烧开了水，涩涩的刺耳极了。动起气来，又变成木锯子拉在生锈的铁皮上，磨人心肝，好在这种时刻是少有的。小花旦更多的是放声说笑。他一开口，脏话不断，倷个赤逼，伊个赤逼的，同他的细喉咙很不般配。小时候我质问他，你怎么老是骂人。他却说，这怎么叫骂人呢，这叫口头语，懂吗。小花旦把所有不文明的词汇都称之为“口头语”。他聊起天来，一个句子里的口头语比主谓宾还多。

后来我知道了，厂里面人人都讲口头语，开心不开心都要讲的。上班了，口头语在车间里飞来飞去，下班了，口头语在小区里飞来飞去。上下班的马路上，口头语要更生脆些，才能互相听到。

小花旦，去寻死啊！

赤逼，迟到了要！

更可怕的是，小花旦在小学附近也离不开口头语。老王上夜班的时候，常常叫工友送我去读书。轮到小花旦，他送我到校门口，突然大声喊，细姑娘，进去先撒泡丝*噢！值班的高年级同学和老师都笑了。这份旧账我长大后跟他翻过不下一百遍。从此我同小花旦约好，送到校门口不准讲话。他仍坚持要对口型，细脚杆扒开，同校门外的栅栏重合在一起，两片薄嘴唇放慢了速度扭来扭去，像一个滑稽演员，故意要逗笑值班的同学。

小花旦长长的腿，长长的身体，连到长长的脖子，不知怎么生出一个短小扁平的头来，眉眼是细窄的，嘴巴狭长，像粘了几条被甩软的挂面。说起话来，眼皮上面，眉毛底下，都是微妙的小动作。好在他皮肤黑黄，鼻梁高挺，现在回想，小花旦四十岁以前，侧面还有一点模特的英气。

可他走起路来全无模特的利索生风，做贼似的半吊着

---

* 撒泡丝：方言，撒泡尿。

手，两只脚软绵绵的。小区里的人讲，说难听点，女人堆待久了，翘根兰花指剥茧子，总归有点阴阳怪气。

阮家阿婆必定深谙这个道理，才大费气力帮小花旦换了工种。然而人们早已叫惯了，小花旦去了新科室，或出厂跑外勤，还是小花旦。他自己并不反驳。

只有阮家阿婆从不满意，她讲，瘦长条子么，叫秀才不是蛮好，做啥要取个娘娘腔名字，吾阿星气力不要太大，身体不要太好噢。又说，巧星年轻的辰光，往蚕种库门底一走过，多多少少小姑娘盯牢看。伊是眼界高，一个看不上。

但她并不提起小花旦后面的一桩婚事。

小区里的人都晓得小花旦结过婚，却不知全。只见小花旦带姆妈去新房住了三年，又带姆妈悄悄搬回来了。人们估计，是婆媳之间出了问题。而后阮家阿婆要把房子专留给小花旦，六颗行星跑过来吵过多少次，总算拗断，留下两人清静度日。人们便一口咬定，若不是当初逼得小花旦离婚，阿婆何苦千方百计保他。至于小花旦的老婆是谁，在哪里，没人问过。

直到暑假的一天，做头发的队伍里来了一个新面孔。这位客人听说城东有个蛮好的烫头师傅，就跟过来看看。到了才发现，是老熟人了。小花旦特意找出茶叶罐头，拍拍围裙上的灰尘，客客气气喊了一声，姆妈。这不大不小的一声，把树底下的阮家阿婆引过来了，两个姆妈在巧星美发屋的招牌底下碰面了。

丈母娘讲，阿星啊，还没讨好老婆啊，光杆司令准备当过去看了。

小花旦笑笑不响，招呼客人们一一坐下，自己上楼去泡茶了。丈母娘在店里走来走去，冷箭频发。

天天蹲在这种地方，搞这种娘娘家生活，哪个女人看得上，笑死人了。

阮家阿婆的耳朵不好，可是她想听什么，总是能听到的。

她讲，有种人在外头胡来来瞎搞搞，覅讲二婚头，三婚头四婚头也是省力的。吾阿星家教好，做不出这种事体。

丈母娘跳起来了，倷宝贝阿星稍微争气点，玲玲会得逼出去吗。阮家门不要后代，我屋里也不要吗。

哟——要后代不要面孔喽。

好了，覅讲了。老客人想劝一句。

要面孔，哈哈哈哈，大家听听看，娘娘腔不来事，还讲得出要面孔。

丈母娘比阮家阿婆年纪轻，块头大，喉咙响，这么一笑，店里鸦雀无声，我看呆了。只剩小花旦踢踢踏踏冲下楼来，轻轻说了一句，好了好了，覅吵了。老底子没吵够，过掉十多年还要来寻气吗。

他扶阮家阿婆上楼休息，叫丈母娘在店里等一歇，马上就来。又关照我把茶分给客人。

丈母娘却讲，哼，等啥等，要晓得是伊开的店，我绝对不会来的。转而对着客人，当初看伊一表人才，好说好话，心想有点娘娘腔也不搭界。想不着是只软脚蟹，真真苦了玲玲，不好讲出去。丈母娘推开我的茶杯，像一只憋足气的青蛙，冲着楼上提高音量，我么，这辈子见都不想见到，还要叫伊来帮我做头发，真笑死人。

楼上传来一阵骂，老赤逼棺材，死远点，一只嘴巴吃糠不清不爽，乌龟外孙还不晓得啥地方落的种！

我从来不知道阮家阿婆的耳朵这么好，喉咙这么响。我也从来没听过，小花旦天天讲的口头语会从阿婆的嘴巴里一个一个跳出来。小花旦却像被抢了台词一样，并不开口。

一个在楼上骂，一个边走边骂，于是那天下午的生意全都跑光了。小花旦倒不动气，他下楼收拾，把没人喝的茶都喝了，还提前给我剃了头。剃完头他提议去游泳，我们就去了旧厂边上的水池。他看起来心情不坏，游了几圈，买了棒冰，语气也比平日里温柔了一些。甚至让我觉得，结了婚又离的人是两个姆妈，而不是小花旦和什么玲玲。

晚上回到饭桌，我问，软脚蟹是啥东西。

妈妈说，小囡问这种怪搭搭的问题做啥，吃饭。老王说，哎呀，不大巧，现在不是吃蟹的季节。

我就不问了。

五

印象中，阮家阿婆到死只吵过这么一次架，可是那次之后，小区里有些人看小花旦就不一样了。阿婆恢复到往日的温和，常常坐在树底下自说自话，哎呀，人生得好看么，就会叫人家讲闲话，阿星爸爸老早也被人家欺，后来同我结婚，不是照样很好嘛。我知道，阿婆是专程讲给那些走来走去的耳朵听的，寄希望于他们的嘴巴能在菜场里，麻将室，或回到自家的饭桌上，把这些话慢慢说开去。

小花旦仍旧不响。就像从不介意自己的绰号一样，他也不介意这桩被曝光的旧婚事。小花旦的口头语骂天骂地骂工厂，偏偏在这件事上从不使用。这也愈发让一些人坐实，问题出在小花旦身上。大家都相信，理亏的人才会沉默。

小花旦的客人渐渐少下来了。并非外头的风言风语影响了妇女队伍里的口碑，她们受过巧星师傅的恩惠，绝不说半句坏话。而是阿婆病了，严格地说，是阿婆老了。她生了七颗行星，末一颗都转了四十多圈，阿婆自己就转不动了，她的轨道上沾满了往事的灰尘，它们缠住她的手脚，要把她也变成灰烬。

直到小花旦每日驮着眼神呆滞的阮家阿婆进进出出，我才懂得那位反复出现在阿婆口中的阿星的存在。他把阿婆背下楼晒太阳，又背回楼上睡觉，在大树和美发屋之间的晾衣绳上撑开了尿湿的床单和绒裤，我想起阿婆说过的那个在充满水蒸气的地方，由大人背来背去的小婴孩，车间雾蒙蒙的，蚕丝白乎乎的，他的小眼睛看到什么了吗。

后来，阿婆转不动了。和徐爷爷一样，在这个小区里，任何老人的离去都是惊不起水花的小事。人老了，人死了，不是再正常不过了吗。走来走去的耳朵们，更愿意去关心谁家新降临了小生命，这关乎着一族的延续。至于将要垂落入土的家庭的枯枝，就由它去吧，谁没有那么一天呢。

然而没有延续的小花旦却很少开店了。楼上的灯也不常在夜里亮着。他睡觉了，他去钓鱼，还是去跳舞，阿婆走了，没人知道他的动向。我读寄宿学校，我也不知道了。只是一个月剃一次头的惯例还没变。我发了短消息，上楼从他家空置的奶箱里拿了钥匙，下来开店，然后回家喊老王过来，我们家的头，在我离开家之前，从来都是一起变长，一起变短的。

小花旦收到短消息，过一会儿就回来了。

赤逼，又一个月头过去了！他的细脚杆像两根高跷，从不知何处踩回来了。

这些事是近来才想起的。我在上海住了八年，地铁站走了无数回，早已不觉得地下广场像小区。香樟树，阮家阿婆，巧星美发屋，连同整个小区，都成了昨日的世界。

火车票里，年份久远的，字迹都褪去了，只剩下一片片浅蓝色，或者更早些，粉红色的纸。写着我名字的，叠起来有四五副扑克牌那么高，还有薄薄的一沓，是别人留下的。这时我才发现，头几年来上海找我最多的，不是家人，也不是中学好友，也许是这个叫阮巧星的人。他的身份证号码还模模糊糊地印在上面，1967，他和我一样，属山羊。

阮巧星，小花旦，小花旦，阮巧星。小花旦是老山羊，我是小山羊。可是这只老山羊从不喜欢蓄胡子，他的下巴总是亮光光的，和他的头发一样，精心打理过，如同公园里那些跳交谊舞的人。

老山羊同我去本地的人民公园玩，总是我先陪他看小树林里的人跳舞，然后他才答应请我去淘气堡玩。我又问那个奇怪的问题了，你说，人民公园里下棋也有，遛鸟也有，吃茶也有，为啥每个地方都不会缺人呢。

小花旦还是那个经典的回答，各人各欢喜，有人来白相么，就有人过去看呀。

那你为啥不去看下棋。

细姑娘，你看看下棋的人，啥样子。

我看了一眼坐在树墩上的老头子。

你看看跳舞的朋友，哪一个不是头面清爽，衣裳挺括。你再看看我。

我点点头。那你为啥不去跳舞，要同我一起白相。

你看我是啥。小花旦假装捋胡子。你是啥。

我们是老山羊和小山羊。小花旦教会了我这个道理，我却在很久以后才懂了物以类聚，人以群分这个成语。那个时候，他已经在上海的人民公园跳舞了。

六

和小花旦打赌坐板疮的那一年，是我离开家的头一年。家里忙，没人送，小花旦关了店，自愿陪我去了。

我们穿过长长的地下广场，坐上轻轨，换了公交，两个钟头后总算挨到了学校宿舍。我惊呆了，原来从上海的这一处到另一处，比从我们家到上海还远。好在一路上有的看，并不无聊，只是辛苦。小花旦拖着我的行李箱，夹克衫甩在肩上，汗出得快要融化他黑亮的油头。他把蛤蟆镜推到前额，在即将开口“赤逼，天热死人”之前，我先和他讲定，进了宿舍绝对不能讲口头语，绝对不能。

不要紧，这什么地方啦，大学呀，天南地北的人都有，人家又听不懂的。他讲，细姑娘，进去覅忘记先撒泡——我打断他，听不懂也不能说！小学校门口那种事，再也不能重演了。何况我早已不是喜欢憋尿的小朋友了。

不过很快的，就像服侍店里的老太太一样，小花旦趁我上厕所的工夫，已经和一楼的宿管阿姨攀谈上了。他并不说自己是谁，只管用一种假装客观的语气评点人家的打扮，暗暗戳中对方的心意。只听他说，这条裙子噢，面料服帖，也好，也不好。腰身稍微粗一点的人，穿上就不好看了。阿姨笑了。他转而又讲，美中不足是发根同烫过的颜色不搭，要补一补，两只手一摆弄，我就知道他又在习惯性地捞客人了。

我走过去，阿姨问，你女儿住几楼呀。我脱口而出，他不是我爸爸，是……我一下子不知道怎么介绍小花旦。他是老山羊？他和我爸爸下岗以前在同一爿厂？他家和我家在同一个小区？他是从小帮我剃头剃到大的……师傅？他给我买过几十个鸡蛋煎饼，上百只奶油棒冰？我突然发现一个很熟悉的人，如果没有血缘关系，是很难形容彼此之间的关系的。而这种无法形容的关系，我后来才发现，是很容易断掉的，无论是被时空扯远了，还是故意疏远了。

小花旦见我答不上，宿管阿姨又面露异色，就主动模仿上海口音，阿拉侄囡呀。我笑出声了，叔叔高瘦，侄女矮小，实在不像。小花旦却很入戏，在登记表上写了个“王巧星”，搬起我的箱子上楼去了。我们找到房间，小花旦为我整理各种东西，床单，被子，台灯，衣架，他好像在叔叔的角色里沉迷了，一边收作，一边像模像样地关照我，毛巾不要滴滴答答晾出去，茶杯每天洗干净才能喝，好像他自己的生活十分清洁似的。我听得极为专注，生怕他一不小心又蹦出几个口头语，叫我被人嘲笑。可是他很留心，小花旦一开国语腔，浑身透露出一股后妈的做作感，高声换低语，引得几位室友的妈妈都回过头来看。又不得不承认，小花旦做起后妈来，有条不紊，正如小区里人说的那样，女人家的味道十足。他细长的手指一遍一遍拧着擦桌子的毛巾，脱了尖头皮鞋爬上去帮我铺好床具。我感到很惊奇，一个熟悉的人面对另一个人，在不同的环境里竟然能表现出一个天一个地。对我来说，那个时刻，我的那位走在路上和熟面孔互甩口头语的小花旦朋友完全不见了。

各位妈妈整理完，陆续走了。小花旦作为男眷不能久待，他也下楼了。临走前关照了十几句日常起居的话。我真吃不准，是我妈教他说的，还是他自己想出来的。总之和我妈能想到的一样周全。我没心思弄明白，忙着和我的新朋友们去办饭卡，买二手脚踏车，然后相约食堂，每件事都新鲜而急迫。一回头，却发现小花旦还在楼下，他正和傍晚新调班的宿管阿姨攀谈。攀谈是小花旦的专用语，他总是说，不认得么，攀谈攀谈就认得了。攀的意思其实是拍马屁。小花旦一个劲地夸人家头发灵光，又讲究，又不显得刻意。他夸得很到位，确实，我所见到的大多数宿管阿姨都和我们小区里的妇女不一样，她们看起来像是刚从巧星美发屋里走出来的人，要去参加亲家的寿宴，或是老同学聚会。尽管她们只不过是来查房和收信的。而我们小区里的阿姨，烫得再挺括，第二天还是会变回鸡窝头。我和小花旦打了招呼，匆匆走过传达室，如同以往路过巧星美发屋，接着拐出小区一样自然。学校里天快黑了。我突然意识到，自己完全没有要带他一起去食堂的意思，而他也似乎并没有买好返程的车票。

我回头看，小花旦把夹克衫搭在肩上，朝我挥挥手。

我就走了。也许小花旦不仅仅是来帮忙送我开学的，他的心思大了，要和各式各样的人攀谈。他和我一样，想在小区之外的地方看一看，多停留一会。

七

小花旦在上海的时候，去过哪儿，我并不全知。有时他会发一张带照片的彩信给我，起初里面永远是一个地标性的建筑加一个叉腰的人，他从不买票进去，只在门口作八十年代风范的合影留念，两条细长的腿摆出一个工整的“八”字。彩信里不写字，我懂他的意思，这里很好玩，你也去一下。确实，几幅眼熟的背景，我在头半年的周末也一一去过了，只不过没舍得花钱发彩信给他看，可我却舍得花那些门票钱。唯一发过的，是一张中国馆的照片，因为小花旦一直没有去。后来世博会结束了，很多展馆随意开放，我一下收到了好几张小花旦的照片。大大的房子，小小的人。我懂他的意思，看，我也去过了。

后来，小花旦叉腰留念的地点变得陌生，或说普通了，有时是一个公园，有时是一个商场，它们可能会出现在这座城市的任何一个角落，我猜不出是哪里，我也不感兴趣了。年轻人总是这样喜新厌旧，我飞快接受了现代都市的一切并融入其中。小花旦并不是，老山羊年纪大了，消化时间比小山羊长久些。每次来学校找我，他必定要打开手机相册，一张张翻过去，这是什么，那是哪里，下趟预备做点啥。而我则不再细听，只顾着打开他的行李。

小花旦大概隔三四周来一趟学校。每次碰面，我妈会托他带些吃食和衣物给我，再叫他回来讲讲我的近况。要知道刚读书的半年，我就像个出了笼的小鸡，从没想过回家。大人上班忙，巧星美发屋可有可无，于是小花旦主动充当跑腿的，十二块五，说来就来了，通常乘的是周末趟的早班车。我刚起床打水，他已经在楼下和阿姨攀谈了，脚边堆着大包小包。一看便知，我妈又塞了些我早就不想穿的旧衣服。而小花旦呢，他好像从不担心自己的一身行头会过时，永远衣裳挺括，头路清爽，阴天晴天，蛤蟆镜架在前额。

细姑娘，长远不见！

我上大学之后，小花旦开始用大人的语言和我打招呼了，放在从前，见我经过巧星美发屋，他向来说的是，细姑娘，到啥地方去野啊？后来我想，也许是出于牢记我们关于不说口头语的约定，他要在阿姨面前格外表示出对我的文明礼貌。要知道，他停停歇歇跑过来，我们从不是长远不见的人。

我和小花旦长不长远，看我的头发就知道了。从小就是这样。头上鸡毛乱窜，不用家里大人关照，小花旦见我回来，就会捉我进他店里修理一下。走出来，又是一只清清爽爽的短毛小鸡。小花旦就像放自家刚洗完澡的宠物出去溜达一样，苦心叮咛，细姑娘，下趟自觉点过来！

小鸡去外地了，小花旦仍然任务在身。分享完他要分享的，关照好我妈要他关照的，小花旦还要完成常规动作，给我剃个头。游泳头剃起来很省力，洗不洗都无所谓。他带一把推子，我搬一个凳子，我们找块宿舍后面的空地，再披上一条围裙，就开始了。几条我从小所熟知的路线，从头颈一直往头顶走，从耳根一直往太阳穴走，像小区里定期会来的割草机，匀速而连贯地在耳边呼喊着前进，呲——呲——呲，留下坦荡的表面。再修一修刘海，刮一下汗毛，半包洋葱圈还没吃完，围裙已经取下来了。按小花旦的话来说，你这个头，老子眼乌珠闭紧也能剃出一式一样的来！却每次都要骂几句，头发生得这许快！又毛又兴，野狗草也比不过你！然后数落我的身高，头发生得快，个子倒上不去了，哪里像个大学生样子！

我要还嘴，可是剃头不能乱动，这是从小教过的事，只好干忍着。

剃完他又要苦心劝谏，人到了上海么，行头也要洋气起来，啥辰光肯变一下啦。

我说不要。心里却暗暗想着，如果我也有微卷的短发，或者大波浪的长发，不知道会是什么样子。可我又总害怕洋气到了我身上，会变得半人半马，不土不洋。

小花旦剃头手脚快，嘴巴也快，尖细喉咙一出来，宿舍楼里很多人都站到窗前看了。长头发的看两眼就走开了。几个外地的同学，和我一样留短发的，围着站了好久，终于派了个代表过来问话。

代表用北方口音说，师傅，绞头不。

小花旦愣了一下。

噢——绞呀，绞呀。来来来，三一五学雷锋，剃学生头不出钞票了哦。小花旦师傅反应过来，将围裙一抖，示意我走开，立刻邀请下一位客人入座了。

于是三四个长短不一的游泳头就站在草地上边看边等。小花旦和他们聊天，你家在哪里呀，今年几岁呀，学什么专业呀。小花旦和年轻人说话并不用原来那套攀谈法，而是换一副女亲眷的口气，细细过问，认真点头。最不正经，也无非是模仿一句对方的家乡话，引人发笑，还要问，标准吗，以博得三五寸的亲近。然后全身心投入我的叔叔这个角色中，打听大家的生活，关照大家好好相处，不要打相打——他想不出吵架用普通话怎么讲。我心想，这楼里住的又不是你店里的客人，哪来这么多口角。后来才发现我错了，不管什么年纪的人，聚到一起总会吵架的，幼儿园里，养老院里，吵架的理由总是比相安无事的多。等到不吵了，就分崩离析了。

小花旦给别的同学剃头要稍微慢一点，以示认真。剃完了，围裙利落一甩，引导人走到窗户前看个正面，再看个侧影。

窝心吗，窝心下趟再来！

我听呆了。这句经典的收尾词竟然被他从小区门口照搬到了我宿舍楼后面的草坪上。我突然发现，这也许是离开小城后为数不多的还留在我身边的东西。

游泳头，喜欢的书，睡觉要抱的熊，小花旦，以及小花旦的一部分。余下的，都没有随我来到上海。一切都是新的。

有了第一次学雷锋，就有第二、第三次，往后楼里几个人听到传达室有小花旦的声音，隔一会就往草地走过来了。他的生意一度拓展到隔壁几栋男生楼。毕竟寸头比游泳头更好剃。虽说省力，有时一开工就是半天，客流不断，小花旦的嘴巴也停不下来。老板拒不收钱，客气的同学就送一点家乡特产来。小花旦激动得不得了，话更多了。有时竟然同别人讲我小时候的事，我很生气。本来自己剃完就犹豫着要不要先走，这下挪不开脚了，天晓得我不在他会瞎说些什么。只好留下来当一路陪客。

小花旦很来劲，索性问我能不能去更闹猛的地方摆摊，反正不扒分*，不会被赶走的。

我讲，你不扒分，人家学校里的剃头店还要挣钱的，到时候你生意好了，人家倒要上门朝我寻仇来了。

小花旦只好继续打快闪。他多了一个来上海的由头，听大人说，小花旦那几趟出门前总对小区里的人大喊，走咯，去给名牌大学生剃头嘞！他得意极了，好像巧星美发屋在上海开了个分店似的。而我被指定为店里的接客小妹，负责提前一一通知各位回头客，以免有需要的朋友错过这个难得的机会。

那个冬天，小花旦的推子，剪刀，木梳，乱七八糟的喷雾，围裙，整日放在我书架的最上层，和床板顶在一起。同学过来借书见到了，也会顺口问一句，你叔叔什么时候来呀。大家都晓得我有个剃头阿叔。有时夜里翻身动静大了，某样东西就会咣当一声掉下来，抖落些细碎的头发在桌面上，还得爬下来收拾。我很纳闷，小花旦的吃饭工具都交

---

* 扒分：方言，赚钱。

待在此了，小区里的店还要开吗，老阿姨生意不要做了吗。

我甚至做过一个可怕的梦。小花旦在给老客人做头，白发一簇一簇剪下来，掉在地上却是噼噼啪啪地响，踩上去像瓜子壳一样，又脆又硬。再回头，后排几个熟悉的女人面孔，正围坐着边聊天边吃白头发，嘴里发出唆粉丝的声音。

后来我讲给小花旦听，他站在宿舍后面的草地上，笑得死去活来，腰都快折断了。好不容易缓过来，他说，细姑娘，你晓得吗，年轻人嘴巴挑，到了老太婆嘴里，吃头发同吃瓜子是一样味道的呀。说着自己又笑起来，并不提店里的生意。我想他的客人要是知道了，恐怕气得再也不会来了。

再后来，有同学过来借书，发现剃头物什不见了，就问，你叔叔很久没来了呀。

我说，他不来了，回家做大生意去了。

八

若不是我的缘故，小花旦的生意也许会在宿舍后面的草地上长久地做下去。可是他带我去了那个奇怪的地方，我就再也不要他来剃头了。

一月是我的生日。小花旦不知从谁那里听说我有个很要好的男同学，千方百计要帮我促成约会。他不给我剃头，反叫我留长一点，到时候改个样子，变漂亮点。我坚决不肯。小花旦的本事我有数，做惯了老阿姨生意，他给所有人烫头都会烫出老阿姨的风采。我绝不想把自己送去巧星美发屋那只脏罩子底下蒸两个钟头，端出一个又香又臭的钢丝球来。那种小孩面孔戴一顶假发套的滑稽感，几乎就在眼前。为难的是，我更舍不得花钱到外面的美发店去，只好一路拖延，头发越来越长。

直到小花旦再怂恿我，我冲他喊，我不想叫你弄呀，你弄得太老气了！

小花旦沉默了一会，他不生气，好像承认自己手艺老气似的，转而安慰我，细姑娘，我又没叫你回家弄咯，我们在上海弄，洋气一点，好吗。

小花旦伸手去掏皮夹克，我以为他要给我钱，结果是在翻手机，他讲，这种事情么，要找熟人呀。我不懂经，人家懂呀。

于是小花旦带我去了一个我从来没去过的叫定海桥的地方。它比学校更偏僻，这地方一点都不像上海，电视里没有这样的上海，世博会海报里也没有。

那天下着雨，有些阴冷。我们坐了很久的公交，最后在一条狭窄的旧马路下了车。街上除了全国各地的小吃，什么商店都没有，小吃摊又因为天气而各自收进了。两边的矮棚棚掉落着檐头水，敲打在支起帐篷的石砖上，大大小小的盆罐张着脸迎向顶上密集的漏缝。风一起，雨水依旧能打湿关不拢的香烟玻璃板，手推车上的毛笔字菜单，还有靠墙竖立的折叠餐桌。我们走过一条卖水产的小马路，腥臭飘满前后，装着鱼虾贝壳的水缸，浴盆和塑料板侵占了大半的过道，脚底下不是泡沫，就是闪着彩虹的油光。生意受阻的人们自顾自关起门来吃饭，打牌，说闲话。马路像一条小溪缓缓流向各条支弄，流出不大不小的声响。

我们就在其中穿来穿去，绕过几个看上去差不多的公共厕所和出来倒马桶的睡衣阿姨，在一个三岔口拐进那条弄堂。我有些眼花，如果不是墙上的残留的海宝贴图，我大概会以为自己回到了从前放学必经的那个有美容店的地方。而小花旦看来是很熟悉这里了，就像熟悉我们小区一样。他快步走在前面，雨声大得我们无法说上半句话，我只好心虚地追随着他伞底下两条微湿的细脚杆，它们掀起的泥水不时淋溅到我的裤子上。

终于收了伞，小花旦引我进一栋稍许高些的、没有招牌的房子。鞋都湿完了，我有一种想回学校的冲动。

越走进去，室内的音乐显得愈发清晰，脚步声也密集起来了。黑暗中挂着一个闪动的迪厅灯光球，底下是年轻的面孔，各种发色，各种方言。小花旦叫我站着别动，他钻进人群，从里面带出一个年轻的男人。小花旦说，细姑娘，这是小彭。比我洋气多啦，懂门道。叫小彭来弄，肯定没问题。

还没从舞池缓过神的小彭说了几句被周围杂声淹没的自我介绍，我隐约听出了四川话的气味。他的刘海遮住了半只眼睛。

我不知道怎么回应。也许小彭已经知道我了，一个想变好看又没钱又不要剃头阿叔帮忙的小姑娘。他带我们走出房子，周围的人好像都认识小花旦，他们经过，喊他巧叔。我和巧叔、小彭拐进另一条弄堂，几番逶迤，已经身处另一个有点像巧星美发屋的房间了。潮湿，杂乱，周围因为雨天而显得昏沉。沙发上散落着一些衣服，我隐约觉得那是小花旦的。

那是一个比此前的噩梦还恐怖的下午。我不明白小花旦为什么要把我交到一个陌生的小彭——也许是小鹏——的手里。小花旦一定也感受到我的紧张了，他宽慰我，不要紧的，有我在，怕啥呀。还让我和小彭讲，想要什么样的发型，直接说。我哪里开得了口。小彭问了一些，我不记得自己答了没有。

我们洗了头，涂了一些药膏，然后僵硬地坐下来。陌生质感的围裙把我牢牢压制在皮椅中，我感觉自己倒不如店里的老阿姨，她们至少可以热烈地讲话嗑瓜子，我却什么都不敢，只听到自己的头发咔嚓咔嚓被剪下来，闻到一些温热又刺鼻的气味。房间太暗了，我看不清镜子，也看不清沙发上的小花旦。我终于还是不可避免地戴上了那个半透明的头罩。和我预想的差不多，那里面闷热，叫人晕眩，就像过年前的公共澡堂。多年后我才发现，与它的窒息感更为接近的，竟然是上午八点半的地铁一号线。

结果是可想而知的。我就像墙上贴着的很夸张的非主流青少年一样，变成了一个看起来丝毫不是我的人。小花旦对小彭说，蛮好，蛮好。

可他一定也感觉到情况不妙了，匆匆和小彭打过声招呼，拉着我走出去了。雨停，天色亮起来，他看着我，面色十分尴尬，小声说，过几天，过几天长长就好了，头发么，总归要慢慢顺起来的。这话太耳熟了，从前在他和老阿姨的对话里，我听过多少遍呢，大约就是我所见证过的生意的总数减去听过的另一句“窝心吗，窝心下趟再来”，所剩下的时候了。

小花旦要请我吃饭，他说附近有一家定海炸猪排很好吃。我推说晚上有课，压着伞冲回去了。

那一路是怎么回去的，回去之后有多少同学带着惊讶或忍笑的语气向我打招呼，由于过分恐怖而全部忘却了。只记得我没去上课，守着浴室开门就冲，拼命洗头吹头，却怎么也弄不回去。小彭的手艺，比我想象中的小花旦的手艺更糟糕，更顽固。好心的本地室友问我发生了什么。听我说到定海桥时，她的梅花色指甲油都涂歪了。

你去那么偏的地方做什么！那里很乱的，都是外地人呀。这种事情，怎么不找你叔叔呢？

我解释不清，那个房间所带来的压抑和阴影还没消散，小花旦成了除口头语大王和做作后妈之外的第三个角色，一个我不明白的人。

我第一次主动给小花旦发了短消息，下趟你别来了。然后把书架上的工具都收了起来，扔进放鞋的抽屉。

第二天我拿着几乎半月的生活费，跟着室友去理发了。

那里的店不叫店，叫沙龙。也不开在马路上，而是商场的顶层，紧挨着在玻璃橱窗内跑步的人群。洗头和剃头的小哥是分开的。我再也不用靠热水瓶里的水来冲洗泡沫了。一个小时，长胡子的理发师和室友聊着天，把卷过的和染过的痕迹差不多去除了。定海桥的迷乱终于离开了我，可我还是认不清我自己。

后来头发长到脖子了，贴着耳朵和下巴，我看起来竟然有点像小姑娘了。生日到了，和要好的男同学出去玩，他说，听人讲你换了很夸张的发型，我做了好久心理准备呢，这样很好呀，很可爱。他摸摸我的头发，于是我开始了第一次恋爱。带着这个被解构，被重构，又自然生长的自己的头，渐渐地，走在学校里，坐在图书馆，有人会给我递小纸条。这是很不可思议的事，小花旦给我剃了十几年的头，我当了十几年的学生，从来没有人这样说过。我想不明白，只好把问题归结于我那个模糊性别的头，现在，我把它抛下了。

同时也把小花旦抛下了。

然而小花旦并不抛下我，那天他照例发了彩信，是在麦当劳的窗外拍了别人的生日气球。他还是没打字，我懂他的意思，细姑娘，又大一岁啦。他没忘记，他没忘记。

九

读大学的头一个寒假，我终于回家了。家里和从前没有一丝一毫的变化。也许在这个收藏了你全部的过去，又难以随着你前行的空间，别说三四个月，即便是三四年不回，一旦进入旧地，它也能在一瞬间把你拉回无比熟悉的气氛与情境中，变回原来的那个人。比方说当我听到楼上楼下照旧为了浇花而饭前一吵，爸妈照旧因为家庭开支而争嘴，而我默不作声地待在房间里假装看书时，我清楚地意识到，自己仍是那个一无用处的游泳头。如果这时我走出去，说个理，大人会说，小孩瞎管啥！走开！

小花旦也还是原来的样子。小花旦回到小区里，仍然是那个在妇女队伍里出了名的嘴里灌了蜜糖的烫头师傅。

年底了，巧星美发屋里闹猛得很。一个老阿姨静候小花旦打理拨弄，三四个阿姨坐在后排细细观赏，诺基亚铃声不时响起，新生意又来了。门敞开，招牌歪斜，大树底下晾着几块湿答答的洗头毛巾，那只阮家阿婆坐过几十年的骨牌凳还在旁边，只是上面坐了另一位常住小区的阿婆，或许她也是当年的湖丝阿姐之一。这个位子不好坐，人们从不敢乱坐。常坐的老人，没有谁能熬得到来年开春。而敢于上去的，多半也知道自己日脚不长了。这一位，恐怕也是铁了心的。天越来越冷，她的眼神愈发邈远，而店里的生意愈发兴旺。这些熟悉的场景叫我感到安定，又莫名袭来一阵心慌。那两个从舞厅灯光球底下钻出来的男人，时不时地浮现在我眼前。

我和小花旦快一个月没见了。我的头发第一次斗胆冲出了他的管辖范围，却没有惨遭他的训斥。路过店门口，小花旦朝我眨了眨眼睛，细姑娘，样子好来！大家看呀，上海回来的就是不一样。他好像完全忘了那天从定海桥落荒而逃的我，头上是什么样子。

老阿姨们一齐转过脸来。我走进去，踩着软绵绵的头发丛，把那包弃置已久的工具放到他桌上。

早晓得你有好几副吃饭家生，我就直接扔掉了。我好像还很记仇似的，讲话硬邦邦。

哪好扔掉呢，那副是配给二十岁美女用的，这副么，我是专门给十八岁美女用的呀。此话一出，店里的十八岁美女们都啧啧啧发出了哄笑。我知道，小花旦又戳中她们心怀了。她们的心荡漾的时候，身体也会跟着前仰后伏起来，像一排种在河边的柳树，重心不稳，风一吹就扭啊，扭啊。而小花旦坐在岸边树下钓鱼，从来不为所动。他只关心他的鱼。

腊月里的巧星美发屋日日开张，高朋满座。人家都讲，剃头匠一年就靠两趟黄金生意，一趟在腊月里，一趟在二月里。这和浴室老板的生意经是一样的。靠近年关，每个人都要从头到脚弄得清清爽爽，好像除夕一过，好坏清零，大家又是全新的自己了。年复一年，小区里每个人都这样想，阮家阿婆也这样说过。

她讲，我一觉醒过来，吾阿星又大一岁啦，享清福辰光又近一点啦，多少开心。于是她撑过了一年又一年。

可是正月一过，人们发现隔年的坏事并没有停止堆积，就像持续长长的头发一样，越来越密，越来越乱，于是大家又急着来剃掉烦恼丝了。

唯有正月不剃头，正月成了剃头匠的白相日脚。巧星美发屋大门紧闭。小区里另外两家呢，眼镜早就搬走了，阿胖的店还开着，她说刮脸生意不分日脚都可以做，别的女人却说她掉进铜钿窟窿出不来了，也有人说她勾引男人成瘾，一年到头还不肯松手。剩下的小花旦师傅，人们从不晓得他去了哪，也不挂心他的归期，一来他毕竟是神龙尾巴，二来，开春的生意，任谁都不会错过。可是谁也没想到，我也没有，巧星美发屋居然同店门口的老太婆一样，还没熬到开春，就永远停在了辛卯年的正月里。

没有社区改造，也没有工商局查岗，而是阮家阿婆生下的六颗行星不让他做了。

六颗星忍了几年，不能忍了。他们找来律师，说阮家阿婆的遗嘱没经过正规的公证，是立不住脚的。照理，这套房还得交给七颗星平分，绝不可由小花旦独占，哪怕他是唯一一颗没有卫星环绕的孤星。

小年夜，老五阮巧木跨过大半座城，站在店门口讲给大家听，巧星不要老婆，我儿子还等着出钱讨老婆呢。

可是不到六十平的两室一厅，在这样的小城，卖了又能分到多少呢。老大阮巧水就说，巧星想住，不是不可以，要么出钞票买下来，要么交房租，楼上和楼下都要交，当作补贴。

小花旦两样都不肯，没几天，六颗星就派人把他踢出轨道了。

这是一桩相当省力的事情。年初五迎财神，小花旦放过零点的鞭炮，自管作夜游神去了。天未亮，路灯也还没暗下去，楼上已经悄悄地换了锁。车棚全数被清空，那个多年前用红油漆手写的巧星美发屋的招牌也摘了下来，拗成错误的两段，一半巧星美，一半发屋，像个被打成残废的人平躺在地上，身下粘满了血迹似的火红的炮仗屑。环卫工还没来清场，假营业执照的玻璃框碎了一地，楼道散发出一股烫头药膏的气味，那只脏到不透明的蒸头罩子就堆在杂物的最上面，底下也许藏着我刚还不久的剃头工具。这一夜，小花旦的地盘上，唯独树下的骨牌凳毫无变化。和死亡沾边的家生*，人们不敢触碰。

我路过的时候，六颗星早就走了。这天上午，小区里所有早起的鸟儿几乎都在大树底下集合了，没人敢坐下来。大家望望楼上，又望望楼下，不敢说话，干等着小花旦回来。我看到那块木头牌匾，想起九月里，我们在上海南站的地下广场，他拿给我对比的那张手机照片。油头，红字，顶上悬着人家晾出的短裤和胸罩。我心中仿佛有个人伸过一只粗暴的手，把照片撕碎了。

小花旦迟迟不来，早起的鸟儿便各自飞散开去了。我

---

* 家生：方言，工具。

走过去，把巧星美发屋捡起来，一手一片，像在机场迎接贵宾一样，站在小区门口，等牌子上的名字回来。初春的清晨，路上人影零落。小花旦吃着鲜肉大包，跨着两条细长的腿从雾里走来，整个人单薄得如同被三夹板压过一样。他看到我手里的牌子，却好像早就料到了似的，吊着细长喉咙说，细姑娘，下趟阿拉上海见啦！

小花旦什么也没带走。也许他有了照片，再无须什么身外之物了。我从他的遗产中捡了几样工具，连同那块招牌，一起藏进了自家的车棚里。

还有那只蒸头罩，原来当它被拆离机器的时候，单独戴上去是很美的，仿佛一个宇航员戴上他的吸氧头盔，就同时拥有了里外两个世界。小花旦摘下它，从此不在原来的世界。

十

小花旦去哪了，住什么地方，小区里没人知道，也不关心。人们感兴趣的是那套房子，会怎么分，会卖给谁，新来的住户是什么样的人，至于那些走了的，就像死去的一样，人们概不闻问。也许只有阿胖会对小花旦的离开产生一点反应，她很得意，谁笑到最后，谁笑得顶开心，被女人们指指戳戳十来年，阿胖终于做起了一家独大的剃头生意。

阮家阿婆的房子，在小区唯一一家中介店的黑板上挂了好久，名字惹人发笑——二〇二（含美发屋），好像小花旦的车棚不是车棚，只能做店面用的。人们走过看一眼，又看一眼，二〇二（含美发屋）从第一档划到第三档，划到最低档的时候，总算被擦掉了。

新房东说，六颗星的老大关照他，要以各种方式转达小区里的人，他们一旦联系到小花旦，就把七分之一的钞票还给他，也算手足情深，互不亏欠了。然而房东只采用了最僵硬的方式，他每认识一个新邻居，就迫不及待地讲起这件事。这反而引起大家的厌恶，他们说阮巧水太贪心，又要做坏事，又要当好人，不作兴。大家也不喜欢新房东。他姓赖，人们叫他赖屁股，因为他一同人聊天，就赖在人家门口不肯走了。而赖屁股说这些话的时候，拍拍胸脯，十分自豪，意思是，我这房子没什么纠纷，买来放心，住得舒坦。

可是他不晓得，有一件事，六颗星欺骗了他。他们告诉赖屁股，家中老人是死在医院里的。实际上，阿婆正是在赖屁股和他老婆每天躺着的大房间里，一个十分闷热的夜里，悄悄睡过去了。这才是房子长久卖不出去的原因。老话说，死人最喜欢去他死前最后一个地方白相。这话在小区的嘴巴之间传来传去，最终还是传到了赖屁股老婆的耳朵里。他们睡不着了。赖屁股扬言要找六颗星算账，甚至不惜打官司。

他对邻居讲，想骗人，骗人这么好骗的啊！

六颗星上门好几趟。最后的退路是，赖屁股收到一笔赔偿金，不再说话了。好像收了钱，就换了个叫人安心的房间似的。他很自豪，对大家讲，蛮好蛮好，楼下车棚白送我啦！

人们背地里说，赖屁股骗骗自家倒是省力。

那笔赔偿金，据赖屁股称，刚好是房钱的七分之一。

大概半年以后，我把这些讲给小花旦听，他对于小区里的烂污事体，总是能笑得死去活来。可那次他非但没笑，反而皱着眉，抿紧两片扁扁的嘴唇，对赖屁股表示出极大的同情。他说，这个老赖倒是蛮惨的，姆妈天天捉牢。

老赖，听起来好像赖屁股是他的要好熟人似的。

这有啥，无非自家吓自家。

真的呀，老早我在屋里困觉，姆妈常来寻我的。小花旦的脸上闪现出难得一见的正经，或许这个天大的秘密，他从没和人透露过。

可我作了大学生，是毫不相信这些的。我说，你讲讲看，梦到阿婆做啥了。

没啥，就是两个人一道吃吃饭，看看电视。姆妈洗衣裳，晾出去，再收进来，铺好被头，喊，阿星啊，好困觉了，同平常一式一样的。

戆 。这是因为你想阿婆了，不是伊来寻你。

小花旦立刻露出凶相，他变得很警惕，像一只被踩了尾巴的草狗，眼睛一拎，不是的！我小辰光，姆妈讲过的，上半夜梦着谁，是你想伊了，伊就过来。后半夜梦着谁，就是伊想你了，要来看看你。姆妈老早就专门在后半夜碰到爸爸。唉，走得太早的人，心里恨啊，只好常朝回来看看。讲到这，小花旦的脸色又衰暗下去。

好比我，搬到外头去了，还是会碰到姆妈，不用讲，肯定是伊想我呀。

我一时说不出话，做梦的道理，我听过不少，却从没有人这样解释过。

老赖就不一样了，肯定是心里虚，越怕，姆妈晓得了，就越要作上去。不相信你回去问问看，两个人是不是上半夜见的。

我才不会去问，这样的说法，赖屁股如果晓得了，恐怕更加寝食难安，要闹天闹地了。何况我对这话半信半疑，很快也就忘了。这个世界上的人死了，会去哪儿，会不会回来看看，大部分人是不会去细想的，我们没有这样的机会。一旦有了，就会像小花旦一样，长远地、笃信地想下去。

直到几年后，我总是梦到老王，梦到我坐在他的电瓶车后面，我们去菜场里买菜，到小区后门吃早饭，在巧星美发屋轮流剃头。然后就醒了。我终于又想起来小花旦说过的这番话，想起他当时一本正经的样子。我有点明白了，是老王想我了。先走的人在那边想着谁，就回来看看。小花旦的爸爸想阮家阿婆，阿婆想着小花旦，老王过去了，老王就想着我。他们在那边的生活大概有些寂寞，只好每天想一想，哭一哭，笑一笑，同这边的人一样。

小花旦告诉我这个道理的时候，我们正在闸北区的一爿小店里吃鳝丝面。那是他被赶出小区以后，我们头一次见面。而我快要升大二了。

前一天晚上我刚考完试，回到宿舍，收到小花旦的彩信。他已经很久没联系我了，我也没联系过他。小花旦离开之后，我开始学会两地生活。十二块五，说回就回了，和高中同学见面，去长辈家吃饭，听大人日常吵架，那半年，我渐渐适应周末通勤的节奏，尽管心里仍然更偏爱新地方的一切。巧或不巧，家中无须小花旦来跑腿了，我也找到了固定的理发店来维持自己的形状，那根曾经十分紧密的绳索，一下就被松开了。在小区里，我们走来走去，不过相隔五百米，而在上海，我无从想象小花旦流落在何处，何况每日新鲜的大学日常让我渐渐疏忽他，淡忘他。小山羊和老山羊，好像并没有谁缺不来谁。

久违的彩信，是一张小学生放学的照片。我懂他的意思，细姑娘，放假了吗。

我回他，明天放假。

明朝会，好伐。小花旦难得打字，打出来都是口语的味道。

哪里见?

哪里人在哪里见。

这是小花旦的暗语。第二天上午，我们在虹口区的嘉兴路碰头了。

十一

在小区以外的地方见面是一件很放松的事情，我和小花旦是小区里的两个人，却先后跳出了小区的围墙，现在我们说什么，做什么，不再收揽于小区人的眼皮底下，这是一种奇怪的自由。

而我们来到嘉兴路，这又是一种奇怪的亲切，好像重新回到小区里，站在自己的地盘上。所以当小花旦大笑着向我打招呼，细姑娘，长远不见！我丝毫没有感到被时间拉长的陌生。尽管他的样貌发生了一些变化，头发长了，人瘦了，打扮时髦一些，发亮的衬衫拴在紧身裤里面，底下配一双底很厚的球鞋，看上去脚杆更长，却并没有使他显得更后生。老山羊到了年纪，总归变老了。我冲向他，就像小时候冲向他手里的棒冰。

嘉兴路是一条又小又破的老马路，在上海这么多马路里，它恐怕是不值一提的。你问南京路，人人都晓得，你问嘉兴路，人家就要把问号甩还给你了，有这样一条路?

这就对了，一条马路和一座小城一样，在这么广阔的地方，不值一提。

可我们走在嘉兴路上的每一步都劲头十足。出于阳光，或出于它的名字，我比参观任何沪上景点都要兴奋。而小花旦来过很多趟了，他的眼睛望来望去，自然而坚定。什么地方平常会有些什么，一一讲给我听。我们仔细看每一爿店面，每一扇二楼窗户里探出来的衣服和拖把头，好像这一切都仅仅因为门牌而与两个路人产生了深邃的联系。如果说电视广告与海报中的上海是一类，这里（后来加上定海桥）是另一类的话，我情愿走在另一类中，它让人平心静气，借由自己的记忆仓库对陌生的事物投射出莫名的信任感。我们再一次玩起在上海南站的地下广场玩过的寻找对应游戏，闵珠的杂货店，阿宝的修鞋摊，老蔡的粮油米店，这里都有，连同马路外的一条河，也和长水塘取得了表面的一致，细缓，闪银光，有人在岸边淘米洗脸盆，唰——唰——唰。

支弄的拐角有一间剃头店，小花旦停了下来，他说，你猜是我的还是阿胖的。

我说，阿胖的。你还在困觉。

我们探头进去，我猜对了。一个女人正在给一个男人剃头，她手上的推子发出再熟悉不过的吡吡声，与天花板上的吊扇节奏类似。

小花旦说，气煞人啦，到处都是阿胖的市面。

不不不，你去钓鱼啦。我安慰他，目光转向河边，堤上有个鸭舌帽。他坐得很高，白线拉得老长，深深垂入水里，毫无动静。我们走上去，不说话。小花旦讲过，钓鱼等于在练功，不好打扰的。围观的人，望望天，望望树，望对岸的高房子，都可以。若看一眼水里，看一眼钓鱼的人，就要看坏了。人和鱼的对峙，哪一方都承受不起多余的分量。小花旦晓得我吵，从不肯带我去。

我们在鸭舌帽旁边站了一会，悄悄走了，就像从没来过一样。我问小花旦，钓鱼好白相在哪里呀，不许说话不许动，像个木头人一样。

好就好在，不用动嘴巴呀。

你不是顶欢喜讲闲话。

我哪里欢喜，讲话么，都是做戏。

什么不做戏。

钓鱼不动嘴巴，不做戏。跳舞也不做戏，懂吗。

我不懂，可我突然发现，小花旦并不适合小花旦这种唱戏的绰号。

那天阳光正好，梅雨过完，天气清爽起来。我们在嘉兴路上来来回回走了两遍，看奶箱，看报箱，看路边的盆栽，有老人或空着的藤椅子。中途我问小花旦，要不要帮你拍张照留念。

不要不要，自家门前有啥好留念的。

你不要我要的。我站到嘉兴路225号的米店门口，叫小花旦帮我按了一张照片。米店的招牌，和巧星美发屋一式一样，粗糙不平的白漆木板，上面是红油漆手写的两个大字，米店，笔势细软，挂起来有点歪斜。我的头也跟着歪斜了一下。

小花旦说，细姑娘，下趟我们就在这爿米店门口碰头。

我说好。米店外面有条长板凳，先到的人可以坐着等。

后来我在那条长凳上坐过好几趟，从没有碰到过小花旦。再后来，米店拆了。

小花旦说，走，我们到小区外头去白相相。于是我们走上吴淞路，穿过海宁路，又借道乍浦路和昆山路，去看苏州河。小花旦告诉我，过了河，对岸还有无锡路，宁波路。只是看上去近，走起来还要费点功夫。我们干巴巴望了一会，继续朝前走，终于转进了浙江路。小花旦不时拿出手机来拍，我不清楚他在拍什么，也跟着乱拍。我很后悔，当时为什么不拍一张他的照片，再不至于往后常常想不起他细长的身体上，到底生出了一个怎样的脑袋。也许我被新鲜的困惑包裹了，比如为什么海宁路看起来比浙江路还宽阔，比如我们明明游走在南方小城之间，怎么老会不小心撞上哈尔滨、山西、天津、四川这些遥远的地方。小花旦也不知道，他像在赶路一样，只说，快点跑，快点跑。这些并不影响我的心情。边走边看，我高兴得全然不觉得累，也全然忘了要问他，这半年住在哪里，做什么生活，过得怎么样。我就像丧失了对过去的知觉，只顾眼前的乐趣。

在浙江路桥上，小花旦说，他听人家讲，上海还有一条嘉善路。我们不愿错过，继续往前走，可这一路上，远方的地名愈发密集地出现了，嘉善路还是没影。直到在地铁站的露天标牌上，我发现嘉善路竟然在另一个方向。小花旦气极了，赤逼，上海人会不会取名字啊。嘉兴到嘉善，还没有嘉兴路到嘉善路远呢。他愤怒地拐进路边一爿小店，老板，两碗鳝丝面。

我太饿了，只顾着吃。坐下来，还是没问小花旦这半年的情况。

那天我们最终没能去成嘉善路。小花旦问了老板，老板讲，嘉善路啊，哈远，走过去一个多钟头嘞。正午过后，太阳毒辣得叫人吃不消，我们只好作罢，转而进西藏路，往人民广场的方向去了。这一路像是预演过的，小花旦消化掉嘉善路的遗憾，边走边介绍，对附近了如指掌。我问，到哪里去。

这个地方嘛，我们有，上海也有，全国都有的。

什么地方?

于是他带我去了人民公园，这个他最常去的地方。

十二

每座城市都有一个人民公园，如同每座城市都有一条中山路，一所光明小学和若干间便民理发店一样，它们是自己城市里的基本元素，就像人缺不来肝肺心脾肾一样。人民公园就是一个肺。所有人都可以走进来，在公园里畅快地呼气，吸气，把阳光和四季轮换的花的香味吞进去，吐出口香糖，塑料垃圾袋，狗粪和隔夜老痰。人民多的地方，人们的吞吐量大，人民公园就要相应地大。上海的人民公园，按小花旦的话讲，是全世界顶大的人民公园。

这么大的地方，小花旦却表现得熟门熟路。从花展，儿童乐园，到野餐和放风筝的大草地，哪块地上不干净，哪片人少好走，他都有数。小花旦的厚底球鞋在前面啪嗒啪嗒地响，隔几步，响声换作拉警报，当心脚底板！我就晓得腻腥的物什又要来了。而传说中的人民公园相亲角，小花旦头也不抬，带我远远地绕过了。我依稀看到站着的人托举牌子，向走过的人招呼着，女人多，男人少，像菜场，也像房产中介，只不过他们不卖货，卖的是人头。小花旦灵活地在冷清与热闹之间穿梭，中途逗留了一个吃茶的走廊，不知从何处取回自己的茶杯，又在另一个打牌的地方得了包香烟，我没留意是谁给的，公园大得我来不及看。一歇功夫，我们就走到了假山后面。朦胧的乐声袭来，角落里有一团密集的人头正在上上下下地轻微颤动，像是没风的时候，一簇簇平稳的火苗。

和定海桥不一样，这里的舞蹈舒缓一些，大概是交谊舞的某种，人们的面孔也更老，有人在跳，有人在学。没有迪斯科灯光球洒下的碎屑魅影，这里太阳照耀，每张脸上泛起大片小片的炽烈的亮斑，更显得头路清爽，油光满面，正是小花旦从前和我说过的，跳舞的人该有的样子。而树荫下的脸则为树叶的影子所遮挡，透露出一种毫不黏腻的快乐感。夏天的颜色是鲜亮的，人们穿得再红再绿也绝不显得笨重，反有一种适时的轻盈。即便是女人的花裙子，花头巾和图案繁复的紧身裤，也是分明的，好看的。

音乐停滞，几秒后换成稍轻快些的舞曲，火苗就像起了风，忽然间参差不齐地蹿动起来。花衣花裤忽飘忽停，酿成更多的花，晃了眼睛。我走近看，花丛中以男人居多。

再看，发现穿紧身裤和裙子的，好像也是男人。

小花旦带我走入其中，火苗们胡乱跃动着同他打招呼，他们喊他阿巧。在小区里，我从没听过谁这样称呼他，可是没错，一连几个走过来的人都喊，阿巧啊，阿巧。阿巧则回以对方的昵称。一个用红头巾蒙住眼睛的男人跳到我们身边，他停下，阿巧来了啊！结果抓到的是我。他摘下头巾，一双大小眼蹬着我。没办法，放在剃游泳头的过去，我或许能浑水摸鱼，可那时候不行了，及肩短发，细长的脖颈，我是个实打实的小姑娘，人群中唯一的女性。

小花旦对红头巾说，阿拉侄囡，名牌大学读书的。

红头巾转而笑了，频频点头，结棍*，结棍。他拿头巾擦了擦脸上的汗，又扎回额头，转向不远处大声招呼。又有几个人围拢过来了，有木墩模样的，也有像吊长丝瓜的，他们说话的时候并不停下自己来回的脚步，高兴中显得有些喘。最后出现了一个纤细的葫芦，身材凹凸有致，皮肤保养得很好，叫人猜不出他的年纪。他走过来，身上飘散着香味，一双细长眼睛望向我，像两盏灯闪着流转的光，照得我暖融融的。我突然觉得，跟他一比，小花旦实在有点愧对他的名字了。真小花旦拉着我的手，用与我平时听到的完全不同的，像汤圆里流出来的细豆沙一样温润甜糯的上海话，不知是朝着小花旦还是朝我讲，侄囡儿会得跳

---

* 结棍：方言，厉害。

舞吗，来，一道白相。

真小花旦教我跳起慢三步，我却总是抢拍了。一低头，二错步，三就撞到了他身上。葫芦上身的凸处被我撞瘪了一半，显得异常尴尬，我努力忍住不笑。他反倒毫不动气，也不紧张，像发现头上停了只苍蝇一样稀松平常，慢慢走到树下弄好，挺着胸回来，仍是那种温婉的语气，小姑娘，覅急呀，一步一步一步，哎对了，一步，一步，一步……他的口令细细地渗入我的毛孔，害我出了很多汗。真小花旦又说，眼睛呢，覅盯牢脚，脚板上寻不着舞伴，要到眼睛里去寻。于是我抬头去迎那两盏发亮的灯，看到他白净的脸上也印出汗珠来，透明的，细细的，像荷叶上的水滴，轻轻晃动却不落，毫不显得油腻。我想，电视广告里的人不就是这样的吗。

几曲慢歌告终，坐着的换了一拨站着的，风一起，火苗又烧旺起来。这么热的天，三步舞也是费气力的。我坐下喝水，小花旦走过来，他讲，细姑娘，今朝运道好啊，人民公园的华尔兹女王亲自来教你，下趟毕业了，上班了，绝对要去出出风头，晓得吗？名师传高徒，腔势不要太好。他刻意的上海话带着还没褪色的口音。

真小花旦在旁边擦汗，拿的是一块方格纹素净的布手帕，他忍不住笑了。阿巧啊，人家是舞池里跳，地方大，衣裳漂亮，水泥地皮里瞎踏两脚，有啥面孔讲出去噢。

真小花旦讲起道理来，假小花旦接不上话。

我转而问小花旦，你平时就在此地吗。

哦哟，去的地方多了。和平公园，曹阳公园，徐汇那边植物园，啥地方有场子，就到啥地方去呀。他讲得大声，掀起后排休息的人的笑。

上趟的地方呢？

你讲爱国路啊，我难得——

这时，那张熟悉的，实际上又很陌生的面孔走过来了。它理应拖着一个挥之不去的潮湿、灰暗和不愉快的长长的影子，再次与我相见，可是它并没有。

小花旦说，细姑娘，还认得吗。

阳光下的小彭和那个雨天里很不一样。他看起来要老很多，寸头，黑色紧身短袖，有一点胡茬，更显出沉稳。他大概有三十岁，或许不到一点，总之绝不是携带杀马特气质的我的同龄人。太阳照下来，他的影子是很短促的。站在细长的真假小花旦旁边，他的身体也成了一个短促的倭瓜，敦实有力。

小彭讲，小姑娘，好久不见噻，越长越漂亮喽。他的四川口音送进我耳朵，我发现自己毫无恐惧。那个昏暗的屋子我忘了，这一年，头发长了，剪了，长了，剪了，定海桥的一切早就烟消云散了。我像一个全新的人，和他展开自然的对话。

小彭讲，他和小花旦准备在上海开一家舞厅，位置就选在虹口或杨浦，再往里就租不起了。他说到时候开张了定要喊我来捧场。我推说不会跳舞，去了很尴尬，小彭说，怕啥子，叫巧叔教你噻。

小花旦说，什么话，华尔兹女王在此地，还轮得到我来教什么教。真小花旦听了，直拿手帕捂着嘴笑。小彭也笑了。小彭笑起来，嘴角两边不断晕开小括号形状的褶皱，一对，两对，三对，这让我相信，他超过三十岁了。

于是真小花旦又带着我跳了一轮，他的汗迹被风干了，留下那张毫无瑕疵的荷叶面孔迎向我的眼睛，五官始终透露出无懈可击的端庄神态。原来比起乐声，我更容易从他翻动的睫毛中找到一种微弱的节奏，一步，两步，三步，走。小花旦和小彭也跳了起来。比起我和华尔兹女王的笨拙，他们看起来老练而默契，似乎故意在我的四周游走，打转，带着一种展示而非挑衅的得意。任何东西，风，日光，树叶，都无法拨乱他们稳固的发型和笑容。小花旦跳舞的时候，长久地持有一副标准到僵硬的笑容。这看上去很假，谁灵活的身体上会生出这样一个半开半闭的固定表情呢。可是看久了，又会觉得他是真的在笑。也许整个舞池里，在人们标准的笑容背后，都有另一个真的嘴巴在开怀大笑。它们高兴死了，笑得停不下来。而标准正是出于对大笑缘由的敬重。乐声四溢，盖过蝉鸣，盖过四下其他角落的吵嚷。这个角落不说话，显得单一而齐整。火苗窜动，移步，转身，晃头，每个人搭着舞伴的腰肢和肩膀，安静地离开了燥热的地面，正在缓缓上升，上升。

我有点明白不做戏的好玩了。

我也有点明白，小花旦刚来上海时，那些叉腰的照片是谁拍的了。

十三

后来几年，上海的各个公园里，我再没见过那样一个安静得只剩音乐在响动的角落。人们跳舞的时候，往往交混着谈天，吵架，打电话，随音乐大声哼唱，像任何一个聚众晨练或打牌的地方，唯恐不够闹猛。再后来，广场舞席卷了所有可见的地盘。而人民公园的假山秘地，我再也没有找到过。也许那个地方根本就不存在，也许它需要信使的引领。而我一旦离开了小花旦，就永远无法获得那条曲折的路线，进入其中。这件事的神秘，就像小花旦本人一样，如果他不来找我，我就永远找不到他。

那天傍晚别过，我又失去了小花旦的消息。给他发过几次短消息，没有回音，打电话也是。我去公园，怎么也找不到那个地方。天渐冷，他和夏天一起消失了。几个月之后，我穿过黄兴公园，在一个男女混杂的集会中望见一个眼熟的身影。我本记不住他，不过那块在人群中窜动的红头巾，让我立刻想起来了。

可是他并不记得我。他没有蒙住眼睛，而是将之扎在头上，气质大变，像一个唱山歌的人。当我问起小花旦的消息时，他立刻弹出那双大小不同的眼睛，像一头被触怒的野牛。

这只畜生，寻着伊，叫伊拿老子五千大洋还出来！

红头巾并不说小花旦去了哪，也不说人民公园的场子，只留下这大为光火的一句。我无法再问下去。也许当他回忆起我是小花旦侄女的那一瞬间，他就决定好要把怒气撒我身上了。我甚至觉得，如果我看起来不那么穷酸干瘪，他恨不得让我代为把钱交出来。

他像是晓得自己因为红头巾而被认出来了一样，奋力将红头巾解下来，塞进裤袋，自顾自跳舞去了，留我在他愤怒的残云里。

吃了闭门羹，我脑海里那个跳舞的烈日少许黯淡下来。原来舞者的情谊，和小区里的人没什么两样，一旦关乎钱，说断就断了。钱最伤感情，这个道理是小花旦教给我的。即便上了大学，小花旦也不准我付吃面的钱。他讲，细姑娘记牢，万事覅讲钞票，钞票一讲出来，人就尴尬了。小花旦怎么会去做这种尴尬的事呢。然而，红头巾绝没有说谎，这一点我敢肯定。那个冬天，小花旦唯一一次来学校找我，也是为了借钱。

那时我已搬到大二的宿舍，离原来的住处挺远。而我正巧我骑车经过老宿舍的时候，在大门口看到了小花旦。湿冷入骨的阴天，一个穿得如此单薄的人，太容易被注意了。宿舍换了一拨学生，也换了宿管阿姨，没人为他开门。小花旦几乎成了一根剥皮的白甘蔗，在外面荡来荡去，我远远地感受到了他的瑟瑟发抖。

他也看到我了。

细姑娘，长远不见！搬家了啊！

我生气地直接发问，跑到啥地方去了，消息也不回。

他并不讲，只问我，一个月生活费有多少，这个月还用剩多少。这种单刀直入的聊天方式，在我和小花旦身上可能是头一次出现——在老山羊所能开启的无数种话头里，钱是最少出现的一个。我立刻感到他的窘迫，于是我们向校园里最近的取款机走去。

我取出仅有的五百块。太单薄了，五张纸的厚度，和一张纸有什么差别呢。小花旦的脸上写着失望，手插在干瘪的裤袋里不肯伸出来。我坚持让他拿着。

五百块省一点，也可以撑一段日脚噢，我讲。那时我竟以为他和我一样，这点钱只是用来吃饭和坐地铁的。

小花旦收下了。他摸摸我的头，细姑娘，样子越来越好喽，身边飞来飞去的屎苍蝇肯定交交关。谈朋友，眼乌珠要亮一点，晓得吗。他冷得跺了跺脚，后半句话伴着嘴里的白气一同呼出来，人大了，自家要当心，老山羊帮不来你啦。

我想知道的事，他什么都不说，偏偏无关紧要地来了这样一句，却几乎要逼出我的眼泪来了。我感到一种告别，老山羊对小山羊的最后关照。他踩着两只细长的高跷往回走，我什么都没问到。

我突然反应过来，大喊，房子！七分之一的钞票，要不要讨回来！

小花旦甩了甩手，走远了。就像上一个冬天，他甩手走出小区大门一样，他走过了我宿舍区的保安亭。我懂他的意思，这种钞票，不稀奇！似乎又回到从前那种轻蔑的语气。

返回室内，我才看到一个多钟头前的彩信，旧宿舍楼的照片。也许太冷，小花旦拍得急了，半个手指印还留在左下角。在我经过之前，小花旦站了多久呢，他有没有企图和新的阿姨攀谈，有没有去后面那块剃过头的草坪上看看，为什么不打电话呢，这些我猜不出，也不敢猜。人一旦进入室内，就无法体会外面的温度了。我只是很后悔没有追上去多问几句，没有带他去食堂，坐下来好好说一说。我所后悔的事情太多了。大人们没有把我当大人看待的时候，我也忘了要主动去做一个大人。

后来人们开始用飞信，然后用微信，发照片不要钱了。拍一张，点一下，就送出去了。好几次走在路上看到什么，我想送给小花旦，他的电话已经成了空号。

十四

小花旦剃的游泳头，在我十九岁的时候离开了我。他的剃头家生在我二十岁的时候，被六颗星当作垃圾掩埋了。如果说前二十年，小花旦是一只同我形影不离的，持续发出叫声和臭气的老山羊，那么后来，老山羊所留给我的，只剩下一个渐趋想不起的身影，和某个微小的器官——他在我身上留了一只眼睛，带我去看上海的另一个部分，电视新闻和海报里并不常有的部分。

没课的时候，我养成了在外面乱走的习惯。每一条路的地名，让人错以为走在其中，是走在某种比例尺下的城市模型里，尽管明知它们之间并没有直接的相干。嘉善路我去走过了，它比嘉善新得多，洋气得多，体面或不体面的店铺总是相互夹杂着出现。我拍给小花旦看，并没得到回复。宁波路和无锡路，我也到过了，那里人多路小，闹猛得很，若是雨天，地上的垃圾就像生了发亮的眼睛似的，牢牢跟着来去的脚底板走动。苏州河南北两岸的各个街道，我一一去过了，站在低处望高处，或是登上高楼看对面低矮的棚户，竟是天差地别。再去些更远方的马路，或是与地名无关的马路，走得越多，越发现很多地方是去一次少一次的。旧马路上的建筑，就像它们各自的路名所代表的城市，正进行着新一轮景观更替的建设，矮房子下去，高楼起来，隔几周去看，脚手架严密包裹着旧房，像白绷带包裹着一个重度烧伤的病人，再隔几个月，病人植了皮，变成面目全非的样子了，也许能参加选美，跻身第一种上海的名录。我开始跟上小花旦的脚步，快点跑，快点跑，为了看到更多即将消失的地方。

奇特的是，定海桥成了最让我放心的一处。也许因为它的偏僻和干瘪，还没有人相中它的价值，给它改头换面的机会，连旧主人也弃之而去了。只有鱼货市场和全国小吃仍持续涌进来，扎根，聚集，只有通往复兴岛的小路仍散发着废工业的金属气息。新人们接管了漏风漏雨的店面，维持着与这座城市不太相称的物价水平。油盐门市里，狗还是狗，小孩仍是小孩，一切来不及进化为城市的宝贝。我好几次路过那栋高房子，大门紧闭，里面安静极了，透不出任何声与光。窗户太高，我看不见，只听人说拿来作仓库用了。也许入了夜，对侧的卷帘门一拉，送货卡车就进来装箱了。那是另一种不眠不休的灯火通明。这就对了，定海桥从不是一成不变的，这里的人来来往往，只是不被留意罢了。几年前蹦迪的年轻人，必定和小花旦一样，继续逗留在上海的某些角落。

嘉兴路没有拆，但也经历了修整。后来的嘉兴路为人所知，多半是因为星梦剧院。每周固定几天的夜晚，宅男洗过澡，带着钱、欢脱的心和应援棒从家里出来，在此地甩下两个钟头的汗水和呼叫，又带着浓重的体臭和不肯洗掉的手心满意足地归去。嘉兴路成了少女的象征。地上的垃圾从空瓶硬纸变成了抠去照片的唱片壳子和海报。而那个碰头的米店，后来拆掉了。牌子没了，我和小花旦像两个单线特务失去了联络地点，再见不到了。

和消失的旧马路一样，有些人若不常去看看，也快要见不到了。老王的身体越来越差，像上海的老房子，叫人一边高兴地看，一边心酸地扳手指头，不知还能来几趟。我的火车票越攒越多，去昆明，去广州，去海口的，我都乘过了，第一站下来直奔家里，或者医院。病房里的人一拨换一拨，小区里却没有太大的变化。它老了，新陈代谢慢下来，少量的人搬进去，少量的人老死去，余下的一切照旧蠕动着。

赖屁股也住成老面孔了。他退了休，在巧星美发屋的原地开了一爿杂货店，这是堂而皇之地要和闵珠抢生意做。他地段好，进门头一家，多少不缺客人，却被一些古旧的居民骂得抬不起头。他们讲，人家闵珠一个寡妇带了儿子，就靠一爿小店度日脚，这样轧道抢生意，不作兴噢。赖屁股却说，这叫市场竞争，越竞争，生意越好，晓得吗。他搬出一套一套的大道理，什么双赢呀，客流量呀，要秀一秀从前在办公室的厉害，可是小区里谁听得进，大家只晓得，先来的总比后到的正义。

赖屁股在小区各处侃侃而谈，他总是有分享不完的道理。唯独那件事，人家戳他，他只能笑笑了事。时间无法改变这种无端的心慌，也许对赖屁股来说，鬼是没有新旧之分的。每到清明、冬至和七月半的夜里，夫妻二人就亮起楼上所有房间的灯，裹着被子缩在楼下店里，天亮了再扛着被子回去。被邻居笑惯了，赖屁股索性把这种季节性的避难叫作“开宾馆”。他说，宾馆里回来啦！老婆，这趟旅游适意吗！当他拿自己开玩笑的时候，别人便不再去笑他了。然而大家知道，赖屁股害怕夜里，是永远不可改变的了。

曾经有好事者告诉赖屁股那只骨牌凳上的定理，吓得他当天就举起来扔河里了。从此再没有老人可以坐在树下乘凉。可人们又说，阮家阿婆在树下坐久了，树上的知了都听她的，赖屁股便恨极了那棵树。每次小区里有卫生检查，赖屁股就引人到家门口，以声音太吵或遮挡太阳为由，要求工人把树砍了。可是这棵实在树太老了，老到进入了文物保护的范畴。人们打赌说，就算赖屁股死了，这棵树也死不了。

时间就是这样硬气，无须阮家阿婆或环保部门的庇佑，这棵树足以牢牢站在大门第一栋楼的左边。哪一天它不见了，必定会有很多居民以为自己走错了小区，绕道重来。地标的消失是需要适应的。我曾以为巧星美发屋也有这样的本事，可是当我看多了赖明生超市的招牌，我才意识到自己和小区里的人一样，渐渐忘了那个白底红字招牌下的面孔。一个小小的脑袋，油亮的头发，可是脸，我想不起。从小灵通换到诺基亚，再到智能手机，我发现自己竟然没有他的照片，一张也没有。

最为接近的，只能是那些跟在他屁股后面拍的视角类似的上海。很久以后我才发现，小花旦从来不是乱拍，他的每张照片里，都有一个共同的主角。

十五

再碰到小花旦的时候，我快要大学毕业了。那是在舟山路的一个舞厅里，确切地说，是集舞厅、卡拉 OK 和洗浴中心于一身的综合服务场所。定海是舟山的一个区，舟山路自然与定海路相隔不远，小过道，旧店面，气质多有类似。当我抬头看到那个招牌少许褪色的天天见舞厅和它门口的艺术字海报，我确有那么一秒想过，如果小花旦和小彭开了店，会不会就是这样的呢。然而我并非进去找人，只是走到半路尿急了，找个厕所解决一下。

如果说公园是城市的肺，那么厕所是马路上一个微妙的器官。对某个地方的认识，无论如何不能漏掉对它的拜访。这和与一个人交心必要同他吃酒是一个道理。例如经过陆家嘴的写字楼，静安寺的商场，我会跑去上个厕所，豪华的，温暖的，或看似豪华温暖实则简陋的。若是普通的马路，就去网吧、酒店或行政部门找，实在没有，只能去公共厕所了。看看里面有没有值班的，收不收钱，卖不卖五毛钱一包的卫生纸。可我在舟山路上，甚至连公厕都没找到。依靠杂货店老板娘的指点，才走到了天天见舞厅门口，据她说，这里有整条街上唯一的排泄口。

没想到排泄口里人多得几乎要倒灌出来。洗脸的，补妆的，穿衣服的，个个人高马大，堵住狭小的通道。没有灯，黑暗中亮着几根烟芯，我闷头往里挤，耳边充斥着粗细不一的喉咙，练唱，或是对着手机骂娘。在一路香粉味和屎尿味的混杂中，我蹲下，手抵着关不住的门，总算迎来了放松。

走出来看，柳暗花明，大厅里灯光闪烁，一副九十年代的舞美效果。台上有人唱歌，台下悠悠地跳。歌手一身暗红拖地长裙，胸脯雪白，头发盘起，仍是九十年代婚纱照风格，唱的是《女人花》。她声音低沉，和梅艳芳有七八分相似。

若是你 闻过了花香浓 别问我 花儿是为谁红……

女人如花花似梦

曲终，后排几位白衣伴舞甩着水袖洒下塑料花瓣，落入前台，观众起哄。灯光聚焦，歌手用温柔而低沉的上海话讲，大冷天，谢谢大家来捧场，接下来有请咪咪演唱，爱你在心口难开，大家白相来开心。我忽然感到耳熟，感到自己曾经紧张地盯着鞋子发呆，而这个声音叫我抬起头来。我在人群中踮脚，抬头，仔细望去，正是人民广场的华尔兹女王。我忽然明白了刚才厕所里的身影为什么这么高大。

光线转亮，伴奏响起，台上华尔兹女王变成了穿露脐装和皮短裤的咪咪，台下的人也匆匆换过一拨舞伴。节奏加快，咪咪踩着粗高跟，唱起上海话味道的英文。

Oh Yea Yea... I love you more than I can say

舞池里黏腻的人们忽然像活虾倒入了油锅，伸手伸脚，纷纷弹动起来。场子沸了，噪声四溢，我往外围走去。只听前面有人喊，快点呀！阿巧！上去了呀！才看到门口有个抽烟的人，他一回头，脱下刚才的白衣，露出黑西装，拼命往人群中挤，像一条洄游的鱼。阿巧跳上台，和咪咪对跳起来。底下一片呼声。两个人像两块同极的吸铁石，靠近了，又弹开去，靠近了，又往后移。那身笔挺但布料劣质的黑西装配上白袜子，细长的四肢随太空步晃动起来，有点 MJ 的意思。舞台灯照下来，他满脸堆笑，抖着肩膀，肩膀抖落下细密的光亮。

我挤到前排入口，等着一曲结束。灯光连续强闪，他下来了。

阿叔。我叫不出剃头阿叔，我太久没有找小花旦剃头了。

他看到我，愣了一下。许久才说，细姑娘，长远不见嘞。这话我听不清，周围太吵了，可我看懂了他的口型，分明感到他稍显激动的嘴角。很多人涌上来了，要签名，要挂历。阿巧被围堵在台边，他忙起来了。

舞池里有人喊安可，华尔兹女王返场，唱了一首叶倩文的粤语歌，深情而怀旧。后面屏幕放着盗版的音乐录影带，池中仿佛长起了一片细软的水草，随着忽高忽低的声音摇摆。我走出来，四面墙上贴着台柱的新年海报，红艺人咪咪，萧人，华尔兹女王叫白玉兰，还有一个阿巧。海报里的他梳大背头，叉着腰，半身金色西装马甲，端正地笑，像酒店里的大堂经理。他胖了，脸上肉多起来，我窥探到一丝衰老的痕迹，带着一种接近阮家阿婆的神情，安静，温和，眼里饱含着要同你说话的意思。回头望去，阿巧仍在人群中，签着自己的年历纸，他本人比照片里更圆润一些。

阿巧卸了妆，换好衣服，变回小花旦。羽绒服加窄脚裤，粗毛线围巾，显得愈发臃肿。再仔细看，他确实老了，胶布一样细长的五官，走到边缘就往下垂了。小花旦说实在对不住，叫我等这么久，要请我吃饭。这天风不大，我们一路走到提篮桥。在一家他常去的店里，小花旦叫了一碗菌菇面，一碗大排面。我说，我也要吃肉。

他讲，就是给你的呀，我吃素。

我吓了一跳，你信佛了？

小花旦摇摇手，老来肉头松了，再不减肥，紧身衣裳就穿不进去啦。

我说，相当有职业精神嘛。

肯定的，我现在也算个明星了，多少要注意点。

我对着如此自律的小花旦竟说不出话来。

小花旦先问我，再问家里。他的上海话已经很自然了。我说自己在找生活，还没头绪，又说了老王的情况，他沉默了。点了一支烟，回头招呼，老板，再来一碟现切牛肉。

我说，你怎么破戒了。

给你的呀。跑来跑去交关辛苦，多补一点。

我有点要哭。尽管早就习惯了这种提着心两头跑的日子，可毕竟还没有谁这样说穿过。大排和牛肉，我飞快吃完了。小花旦只咬了几口面，又点一支烟。我劝，少抽点。

我这种命，不搭界的，无牵无挂。倒是老王，等了享清福的，香烟不好碰。话说到此，他大概也发现自己说坏了，老王哪里还有时间呢。他沉默了，转而问我，在哪个医院。

我们加了微信。小花旦换了号码和手机，壳子带钻，时髦得很。他的微信名叫巧巧美神仙，头像是在台上跳舞时一回头的特写，眼里有光。

我讲，舞厅开来蛮好嘛。你不睬我，我只当你到啥地方讨饭去了。

小花旦讲，我哪开得起舞厅，打打工的。

我未料到。又问，小彭呢。

前年就回老家去，开剃头店了。小花旦讲，也好。大家出来打工，老家倒反缺人才了，这辰光回转去开店，生意正好。

我竟接不上话。这些年借的钱，怎么借的，去了哪里，被他这么一讲，我半句都不用问了。

小花旦像是看出了我的尴尬，又说，啊呀，没啥要紧的。这爿店么，大家是来看我的呀，等于是我开的，喏，外国人特为跑过来合影，勦太出名。

小花旦打开手机相册给我看。几个白皮肤的客人同穿着粉色西装的小花旦、一身白裙的白玉兰站在一道，白玉兰穿了高跟鞋，比外国人还要高，还要显白，像一个走红毯的电影明星。小花旦立在当中，凭借一只鸡冠头勉强和周围人站齐，保持着当年舞池里的标准微笑。

我看了看照片，又看了看餐桌前的小花旦，皱皮耷眼的，不像，不像。小花旦生气了，大叫，赤逼，看看电视里的明星，不化妆走出来，个个吓死人噢！还是这个磨人心肝的高音喇叭，只是长久不磨，稍钝了些。

我说，明星还可以讲口头语啊。

啥口头语，这叫地方文化。要发扬光大，传到外国去的，晓得吗。于是又把手机相册翻出来，一张一张细讲，自己去过哪里演出，受到谁谁的欢喜。

怎么不回去演。

这种小地方，只会吵相骂，有啥去头。小花旦显得忿忿，又说，细姑娘也千万覅回去，回去没意思，晓得吗。

下趟再不回去了？

去做啥。不去。

我就没由头再讲小区里的事给他听了。

那天送我回学校的路上，小花旦像个导游似的，到处问我这个要不要吃，那个要不要买，我说又不是来旅游的，不要不要。他看上去有些急躁。要进站了，他忽然提起这个月演出费还没到账，只好先还我两百块钱。我才明白他的不安。

我说，谁开了店，做了生意，叫谁来还呀。他摇头，同小彭不联系了。我又问，红头巾的还了吗。他说钱攒不够，没面孔还。于是我们约定好，一笔一笔攒，按数目大小来还。我是最后一个。

小花旦很高兴，他讲，有道理，钞票还清爽么，朋友就回转来了，对吗。他夸我脑筋灵光，像个大人了。

地铁上，我给巧巧美神仙发了两张拍他跳舞的图。他回了我中老年专用的谢谢表情。我总算有小花旦的照片了，也能传给他看了。只是这样的照片，若是给别人看，小区里的人，六颗星，宿舍阿姨，他们还会认得出吗。

我不知道。我倒是希望红头巾能忘了他，也忘了那令他大为光火的五千块钱。

十六

一个多礼拜之后，我去医院，小花旦已经在了。他正要收拢一张护工用来睡觉的折叠椅，预备给老王剃头。术后的老王取掉一块头骨，脑袋再没有平坦的路线了，推子走上去，就像割草机从平地忽然陷进了沼泽，每一步都是危险动作。剃头的担不起这个责任，老王的头发也越蓄越长了。可巧这关头小花旦来了。隔出几年，他的手仍然这样熟悉老客人的头。小花旦的围裙甩出去，一把兜住了老王极为瘦小的身体，手上的推子发出令人安心的平稳的叫声。我坐在旁边，老王望着我，对小花旦讲我的近况。我只对他讲好消息，他能讲给小花旦的也尽是好消息。小花旦连连点头，结棍，结棍。这一切让我感觉回到了那间小小的美发屋里，老阿姨的生意做完了，小花旦空下来，剃掉一大一小两只游泳头。

老王讲，细姑娘又考头一名啦！

小花旦就讲，结棍，结棍，下趟要读名牌大学啦！

我坐在旁边，嘴里含着一粒阮家阿婆给的话梅糖。

只不过病房里的小花旦戴上了一副老花眼镜，他要把脖子伸得远远的，才能看清楚在头上移动的推子。那副椭圆的黑框眼镜架在他椭圆的脸上，显得脸更加长了，长到和他的眉眼，嘴角一样，正在垂落下来。羽绒服，窄脚裤，一双看不出真假的带 N 的球鞋，这些都无法遮盖，小花旦变成中老年的事实了。

老王很高兴，许久没有这样适意地剃过一次头了。小花旦说，窝心吗，窝心再来刮只面孔。于是拿出小刀，端整好毛巾、面油和热水来刮脸。老王的脸很瘦，两颊深深凹陷，和少了骨头的脑袋一样，时常让小刀刮在空气里。老王憋足一口气，鼓起脸，努力让自己的皮碰到刀片，胡楂成屑，热毛巾一敷，他快活地翻动着两片浑浊的眼白，大喊，适意，适意！他放松下来，转而问我，细姑娘，这腔*小区里有啥事体呀，讲给我和阿叔听听看。此前一个月，因为回不了家，老王拒绝收听任何小区新闻。

我看了一眼小花旦，他并没露出抵触的神情。我就讲，禁了烟火，赖屁股的炮仗生意做不下去了。春光关了店，天天在外面帮人家修冻住的水管。后面一幢有个老人，昨

* 这腔：方言，最近。

天——我没说出来。

老王被赖屁股的惨状逗笑了，小花旦却说，这个老赖真是作孽，搬到姆妈房子里，一路触霉头没停过。

老王讲，要是剃头店一路开下来，多少好呀。小花旦现在店开来啥地方？他似乎认定了，这些年小花旦手里的推子没有闲过。

我啊，开来杨浦区，身体好了过来白相，到上海来剃头。

小花旦说得自信极了。他晓得老王不会来了，这个谎话永远不会被戳穿。他没听到，此后老王同这里的人反复提起，我有个朋友，手艺相当不错，剃头店开到上海去啦。老山羊和小山羊都在上海，这是一桩令老王骄傲的事。

那天走的时候，我问小花旦，要不要回小区看一眼。

有啥看头，还不是同老早一式一样，没劲道。

又补了一句，看到老赖帮我同伊讲，心里覅吓，姆妈不会做害人事体。

他先乘火车回去了。住在哪里，我没问。

就这样，在老王的最后一个冬天，我和小花旦又开始一道乘绿皮车来回了。他大概两周来一次，下了车直奔医院，给老王刮个脸，也渐渐在这一层做起了剃头生意。轻松和气，永远都是那一身羽绒服，一包剃头家生。这些东西，是他撒了谎以后特地重新收集来的。

小花旦一到，隔壁几个病人就醒转来了，他们头发乱乱的，倚在门口等。小花旦在走道尽头的半封闭阳台上摆了摊，一个一个剃。此后几趟，愈多人涌过来，连护工也排上队了。他们有手有脚，却难得出门。小花旦一进门就响起了高音喇叭，今朝剃头不出钞票了哦！各层便顶着杂乱的头发出动了。

上海的剃头师傅来嘞！大家奔走相告。

小花旦讲，有气力的，自家先去汰个头，没气力的，寻护工帮忙汰个头，汰到精光滑溜再过来，大家清清爽爽刮面，好吗。

于是一只只耷毛老鸡在走廊上排起长队。小花旦挨个问，老底子是啥样子呀，牢监头，三七分，还是艺术家腔调呀。前排围拢聊天，后面就竖起耳朵听，彼此间说的，莫不是当年的形象，入院前的威风。

这一层的人，住进来了，都是出不去的。肿瘤把大家绑架在这里。手，脚，头脑，等到五脏六腑都被绑架了，就要叫一部特别的车来接出去了。轮替勤快，床位总是满的。上周走了几个，下周又有来补位的了，进来的无不是面色蜡黄，浑身精瘦。稍住上几天，就能看清楚自己的将来了。而小花旦却能为大家讲出一个更远的未来，这些年，他边剃头边聊天的本事从没生疏过。

他讲，下趟出去了，到咖啡店里吃咖啡去。要顶苦的咖啡，放交交关白糖，吃回本来。

他讲，等到出去了，钞票千万勳省，自家吃吃用用，留给后代做啥。儿子养孙子，孙子养儿子，啥辰光是个头啊，对吗。

他讲，马云弄的网购会吗，学会了网购，覅讲一辈子蹲医院里厢，跑进山洞做人也好买衣裳，买小菜呀。

听者认真点头。

剃完头，耳朵好的人，听小花旦讲上海是啥样子，南京是啥样子，广州是啥样子。记性好的人也回几句，广州我老早出差去过的，男人女人时髦来。小花旦讲，香港衣裳么，肯定是时髦的。一群人就讨论起距离此时的病房万分遥远的事情来。

眼睛好的人，等小花旦拿出手机，点相册来看。明明是城市风景，小花旦却叫他们看出一惊一乍的哄笑来。评论的声音忽有忽停，引得护工也围过来了。

一阵沉默之后，有人大喊，啊！这搭这搭！

紧接着又有高呼，噢哟，还是伊眼睛尖。

一阵沉默，有人大喊，寻着嘞！

又有高呼，啊呀，叫伊寻去啦。

一阵沉默，小花旦伸手一点，大家发出哎唷、哎唷的恍然。

我才明白，一群人眯着眼睛在找什么，而小花旦从前在拍什么。

路边杂货店的冷饮柜上，茶室里面的立式空调上，摆在弄堂口的椅子背上，怎么也擦不掉印记的社区宣传墙上，某户人家的玻璃窗上，电线杆上，小汽车的雨刷底下，垃圾桶里，城市规划馆旁边，每张照片里都有一个蓝色的身影，他伸开双手，保持绅士的笑容，一会大，一会小，忽隐忽现，小花旦叫大家一道来寻。

世博会过去快十年了，海宝长到十岁，人们渐渐把他忘了，小花旦却从没有过。从繁闹的市区到落魄的周边，有些地方面目全非，有些还是老样子。这个曾经被高挂在大街小巷里的过气的明星，如今隐藏在被人忽视的各个角落，而小花旦把他一一找出来了。他又带着一群寸步难行的朋友，眯起眼睛，在被人遗忘的医院里，满世界找着另一位被遗忘的知心老朋友。城市是万分陌生的，大家努力搜索某个熟悉的身影。他们看到了海宝，发出惊喜的呼叫，海宝朝他们笑，他们也便笑了。

这是周末必玩的游戏。玩久了，小花旦成了病房里的熟面孔。人人都晓得，老王有个剃头朋友，也时常托他从上海带点东西来。香烟也好，糕饼也好，一切从外面进来的，都和小花旦一样受到欢迎。隔壁病房有个安徽来的护工，年纪不大，他说自己曾在上海当过护工。因为照顾一个老头子，没能及时安排子女见上最后一面，被投诉了，才辗转调到此地。两个人对上海都有些熟悉，便常常坐在一道说话，小花旦邀请他再回去。护工看了小花旦剃几趟头，说也想要试试看。于是小花旦教了几次，又把东西放下，让他有空自己练练。再来的时候，几层楼的生意已都给这位护工做去了。

小花旦有点不开心，要把剃头家生拿回来，没想到那位护工抓起包裹就扔到地上，他喊给大家听，不正经的人的东西，白送我都不要。

护工剃头的时候，把小花旦同他讲过的事情都讲出去了。他也在护工之间骂，他算什么剃头店老板，娘娘腔，变态。护工们听了，把控着各自手里的病患，渐渐没有人去找他说话了。

小花旦坐在老王的床头，我们三个聊聊天，讲讲厂里的事，我小时的事，不讲小区。老王的身体越来越差了，讲一会，嘴巴干了，就讲不动了。他睡着了，我去办公室找医生，只留小花旦悄悄坐着，独自翻看手机里的海宝。他还没醒，小花旦就悄悄地回去了，留下一点舟山路买来的糕饼。

后来，小花旦再也没来过。发微信也没有回音。我特意去了一趟舟山路，很多人正要大包小包回家过年。天天见舞厅也关门了。没说停业，也没说搬迁，只是不开了，一条龙服务落得不剩只毛片羽。我问杂货店的老板娘，她说不清楚，语气里却透露出对这个地方的讨厌。她讲，这种生意么，老里八早好关门了！

冬天到春天的拐弯口，忽冷忽热，头发像草一样飞长，人却渐渐熬不住了。楼层里走了一个，两个，又补进来一个，两个，哪一间病房都没有常胜将军。黏稠的雨季过去了，天气总算回暖，趋于稳定，老王说，差不多了，我也要回去了。

十七

在老王的灵堂里，我给小花旦发了一张照片，小区相邻过来折纸元宝。这次小花旦回我了。一条语音，细姑娘，自家当心点，老王来寻我白相了，侬放心。

这以后，小花旦常常给我发语音，一讲就是好几条六十秒的。有时他离话筒太近，录下的全是粗重的喘息，有时又充满四周的杂音。我隐约听明白了他的一些事情。

他说他在广州了。那里也有人民公园。广州的人民公园不大，但他很喜欢。南方没有冬天，三月份也可以穿短袖子到露天来跳舞，这好极了。因为短袖子买起来便宜，一件羽绒服的钱可以买很多短袖子，每天都换不一样的行头。

他说他经常出国演出，南边那几个小地方，他都去过了，还发了照片给我。有一张穿着半透明的白细纱长衫，隐约露出两只细脚杆，头发留长一把扎，像个道士，脸稍微有些晒黑了，他和几位台柱站在一群矮小的客人旁边，神气极了。小花旦问我，我这件演出服，挺括吗，漂亮吗。他说南方人长得粗糙，过得也粗糙，他们选不来料作，而他作为丝厂里出来的人，眼光是很独到的。后来这张照片就成了他的新头像。

小花旦有了新的艺名，他不叫阿巧了，到了广州，他叫上海宝贝。我知道，他是希望人家简称他为海宝。白玉兰也改名了，因为南方的观众觉得他像王祖贤，干脆就叫作王祖贤，咪咪还是咪咪，也有人叫他夏威夷辣妹，他的裤子越来越短了。他们和东南亚人合照，显然他们更美一些。照片总是带来一种距离，隔着屏幕，我感受不到小花旦的衰老。白玉兰更是不老神话。也许南方湿热的空气能叫人老得慢一点，看起来轻盈一些，就像很多年前，上海的人民公园里那个燥热的下午，人们怎么穿红花绿叶都不为过。

小花旦并不提上海的事，我问他，舟山路还来不来。他说，下辈子吧。

每次说完一堆话，末了他总会补一句，细姑娘，有空过来白相。阿叔带队白相。

我有些羞愧，老山羊的心这样野，去了更远的地方，小山羊却还困在原地。那时我开始工作了，每天朝九晚九，挤地铁，吃外卖，加班，昏睡整个周末。这样也好，没有时间去细尝生活中没有老王的味道了。然而我还是会在夜里梦到他，几乎每一个夜里。老王下了夜班，跑进门喊，懒虫，一只冰冷的手指伸到我被子里来。他在厨房里杀鱼，洗鱼泡泡。他在楼下晒太阳，脚边躺着别人家的狗。我也常常梦回到小区里，我们在巧星美发屋等小花旦回来剃头，镜子里是两个年轻的游泳头。

在一个异常闷热的雨夜里，我梦到自己坐在车上，一路经过小区，那是一种我从未体验过的视角。每栋房子的窗户都成了乌黑的方洞，每个门牌上都写着叉叉之墓，赖明生，沈春光，我看到了一排排熟悉的名字，河水倒流，知了叫得发疯，我吓醒了。小区死了吗，小区里的人死了吗，是哪个弥留之际的老人给我发射这样的信号，我不知道。我想讲给小花旦听，不过他是不会感兴趣的，在他心里，小区早就和阿婆一起埋进了她的坟墓里。

小花旦从不回去看，他只在梦里和阿婆碰面。如今我也变成这样了。

阿婆会跟着你去南方吗？我在微信里问他。

他回我，我吃饭，伊也吃饭，我在啥地方，伊就跟到啥地方呀。我忽然觉得阿婆就在小花旦的背上了。

我问他，阿婆欢喜看你跳舞吗。

小花旦就不回我了。

毕业前搬家，我整理了所有的火车票，粉色的，蓝色的，许多都褪了色。其中一张皱皮的，上面残留着一点圆珠笔划过的痕迹。三九皮炎平，一个箭头。这像是一个魔法，我把这张纸藏起来，再找到它的时候，画箭头的人已经在这趟列车的终点了。

下个假期是五一，我准备买一张火车票，上海南到广州，从头坐到尾。我上车之后，一定会很快听到，亲爱的旅客朋友们，嘉兴到了，请在嘉兴下车的旅客朋友们提前做好准备……而我和我的行李将安坐在原位不动，静静望着在这一站上下车的人们，企图分辨出，哪些长久住在古旧的小区里，哪些将要走进小区里的廉租房。这一路上，我会吃好几碗泡面，泡面会因为急刹车而溅到我的衣服上，头发上。我会很多次地生发尿意，但我不会忍着，耐心地在厕所门口排队，等那个不锈钢的蹲坑，被细小的水流一趟一趟冲刷。我会反复听到列车销售员的高声推销，一包蓝莓干果，日用品，或是列车模型。如果是吃的，我就买两包，吃一包，留一包。如果是玩具，我就买一个，塞进包里。我还会拍很多照片，沿途的田野，房子，还有数不清的电线杆。尽管我知道，离开始发站后，就再难看到十年前那个蓝色的过气明星了。他正在人们所想不到的这座城市的各个角落里，笑着迎向每一个将会忽视他的路人。你若是正眼看了他，他就要哭了，太久没人看过他了。可我一定要离开，一定要坐到最后一站，带着我生了一屁股的坐板疮，油腻的头发，疲乏的眼睛，走出人满为患的火车站，打个电话，给我的老山羊，我的上海宝贝。

我会对他说，南方真热，给我剃一个游泳头吧。

2018 年 4 月

去大润发

一

从学校到田林路柳州路口，不算等红灯，我看了手表，原来要走整整一节课。一节课四十分钟，是我度量各类事件的单位时间。每过一个单位，我需要喝水，落座，休息片刻。今晚六点之前，我上完五节课，用一节课和家长沟通口试得分的公平问题，直到彼此的不信任上升为敌对情绪，又花一节课领家长进主任室，听一人有理有据投诉，另一人频频点头赔笑，直听到“对年轻老师，你们平常要多注意管”，我已疲倦到尽头了。为保持清醒，我花了大约半节课咒骂眼前两副面孔，接着把学校上上下下各路仇家咒了一遍。我身体里好像出现了自家楼下的卷毛阿姨，新被头晒了一天，刚要收进，五楼的浇花水，四楼的晾衣水，三楼的空调水滴落来了。阿姨恨到发抖，一声怒吼含着醋腌大蒜，摆脱重力，升腾，凝成一股风暴，回相邻以恶臭一击。吼完，阿姨气消，头颈略有酸痛，而我感到一阵饥饿。眼前两位假意告别，一人满面堆笑，一人将转向我。

我说，上厕所，提起公文包就走。其实只是平时装作业本的帆布袋，白底黑字，印着亘古不变的两行口号：燃烧自己，照亮别人。教你妈的小学英语，去你妈坟头燃烧吧。我把包扔进洗手池，不关心这骂声是否会传向走廊，只听得自己脚下砰砰发响，平底鞋像风雨里一对破败的船，在洪水没顶时执意朝江心划去。

路上雨停了，又像没停，我分不清。开学以来，秋雨连下几个礼拜，肉眼时常无法判断窗外是雨是晴，无非地上总是细流暗涌，裤脚管沾满泥点子，头发因为雨水浸润而变得毛毛躁躁——世上的事这样极端，潮湿从不能抚平人的零星卷发，反倒叫它们吸足水汽，破了胆从柔顺的草丛里钻出来，弹簧一样歪歪地竖着，十分可笑。我走在路上，看骑电瓶车的人仓皇，步行的狼狈，开车的堵，打车的绝望等待，想想年年如此，种种情绪便从马路上翻涌进自己体内，不由将对人的怨转移到这座湿润的巨型城市上。于是不愿去赶左脚踩右脚的一号线了，连排队安检也不愿了，就这么一路朝南，遇口则过，一节课之后，惊觉回程还未过半。不过是七八公里，走起来竟这样漫长。

我停下来，多半是因为身后几百米处有间企业酒店，路过它叫我背脊发凉。建筑并不难看，只是门口立着一尊大型铜像，我认出他了，这不是每个人童年里都有的那个男孩吗？双手平举，双脚撑开，两束路灯高射下，通体发黄。膨胀的尺寸和金属冷光使他尽失食品包装纸上的亲切快活，眼珠上翻，直通额头，再雀跃的嘴角也无法掩饰大片眼白所泛出的令人害怕的空洞，他像在看我，又像没看，眼睑挂着雨水，要把一切都吸进深处。仅是路过一瞥，我感到绵延的恐慌，似乎他正保持张开的姿势一路尾随，口中重复着那句从小听厌的广告词，再看就把你喝掉！听这口音，熟得很，啊，学校里来的。我不敢回头。一饿，一慌，迈不动了，就近拐入公交车站，不锈钢坐板上淌着水，我一把揩掉，坐下。望了眼站牌，此地只一部 820。行吧，乘几站，再走回去也不迟。

二

我就这样坐着，想自己毕业前的欢脱劲头，可以经济独立啦，还可以和男友同居。然后呢，分手了，谈了一个同事，又分手，于是被另一些同事孤立。这两年到底干了什么，加过多少班，挨过多少骂，吃了多少外卖，又存下几个钱？悲从中来，雨水将我感染了，突然想起几位大半夜红着眼睛来敲门的好友，我终于也走到这一步了。但我不愿对任何人诉苦，三十了，谁没有呢。我并非没见过他们哭完骂完，倒在满地空瓶里，第二天起来接着做前一天的事，面色无异。只希望此时身边能来只落汤猫狗，不哭不叫，彼此垂怜。但最终，只有一股烟味沾着水汽向我飘近，闷闷地吊住鼻子。我回神一惊，很久没来车了？还是发呆错过了？看一眼电子栏，820 到站时间：--:--。这个世界是这样不确定。

又等一歇，毫无动静，隔壁的烟味却不曾断过，一支接一支送过来。我想提醒那人，按照公共场所控制吸烟条例，此处禁烟，这一点小学生都学过。但我没有，烟味是此刻唯一提神的工具。又过一歇，仍不见车，我才想起手机地图，点开，赤你妈？下一班早晨六点半？脑血回流，冲撞我空荡的五脏六腑，一时间我竟想不出自己在车站待了多久，一整夜？看手表，明明才八点宽。再一查，浑身热血凉透，原来末班车每晚七点，田林人民没有夜生活的吗？雨忽然大起来了，我才记起伞留在包里，只好点开叫车软件，25 人排队。我看了看旁边那人，一声不吭，拱着腰抽烟，心想你抽吧，抽完一整包也等不来 820。24 人。我又盯了他一会，越看越像小区里的傻子，早出晚归，游来荡去，挺可怜的。

我走过去，他穿一件黑色 T 恤，正面印着著名的 Pink Floyd 棱镜彩虹，心想这傻子还挺有品，只是这种优衣库短袖早就烂大街了。我说，喂，820 没了，别等了。

待我走回，他开口，我知道，没在等。

我他妈好心告诉你，你他妈早知道没车你不告诉我？！急火攻心，我杀回去劈头大骂，伸手夺过他指间刚点的烟，踩到脚下碾碎。就他妈一班公交，我在这半天，我他妈不等 820 还能等什么？！我意识到身体里的卷毛阿姨吃过饭，在我最虚弱的时刻冲出来了。

我以为你在等另一部啊，他说。

还另一部，你他妈怎么不说等龙猫公交啊？！我冲到站头，把那张孤零零的生锈铁牌敲得砰砰乱响，像在课上愤怒地敲击黑板，尽管我从不敢这么做。这年头学生脆弱，家长凶猛，今天或说工作以来没能在人前发作的怒气，全撒在这件黑色 T 恤上了。

他却不动声色，又抽出一根烟，朝天指了指说，大润发班车，也有的。

我望向他头顶那片几乎褪色的纸质告示，被水浸软的性病、办证和租房广告在风里翻飞，其中混着的一张，隐约印下些时间和路线。我嘴里像被凭空塞进一块臭抹布，撑得说不出话来。

他继续说，820 么，过南站过植物园再过中环，对吗？大润发也一样走。

我想起自己确实见过一个冷清的大润发，离家不远不近。只因不如沃尔玛身处商圈，人们大多舍弃，便日渐过气。但我无法消火，低头看手机，23 人。

雨天最难打了，除非你舍得花钱叫专车。轻轻一句，我情愿把他整个人对折放倒，当成烟屁股碾得煞平。

雨越来越大，车站沉默得只剩水声。我站到电子栏背面，尽可能远离那件黑 T，烟味却兜兜转转跟随。过了一会，讨人厌的声音拐进背面。来了，他说，走吧。我转头，一部大巴正停在不远处的红灯口子，车头没有打光，看不清。跳绿灯，它近了，大润发免费班车西南线。黑 T 从口袋里掏出一把格纹折伞，撑开。走吧，他说。这时我的腿竟完全不顾我的脑子和面子，借那折伞所遮挡的一小片空地，唰一下踏上了车，里面真如童年向往的龙猫公交那样，整洁而令人安宁。再也不用淋雨，也不必走路了，车厢空荡，我就近挑了驾驶员身后的位置坐下。黑T收了伞，驾驶员说，来了啊。他点点头，默默走到后门处坐下。

三

车里放着交通广播。除了我和黑T，只多一驾驶员一乘客，看面貌，加起来要超过一百岁。两人聊天，一句话来，一句话去，像在空中抛球。只听乘客讲，当天我送孙子读书，早饭书包帽子拿好，一脚踏出门，孙子还在房间，盯牢电视机不肯出来。我喊，快点呀，小爷爷！孙子喊，阿爷，断掉啦！我不当回事，立门外头催。孙子喊，阿爷来呀，房子断掉了！我吓一跳，鞋子不脱跑进去，只见一部飞机冲过来，两幢高房子拦腰劈落，翻来覆去放这只镜头，老吓人。我催，乖囡走，读书去。路上蛮冷，到底秋天，电瓶车不戴帽子，面孔刺痛。我讲，乖囡帽子戴好，早饭吃光。孙子讲，阿爷，火烧到顶，人像蚂蚁一样逃。只听孙子一路烦到校门口。我送好，任务完成，老花头，桂林公园吃杯茶。走进去，两个老头子一面锻炼一面放半导体，我跟后头一听，坐定一想，再晓得，这两幢高房子，相当于东方明珠同金茂大厦，叫人家撞到这副样子，出大事体。一个老头子讲，美国人面子坍光。另一个讲，还是苏联人本事大，不怕死。

驾驶员问，当年几岁?

乘客讲，刚刚退休，返聘不做，无缝衔接跑去管孙子，吃一肚皮苦，自家晓得。到明年正好八十。

驾驶员讲，照我看，顶多七十。

乘客甩手，老人面孔觉不出，小人呢，眼睛一眨，已经到美国读书去了。

驾驶员问，纽约?

不是不是，孙子讲起来，大农村，白天夜里不见人，同上海不好比。我同孙子讲，蛮好蛮好，比大城市安全。

驾驶员笑，讲起来，大城市还是上海安全。你看戆戆，一年四季外头荡荡，出过啥事体?他伸手朝我一指，我吃一惊，顺着乘客的视线望去，才知自己身后到底的角落还有个人，一身横肉铺开，几乎撑满两个座位，他盯住窗外，无话。

驾驶员讲，日脚过来真快。两千年，我头一轮开免费班车。人家讲，班车多少好开，线路短，趟数少，再不怕膀胱胀出毛病。算不着分店刚开张，生意好到造反，一日六趟，从早到夜，没一趟不是人扑扑满。照我讲，来，是装一车厢猪猡，回，是一厢猪猡外加一厢饲料，譬如开大卡了。一上来，抢座位啊，吵相骂啊，花头不要太多。规定只上不落，有种人偏要拓便宜，门一开，趁机逃出，真当免费公交?到站，猪猡放出，乌泱泱一片，卷帘门外头排队等。丈母娘老年痴呆，问我，阿林啊，人家讲大润发勚钞票?我笑，妈勚搞错，免费车免费，大润发进去，打底一张毛爷爷出来。丈母一听吓坏，哦哟哟，想不着这许多人专门跑去送钞票。

听到此处，乘客大笑不止。我想起不久前 Costco 开张的新闻，不料黑 T 也问了一句，爷叔看，同闵行新开的开市客好比吗？

驾驶员讲，免费车免费，吃饱空浪费自家汽油跑一趟，你看好比吗？黑 T 一听，笑了。

乘客讲，开市客不灵，东西一箱一箱买，小户人家吃得光？又不是开生产食堂。还是大润发，来回个把钟头，便宜货挑挑弄弄，样样不缺。他转向黑 T 讲，这趟车子，我同我老太婆讲，反正是开多少年，乘多少年。

黑 T 问，大润发进来是两千年？

驾驶员讲，九七年，免费班车头一条线路，分公司人轧破头抢。后来每增一条，大家轧破一趟头。抢着的人开开心心，譬如去坐办公室，没抢着的不肯死心。好差事有人不要？我老婆亲眷当车队长，我等三年再轮到。

乘客讲，还可以了。

驾驶员继续，你讲这天，我正好开满一年，调部新车，享受享受广播。车子到站，上来一大批人，吵哄哄，吵哄哄，只听得你买点啥，我买点啥，尼龙袋索索响，广播只当蚊子叫。开过半程，突然有一个女人喊，覅吵了！听广播！覅吵了呀！我想，怕吵乘啥大润发？没人睬。女人当场暴哭，大家吓了一跳，只听得喊声，要死呀！女儿在美国上班呀！喊到立不住，总算有人让出位置。女人落座，哭到不休不醒。我讲，先送医院？一个人讲，其他人哪办？另一个讲，要么大家东西放车里，先下去等。前一个讲，出贼骨头哪办？我骂，人要紧东西要紧?！没人敢响。我放乘客到站，指挥统统落车。还好医院近，两只绿灯开到，送进去抢救。急诊保安讲，不曾见过大润发车子开进来，吓了一跳，想不着是好人好事，就待我一根香烟。我来不及烧，调头回转，大家立站头等，上来拎自家东西，坐好，出发，没人多嘴。

乘客讲，这桩事体你做来相当上路。

黑T又问，阿姨后来？

驾驶员甩手苦笑，想不着第二天，这女人同平常一样上我车子哦，一句谢谢也没，笑嘻嘻同人家讲，女儿单位没炸牢，没事体，叫啥，海尔街，还讲全亏一家门信主，要谢谢主。我心里堵牢。不谢我，谢主？没我送去抢救，主会救你性命？真滑稽。倒反是单位里后来晓得这桩事体，领导开大会表扬，有啥用，一毛不拔。

阿姨讲的应该是华尔街，黑T说。我回头瞪他，觉得这纠正多此一举。

乘客讲，这女人我晓得，小气来不得了，每趟结账，大润发袋袋要问收银员讨三只。后来收费，袋袋一角一只，女人同人家讲，看我有投资眼光吗。笑起来像只青椒，辣乎乎。这只青椒面孔，讲起来倒不大碰着了，到美国去？

驾驶员讲，生毛病，女儿不回来管。听人家讲，开春死掉了。

乘客感叹，钞票再多有啥用，收尸也没人来。做人一世，临跑，带得去啥？

进隧道了，窗外光线橙黄，广播信号弱下，驾驶员不再接话。整部车像行驶在生死两界之间，平稳而茫然，黄泉路上，只剩几个陌生人沉默相伴。我们在昏暗的车里，听玻璃茶杯撞击驾驶座的护栏，听折伞滴落的水珠在地板上滑来滑去，听轮胎腾跃水坑，使底盘嘣嘣作响，唯独听不见彼此等待出口的呼吸节奏。我回头看那个专心的人，他依然专心盯住窗外，像没有呼吸一样平静。

四

小时候，我家附近有一只宝塔顶。塔立于河边，年代久远。只因地基松动，日渐歪斜，人们怕坏了风水，便将塔顶拆下，放至公园，砌一圈矮砖墙围住。我常随邻居老人去早锻炼，每回路过，透过砖墙望见那塔顶平滑发光，直指天际。走近看，侧身却刻满游客的字迹，下密上疏，如同蚂蚁乱爬。

老人说，作孽，拆下来叫人批斗，像啥样子。我问，不是讲为宝塔好？老人说，譬如有一位大将军立河边，威风吗？我点头。现在杀了头，放过来叫人家看，还威风吗？老人边说边做一个手势，我吓得猛摇头。老人也摇头，他摇起来像一只链条生锈的钟摆，有气无力。他拉我离开，并关照，残忍的事体不要看。

于是我再不敢直视那宝塔顶，哪怕只是透过水杉林远远地瞥上一眼。那座尖利闪光而伤痕累累的建筑，一想到是大将军的头，就相信他流着血流着泪，相信他因为受到太多次无端的羞辱，而怒视每一个企图靠近他的人。

可猫狗是不知怕的。它们贴着底座休憩，卧睡，我明白，这不过是贪图金属外壳及其阴影带来的凉爽。我想塔顶也明白，因为那片阴影在无人时，会显示出某种毫无防范的温情。可我不明白，鸟类飞向塔顶是什么意图。它们如果愿意，大可以飞向更高、更凉快的树梢。直到那天，隔着水杉林，我看到一只鸟急速冲向塔顶，然后坠下。闷闷的一声，塔顶发出轻微的颤动，林中光影随之变化。我翻过围墙，像踩着冰针一样紧张前行，直到目击一坨血肉模糊的东西平平地烂在地上，烂在最早一批游客留下的刻字旁边。

我大哭。老人说，这种事，你看到一趟，就会有第二趟，第三趟。我眼前便出现第二只、第三只鸟朝塔顶冲去，跌落。我吓得紧闭眼睛，于是脑中出现一个金光闪闪的宝塔顶，那上面，游客的字迹全部消失了，只剩一对翅膀印子无法抹去，我知道，那是它的速度，它的决心。

几天后，我含着一口饭，在老人家的西湖牌电视里看到那个反复播放的镜头时，心里又想起了那只鸟。我想不出那只鸟要经过多少次计算和排练，才能精准地撞入一只宝塔顶。它为什么要撞，是为自己，还是为着宝塔顶？可是，为什么宝塔顶没有塌，高楼塌了？飞机来了，高楼里出现一团乌云，然后乌云爆炸，高楼分崩离析。我朝老人看了看，老人朝我看了看，谁也没说话，我们从没见过那么高的楼，第一次见它，竟是它消失成灰的时刻。在公园里，我觉得自己不曾看清，此时却在电视上完完全全看清了——我看见那只鸟的神情不是愤怒，而是快乐，令我怕到发抖的快乐。我几乎要把那口饭呕出来了。

老人拍我的背说，想不开的人钻进想不开的牛角尖里去，啥事体做不出来。

很快，黑夜重现，广播响起，一次熟练的换挡后，我们的车抖了抖，便迎向高处的路灯和天幕。于是一群新鲜的节奏渐渐散开，击打在座椅和晃动的扶手之间。黑 T 兴奋地喊，巧了，这首就是两千零一年的。我愣了一下，转头看他，却先看见那个专心的人，眯住眼睛，像一只对光线异常敏感的猫，头微微点着。进到副歌，我才听出是周杰伦的《开不了口》，那年他出了第二张个人唱片。我发现广播和 KTV 一样，出于习惯或是怀念，总爱停留在看似不久的很久以前。

在歌手含糊的唱词中，驾驶员喝了口水，又向乘客抛出了空中之球。他们的话，大约是大润发生意越来越差，乘客寥寥，线路一条接一条关，工资越发越少。几个回合下来，却又绕回原来的意思。一个说，只听人家拍手，美国人死了好，死了好。我想，不管啥地方，死人有啥好？另一个说，隔出两天，电视里讲，不是苏联，是大胡子，美国人手腕狠，路道粗，马上打仗。一个说，你看看，又要死人了。

黑 T 插嘴，不是两天，是隔出一个月，小布什宣布打仗。

乘客笑道，小伙子，对我这种岁数来讲，隔出两天，同隔出一个月，有啥区别？

黑 T 也笑，爷叔讲来有道理。然后大声说，所以啊，站台上等一分钟也好，十分钟也好，有啥区别。

我怨恨地回了他一眼。

自那天起，我不再怕坐飞机，转而害怕身处高楼之中。我意识到塔顶所面临的危险，远比鸟类飞行要大得多。而十八岁以后来到这座城市，我无法回避满地高楼。毕业前，我曾在一家外企实习，座位有限，我被临时安排进 48 层的小隔间，里面堆满卫生和文具用品，我的办公桌，是一台坏了的打印机。我在这里坐了六个月，仅通过邮件同其他楼层的同事往来工作。他们中的许多人，我想，即使在楼下买咖啡撞到我，也绝不会想到这就是几分钟前的邮件发信人。但促使我做下去的动力，从不是这种陌生的秘密或乐趣，而是在 48 层，我开始主动克服自己的童年障碍——通过频繁地挤进打印机和墙之间的缝隙，踩上窗台，观看这座巨型城市的空中风景。

写字楼和宝塔一样，下大上小，所以在地面咫尺相对的，到天上却遥遥相望，又因为空中无所阻挡，人眼勉强能看清一些对岸的轮廓。每天的不同时刻，无数块透明玻璃窗后面的人来来去去，灯光时亮时暗。我见过有人撕纸，有人接吻，有人哭着打电话，有人甩了别人一巴掌，还有人走进会议室，先泡咖啡，然后把咖啡倒入沙发，悄悄离开。但我从没见过有人望向我。他们面孔不一，穿扮却大多相似，时髦得体中流露出自我约束又想要艳压群芳的心气。我不关心他们的具体工作或收入水平，我只是想，他们是否会在某个放空的时刻想起很多年前的一次恐怖袭击，继而为自己所在之处焦虑——毕竟那些无可预知的航班，时常在他们头顶略过。

习惯是一种有力的练习，我在对人的反复观察和想象中，渐渐忘记了让自己去害怕，于是不再害怕。甚至偷偷住过一晚，实习结束前夜，为了持续观察某个加班的人，我留了下来。夜幕降下，无数块玻璃窗边都亮起了小灯，忽闪忽闪，组成虚假的星空。星空里的那人在电脑前趴倒时，我也不知不觉靠着窗台睡了，再睁眼，他早已伏案继续。那时我下了决心，忽略一封标题为录用通知的邮件。次日下午，正是初夏暴晒时，我蹲在窗边吃隔夜三明治，瞥见远处天台上站着几个人，看手势像抽烟，这是常有的。很快，一人将烟头往下一扔，撤回楼里。第二人一扔，也撤回。最后只剩一人，我才觉出眼熟。他抽一支，扔一次，又抽一支。反复几次后，他将烟纸壳往下一扔，点燃最后一支。终于，仅剩的烟头也扔下了。他像要去追那烟头，朝前走了一步，又走一步，他开始突破屋顶花园的边线。我的心拎起，拼命敲打自己面前的窗户，毫不起效。我欲打电话，却不知该打给谁，如何解释方位。就在我手足无措、而他即将逼近的那几秒的末尾，一个霹雳坠下，天瞬间阴了。

那人停住了。我们的车停住了。

窗外掀起一阵狂风，雨水横泼，刮满玻璃。急刹车后，水花集体朝前冲去，形成张牙舞爪的地图。老乘客撑开伞，消失在响声巨大的雨中。驾驶员转头喊，戆戆，末班回程九点五十噢。我顺着他的视线望去，那副宽阔的身体已套上雨披，正从后门缓慢移出。黑 T 站在门边，撑开他的折叠伞，朝我点头，我又一次毫不犹豫地钻进那块普通的格纹布面。黑 T 说，雨大，进去避一避？我说，正好去买把伞。便随着他的步伐落了车，朝入口处走去。地面迅速积起了活跃的水坑，一步一动，我的平底鞋再度划进湖里。

那天，响雷后的几秒内，雨泼下来了，同此刻眼前的停车场一样，那雨大到让天台屋顶处处跳起水花，窗户瞬间模糊。我拼命擦着自己那一面，看到那人渐渐变小，然后转身，收入一扇小门，像一条企图勇敢的蚯蚓，望了望天，又悄悄钻回土里。而我已进入雨中。

我说，要不是这场雨，我都快想不起工作之前的一些事了。

黑 T 故意怪声，哟，你看起来不像是工作二十年的中年社畜呀。

我朝他苦笑了一下。

五

黑 T 指着前面那片半透明的紫红色雨披说，戆戆进去，买两板养乐多，明朝到期，今晚第二件半价。一板当场喝掉，一板车上喝掉，每天一趟，雷打不动。我望过去，跃动的紫红色底下漏出一对洞洞拖鞋，步伐越来越慢，渐趋停下，全心踢打着地面的积水。黑 T 转弯，带我绕开戆戆掀起的余波。我指着前面那把写着“建设文明徐汇”的大伞问，爷叔买啥？黑 T 说，爷叔夜里来，当作跑一趟小菜场，九点以后，肉类打小折，蔬菜打大折，运气好，碰到半死不活的水产，当场拿走不谢，照爷叔讲法，老清早爬起来，不如夜里扫荡。我惊讶于他对同行乘客的了解程度，于是随意点了远处一把伞问，那个人买啥？看样子是来和爷叔抢生意的哦，他提高声音。那你买啥，我问。我啊，我就来逛逛。我抬头看他，才发现他生得好高，高到我只能望见一个突出的喉结和下颌骨的底面，因此吃不准他的岁数。回转脖子，眼角余光又恰同那道棱镜彩虹对齐。

顶上的白炽灯管很密很亮，闭上眼睛，脑中仍横着一道一道短促的光斑，再睁眼，愈发感到室内不堪冷清。寥寥几个顾客，钻出来，又遁入货架之中，甚至不如员工红马甲在眼前闪现得频繁。此地与其说是卖场，倒更类似大型仓库。就连入口处停得满满当当的购物车，也像是某种不幸滞销的过气商品。我极少见到这样的大润发。

记忆里，一旦过了闸门，场面必是乱中有序。人们第一步抢占购物车，第二步冲向最近的甩卖区，一头扎进叠堆，火速挑出临过期食品中剩余寿命最长的一包据为己有，然后扎进下一个叠堆。最可怕的是周末晚，春节前，或周年店庆，抬眼，黄底红字的巨幅海报下面全是人头，他们走过，留下大码小码脚，与购物车轮的印记相互取代。即便在冬天，兜一圈也能出一身汗，提着大包小包往出口处一站，吸一口寒风，才算活转过来。头几年我岁数小，最热爱的食品架永远挤不进，便放弃了在大人的身体丛林中受苦，改去电视机展览柜前一坐，观看家里没有的高清动物世界。但自从听闻有小孩在这一区走丢后，大人便不许去，只放我进一部购物车。这倒使我得以畅快无碍地穿梭在卖场中，免去踩脚之痛。稍大些，无法再坐，改而负责推车。我推着它，眼睛却从不放它身上，饭菜是别人碗里的香，我家的车里，不用看，永远是那些无聊又笨重的生活用品，食用油，洗衣粉，褶皱卫生纸，哪一样放得入嘴巴。我唯一能做的，是悄悄塞几样零食到车底，结账时趁大人不注意，抢先送上那条终点设在收银员手中的滚动带，心中盼它们快些到达。

不想这么多年过去了，走到食品架附近，我仍被触发出一阵无可掩饰的饿与馋。这两种感觉向来是紧密交织、彼此加强而出现的，像麻花绳子，必定要两股拧在一起，才能生出足够大的力气缠住我本意朝前的脚杆。我望着面前这堵挂满零食的墙，从花花绿绿中一眼认出若干熟悉的包装。白光反射，头一晕，我感到它们纷纷掉落来，砸向我，砸到我的小房间的地板上。

还没吃？黑T觉出我的异样。我抬头，才算第一次在亮处看清他的样子。实在是太普通了，那种放眼望去大学校园里满地跑的寸头方脸，人瘦且黄，不算高的鼻梁上架着粗框眼镜，并不能修饰脸型，也遮不住毛孔粗大的皮肤。那时室友说，你回想一下初高中，应试教育工厂里走出来的男生，十个有八个都长这样，是不是？我无可反驳。这类男生最大的特点是面貌高度稳定，中学显老，大学勉勉强强，真等老了，反而显得后生起来。总之，只要没秃，永远这副样子。

我点点头。估计自己是饿过了。工作这两年，我经常饿过头，有时加班忘记点外卖，有时忘记要错峰点外卖，空等太久，也就减了食欲。不过这会儿，我竟又生出一些新的食欲，也许是认出那几样久违的零食，老友重逢，心里忽然激动。正要伸手去拿——我们到那边吃！黑T拉着我穿过零食区，然后穿过酒水区，奶粉区，进口食品区，往低矮空阔的另一边去。一路上没人，我们跑起来，耳边竟响起了细小的风声，我扁平的胃也跟着上下蹿了起来。很快，我闻到烤焦的面包香气，正要停下，黑T又拽住我拐弯，快到了！他说。就在我的胃要被颠得贴成一片之前，我们到了熟食现做区。

小阿姨！黑T朝空荡的半开放厨房喊。

包子还剩三只，拿给你妈，明朝早饭正好。女人边讲边从后厨走出来，闷头递上一袋东西，嘴巴只顾朝另一只手里吐什么吃食的碎屑。

小阿姨，喊你做夜生意呀。

女人的目光扬起，又坠崖似的从黑 T 脸上落到我脸上，眼睛一亮，嘴便笑开了，喉咙里像灌了油，细细倒出话来。哟，啥情况，今朝带小姑娘啊，带小姑娘么，到大厦里吃顿高档货，来小阿姨这寻死啊。

女人戴上口罩，立刻开火。炒只啥，小姑娘？她看我。我说随便。女人讲，趁年轻，不好随便随便呀，想吃啥就喊啥。你看小阿姨，再开条件要吃啥吃啥，爷叔只讲，老价钿有啥好吃？她举起铲，指了指斜对过的海鲜摊，玻璃水箱里冒着泡，背后的人发着呆，同几只无人认领的老蟹面面相对。

黑 T 讲，今朝海鲜摊有啥好货出口转内销啦？

小伙子精是精，喏，女人取出一只保鲜盒说，爷叔省给自家老婆吃，我讲不吃，这两天牙肉肿，海货少吃，要么炒饭来一盘？没等我点头，女人就掰蟹腿蟹钳往油锅里扔。她讲，有人吃大闸蟹、帝王蟹，有人吃死蟹指指脚脚，小姑娘，要紧吗？我摇头。小时候吃过饭，爸爸常带我去菜场后门看最后一批河虾，踢一脚脸盆，毫不动弹，谁还敢要？只有爸爸喊，老板，收货收货。老板笑嘻嘻连称带送。我们拿回家，趁那活物咽气前火速一剪，一落水，次日晒虾干吃正好。

黑 T 望着火势问候生意。女人讲，中秋也这样淡，好了，好下岗了，我讲要跑，爷叔不许，讲做做蛮好。这时斜对面喊道，没人来正好，好东西自家吃进，不会错。女人讲，你会算账，倒不见你发过洋财。那人又喊，洋财不想，吃大润发，用大润发，就算小财。女人转而对黑 T 讲，爷叔恨不得样样吃进，结果呢，媳妇一样不要，同孙子买，万事日本进口。女人冷笑，大润发么，野鸡超市呀，我同你爷叔讲，老头子老太婆自吃自用，覅拿出来叫人看笑，小姑娘，下趟你不好笑话。我摇头。却又觉得这一摇，不小心坐实了女人对我和黑 T 关系的误认。

女人盛出满满一座金黄小山，插进两只调羹，又从饮料机打来一杯冰镇酸梅汁，两根吸管。黑 T 觉出尴尬，忙推说，你吃，我吃过了。我吮一口汁，全是底部的粉渣。海鲜炒饭的味道却并不比那些昂贵的泰国餐厅里的差，只是咬开蟹肉，腥气不免四散，这没什么，总比不知死活的外卖好。我看了一眼价目，也比外卖便宜不少。女人望见我的视线，高声讲，我待人吃一天到夜的边角料，要啥钞票？说完又往我面前塞了半条寿司和一只鲜肉月饼，都是冷的。

我有点饱，问黑 T 要不要，他正接过，女人喊，不许给。好东西现在留给人家，下趟屋里有好东西，人家不会晓得留给你。这话像是说给我听，又像说给斜对面听。她另取出一袋松散的月饼皮递给黑 T，解下围裙讲，小阿姨去旁边买面包，要带点啥？

我主动提出一起过去看看。卖场里的面包，无论如何我都觉得亲切。从前爸爸下晚班，顺路拐进，九点多，当日快过期的面包，三捆两捆地拿透明胶绑在一起，不成样子，五块八块地甩卖。爸爸急着回家睡觉，大概是不会认真挑的。但很长一段时间内，我吃到的面包几乎没见过重样。长的，圆的，咸口，甜口，他买回来，第二天我打开冰箱，总是惊喜。爸爸说，放了冰箱，这一夜就当不存在，不算过期。我吃上去，大体如此，但某些带香肠和蛋黄的品种还是容易坏，味道怪怪。后来爸爸就改成只买吐司，次日早起，煎一个荷包蛋，抹一勺花生酱，两片夹住，叫我带上公交吃。高中三年，我吃了两年多。他走后，我失去了吃早饭的习惯。想起来，我已多年不曾见他。工作之后，我也很久没有认真地想他了，他永远停留在五十出头，而我不停追赶。

我们走过去，仍是那几样不知该叫作常青还是过时的品种，零零散散地倚在货架上，像夜班地铁里累到无法动弹的乘客，浑身散发着绝望气息。女人却挑得仔细，反复翻看成分和日期，同我商量几句，然后在全麦和红豆之间来回落眼，直到红马甲指明了今日优惠。

买一送一，我们无须思考，一人一提全麦吐司折返。黑T正在长桌上默默折纸盒，折一只，往收银台上放一只。我认得出，每个去过大润发并留下电话地址的家庭，都会定期收到这样一份购物邮报。薄软油滑的纸张，我将它同粗糙的报纸、小广告和水电通知单从信箱里一起拣出来，扔到桌上，只留一份夹进自己的作业本，然后坐回小房间，撕开透明薄膜，一页一页地翻，像欣赏一幅世界名画的各个部分，又像做生意，每翻过一页，就完成了一份订单，一桩买卖，内心无比充实。直到看完末一页上所有想要的文具，我仍舍不得将它折成纸盒，供大人吐沾着口水的瓜子壳。9 块 9，19 块 9，现在想来，数字所对应的商品甚至不意味着任何物质欲望，无非是些让人看着就高兴的画片。这又和浏览电商不同，后者随花费的时间而徒增犹豫和焦虑，最后引发令人窒息的空虚。

我告诉黑 T 这些想法。那当然不同，他说，物以稀为贵，网购的选择面太宽了，刺激你欲望的同时又稀释你的欲望，但有一点又是相似的——他流出一丝黠笑，我懂那意思，照片上的东西总比实际上诱人得多。他点头，递给我一张纸。现在看来，这种熟悉的排版和字体俨然是过时的审美了，五毛钱 PS 的水果，成了更早些年在搪瓷面盆底部见到的水果，假得勾不起任何食欲。我尝试折，发现已经不会了。于是意识到情感变动也许并不关乎消费方式，只是时间问题。

你看我做。黑 T 另拿一张，平摊在桌上，我看了几秒，很快记起了折法。这近乎一种本能，多年不用，只需稍加提点，便立刻会了。就像小时候的一篇新概念英语课文，潜逃的美洲狮，我说，因为是第一课，背得最认真，从此以后只要看到 puma 这个单词，就能脱口而出全篇——黑 T 立刻背了起来，lesson1, puma at large……我们大笑起来。

六

我们买伞，是去找伞，也是在空阔的大润发散步，穿过一个货架，又穿过一个，像身处毫无提示的迷宫，只有过时的流行歌曲和新晋网红神曲在耳边交替，但并不觉吵。我在消食，我和他在说话，说些很久以前的事情，比如超市出现之前的副食品商场，超市里曾发生过的吵架、打架事件，抽奖活动和莫名其妙的商业演出，比如每户人家玻璃桌板底下都夹着的班车时刻表。我说起自己曾在停车场见到小广告漫天飞舞，那是一个夏末的台风登陆前夜，人们囤完货，眼前白茫茫一片，如同北方冬季下雪，电视剧里大户发丧。他说起入口处办银行和电信服务的广告大伞底下，曾有推销员脱了皮鞋，脚臭到顾客怒而报警，保安来赶人，又被活活熏走。我们讨论上好佳和乐事哪一样更长红，酷儿橙汁为什么渐渐消失，弹什么乐器的咪咪才是正宗的马来西亚咪咪虾条，我们单单没有提及电商，代购，外卖，快递，当然，谁也没有否认这些词汇早已填满当下的日常生活——我们只是避而不谈，就像故意绕开戆戆的洞洞鞋所掀起的水花，就像不愿过问一墙之隔的外面是否还下着雨。这是个复古的夜晚。白炽灯亮得让人几乎分不清白天和黑夜，我的脚步停不下来，也就渐渐忘了真正的白天所发生过的事。最神奇的是，大约从上车开始，我算不出自己用掉了多少节课。我的单位时间失灵了。

我想起第一次去大润发，是在小学暑假的傍晚。天特别热，没有一丝风，走出来才惊呼，半个小区都在门口等车。同方向的车一部部来，大家心照不宣地无视，只苦等那部未曾见过面的一小时一趟的免费班车。谁都明白，挤不上，只能再等一小时。很快在下一关，手脚不灵的人被无情淘汰了，他们在车外眼睁睁看着里面的人渐渐朝前移动，像月台上送客的亲属，目光黏滞不舍。只有里面的人晓得，对方舍不得的是车，对人，他们满腔怨愤。我被爸爸扛在肩上，砰一声，额头撞到车顶，硬塞了进去。从高处望下，人头密密麻麻，有的黑，有的白，有的中空，一个小孩从来没机会见到这么多头顶。它们流着汗，说着话，从各自嘴巴里流出不同的声音和语气，二氧化碳浓度渐渐升高。车厢如同过年前的公共浴室，太闷了。有人喊，师傅，开空调呀。驾驶员讲，要乘空调车么，先丢两块钱进来。那人便忍住不回。大润发离小区很远，事实上，新造的大卖场离城里任何小区都不近。车一路开，人一路涌进来，驾驶员喊，来，松松脚。好事者应道，来，大家一道跳芭蕾舞啊。车内哄笑。人人都想着，快到了，到了就好。谁能预料，到了更不得了。我平生没见过这么多人被关在一个密闭的厂房里，即便是假日的广场和湖边，也不曾挤到透不过气来。过了闸门，同车的邻居很快被冲散了，我坐在爸爸肩上，听他和妈妈约定，如果走丢，一个半小时后回程车上见。

时间本够宽裕，可半路碰到邻居，对方千万关照，去晚了哪还有座，起码提前半小时等车。于是我们绷紧了弦，以最快速度找到清单上的必需品，至于我心仪已久的宝贝，一样都不许买了。匆忙到头，收银处排起长龙，我们三人各占一队，最终一人提一袋往停车场奔去。

可是车太多了，每部面貌相似的大巴外都挤了好几层人，叽叽喳喳等着发车。我们兜转许久，总算见到城南线三个字，但四面早已水泄不通，汗臭脚臭，要把车身轰上天去。幸亏遇到几副熟面孔，大人合力攻占下一张专设给消费者候车的圆桌，东西一放，很快聊得飞起。小孩坐在桌上，蚊子块一个接一个肿。直到驾驶员甩钥匙的声音传过来，众人一哄而上，圆桌派们反应不及，落败而归。过了一会，有人大叫，上错线啦！见车内松动，爸爸扛起我就跑，其余人也跟着见缝插针，站稳脚，继续在昏黑的车里大声聊天。又是嗡嗡的一路。

挨到下车，一老太跺脚大骂，作孽，有一袋忘在座位底下了！这话像颗炸弹，一落地，炸翻了旁边的人。只听一个拍头大喊，要死，一样没拿，全在圆桌底下！另一个也哇哇大叫起来。众人忍住不笑。那天夜里，三个马大哈聚在小区门口商量要不要回转，怎样拼车合算。一个只买了鸡蛋，不愿费钱，一个怕老婆骂，犹豫不决，另一个则坚持要去。直到末一趟车到站，人头涌出，好事者插嘴，戆啊，老早叫人家占去便宜了！三人大悟，叹气回家。这桩事后来成为大家等免费班车时的必谈笑料。

听到尾处，黑T笑得走不动路，夸我会编。是真的呀，我保证。他便说回程时定要探探驾驶员口风，看他捡过多少马大哈的便宜。这时，我远远见到先前同车的爷叔在和海鲜摊师傅讲话，原来绕了一圈，我们又回到生鲜区附近了。爷叔戴起老花镜，从夹克里掏出一张纸，举得老高，用手指划。我说，爷叔真是好男人。黑T说，爷叔大半生脚翘翘，当官老爷，直到老婆中风，儿女讲，要么当护工，要么当保姆，你选一样，我们承包另一样，爷叔选了护工，做了一阵，实在伺候不动，改当保姆。

我想起爸爸住院后的性情变化，感叹道，每天同厨房打交道，总比同病人打交道轻松点。黑T讲，道理是这样，但实际上，中了风也可以当卧榻将军，家里每天买啥，还是要听指挥办事。我望过去，爷叔正在讲手机语音，地上的篮筐已半满了，塑料袋包裹的食物之外，还挂着一件带吊牌的玫红色条纹长袖。我讲，爷叔到底是贴心人。黑T讲，我从小也在超市买衣服。我看了看他身上的棱镜彩虹，他只好补了一句，在优衣库出现之前。

服饰区一向是我假装不屑的地方。试想自己匆匆忙忙，在一圈薄布的包围下换上一件尚不知合不合身的衣服，走出来照镜子，一脸滑稽，此时恰有熟人推着购物车从不远处经过，真没脸啊。因此我只敢偷偷瞄一眼，再瞄一眼，脚上自管朝前。黑T懂我意思，他说男孩不一样，当场脱当场穿，百无禁忌。我回想一下，确实没少见到这样的男孩，两手一环，上衣从头颈里扯一把，黑黑的肚脐眼就抖搂下来了。我站在两排短袖之间来回张望，仍是印花图样，大众款式，仍旧便宜。

黑T说，我进去逛逛。再出来时，一双迷彩沙滩拖鞋摆到我面前。我低头，才发现自己的平底鞋开口了。知道鞋湿，只是湿了太久，双脚几乎适应了这样畸形的环境，以至于毫无察觉。我迅速换上了。沙滩拖鞋是儿童夏天必备，廉价，轻便，遇水快干，缺点是容易被踩，从前一进教室，几个男同学就兴奋地互踩起来。可是怎么走？我望着两只鞋中间的防盗搭扣，却不知黑T蹲下身如何一弄，搭扣就松了。你是惯犯啊，我说。他眨眨眼。我顾不得照镜子，在空地上走来走去，虽稍嫌大，仍感到轻松极了。不远处货架上立着一排大大小小的凉拖，再看地上，浸水后褪色的鞋，张着大声求救的嘴。为什么职业女性不是高跟鞋就是平底鞋呢，前者塑造高冷，后者塑造毫无攻击力的温柔，自然就容易被忽视，被欺凌。我穿着新鞋，让脚趾在鞋底和空气之间反复撑开、并拢，它们像在大口呼吸，高声叫着再也不用扮演任何隐忍的角色。

我问黑T，怎么样？他点头。我得意，那中秋假就穿它去吃喜酒。黑T说，索性省了红包，送新人一双鞋。我叉腰大笑，沙滩拖鞋似乎将我暂时解放出来了，每说一句，我都忍不住要腾空蹦跳一下。此后我们走过布料区、灯具区，像走在一些面目无趣的样板房里，而我几乎是甩着手，斜着身，半朝着他的脸一路向前的，嘴也停不下来。我说起自己二十五岁后，开始频繁地参加同龄人的婚礼，掰掰手指，也该有十多场了。

黑 T 问，你有那么多朋友？

我说，你知道，婚礼只是社交的一种方式。他点头，并说自己好几次走到酒店大堂，见门口摆出两三幅同日的喜宴海报，不仔细看，根本认不出要去哪一场。

只怪化妆太浓，P 图太狠，风格又千篇一律，我说。

有一次真走错了，黑 T 说，仪式看到一半，觉出不对，去外面看名字，我操，赶紧去隔壁宴会厅，心里却老在想刚才见到的新娘。我插嘴，你什么意思？他说，没别的意思，我总觉得名字很熟，脸虽化了妆，也记得起小时候的样子，又实在不算认识，我想了好久，想不出这算哪一种熟人。

我们沉默了一阵，在两排厨房用品之间缓缓穿行，白灯照下，锅碗瓢盆的金属冷光泛着某种不近人情的成熟气质，空调吹向半湿半干的脚，地砖的凉意也窜了进来。

也许就是，小时候一起上过少年宫奥数班的那种熟吧，我忽然说。

黑 T 不再往前。他似乎被这样一种既模糊又准确的描述击中了，停在一堆木制碗筷前，像只被高高吊起的细长汤匙。话脱落口，我也感到一阵恍惚。关于那些在青少年宫上过同一门兴趣班，偶尔传过作业本，听老师点过名，却从没说过话的人，还能记起的不多了。这样的人，也许在暑期社区实践见过，公园游乐场见过，父母单位的工会活动上见过。总之现在，都是大人样子了，彼此不免会在酒店、医院或下一代的学校里重逢，引发一阵默契而短暂的惊诧。

我感慨道，一起学奥数的女同学已经结婚了，班上成绩最好的男同学，大概已经秃了吧。

黑T看了我一眼，始终没有开口。我不知道他在想什么。

我当年也拿过竞赛奖牌呢，我说，你长得高，从上面望下来，我头顶有没有不良迹象？黑T做出仔细端详的姿态，然后说，中空倒是没有，白头发好几根。

我也被这种诚实的描述击倒了。这时我们已走到食品区的另一头，牛奶冷柜的边框照出一半的我，从这个角度，这束光线，我隐隐望见左脸颊上某块阴影部位的塌陷。据说人到了一定年纪，皱纹会先成为一种焦虑，继而变为一种骄傲。我却两种皆无，每次无意中察觉出自己身上细微的变化，就像当年发现乳房微凸一样，只有成长的惊呼，与惊呼后的不知所措。

黑T突然拿手肘戳我，我吓得惊呼一声。他指指前方，我才看见那具硕大的肉体横陈在冷柜边，雨披垫住屁股，小腿抖动，两板饮料却被大腿牢牢夹住不动。红马甲走过来，递给戆戆一盒鲜奶，又递一只装得扑进扑出的袋子到他脚边。黑T上前，拍戆戆的肩，同红马甲稀松言语，似乎拒绝了从袋中拿走什么的邀请，然后朝我招手，走吧，原来雨具在后面。他往回走，我追上去问，这是戆戆的，妈？看着不像。

黑T说，是舅妈。原来戆戆靠姆妈一手拉大，姆妈病故后，戆戆一个人过。他从小喜欢乘舅舅的公交，不讲话，只看野眼。乘来乘去，人大了，也老了。我回头看，戆戆在玩的手游，我班上好多小学生也在玩。他冲屏幕笑的时候，鼻头柔软地皱起，也像个小学生。若不是黑T提醒，我无法相信他快四十。

黑T告诉我，戆戆曾干过几份看门房的工作，都因为坐不住而告终。我说，既然生了只橄榄屁股，又爱乘车，不如去当售票员。黑T笑道，那他最好去当空乘呢，日行万里。我便趁机问起了那个我思考过无数遍的难题，你怕高楼还是怕飞机？黑T一脸茫然。

直到走近雨具架，挑出一把最普通的透明雨伞，9块9，和地铁站的价钱一致，我才讲完了宝塔顶的故事。后来宝塔重修，塔顶被移走，我一心以为它会回归原位，却不料人们新造了一个金光闪闪的塔顶，安于高处。奇怪的是，旧塔顶却没有再回公园。我不知道它去哪了。那时老人已死，我无处可说，常梦见一个戴头盔的将军立在雨中哭泣。他哭起来尖而细，像个女人，毫不威风。多少年过去，我已忘记害怕，但忘不掉那撞击的画面，有时我分不清，是鸟还是飞机，砰的一声，烂在地上。

黑T沉默了片刻，他说，高楼被地面牵住，但飞机不是风筝。

所以，没依托更可怕？

不，没自由才可怕。

我接不上话。

那你还要继续移动吗？他这么问时，我才觉出自己有些累了。

于是我们坐在雨伞中间，像躲雨，躲空袭，也像躲一只鸟的撞击。光透过伞打下阴影，深浅一片。黑T起身，遁入阴影之中，我不敢回头。我们坐成一前一后，一亮一暗，抛起空中的球。

我说，听老人讲，室内不可撑伞。鬼在外面借你的伞躲雨，你收了伞，再打开，鬼就出来了。

黑T说，你怕鬼，鬼还怕你呢。

那我不怕鬼，我怕吓到鬼。

假如是你认识的鬼，还怕吗？

我想到爸爸，无论什么样子的爸爸我都愿意见到。如果转头就能见到爸爸的鬼，我情愿永远不朝前看。这样想的时候，我掉眼泪了。眼泪说掉就掉，同这个城市的雨一样，却吃不准何时会停。我听到身后的人唱起歌，随广播不和谐地哼着，那声音又近又远，陪你去看流星雨，落在这地球上。啊，真老土啊。

流星雨落完，超市广播响起，三十分钟后打烊。我抹了把脸，拍拍屁股，走吧，我说。黑T看了看手表，嗯，走出去正好发车。

我说我不坐回程车，走路就行。

黑T脱离暗处，忽然站到我面前时，他的影子将我罩住。他说，你有没有见过打烊前一刻的大润发？

他似乎没有继续考虑自己的回程问题了。我们决定再兜一圈。

七

黑T说，高岛屋八月底离开上海，人们疯狂扫货，关门前几天它又突然宣布，不走了，两头高兴，中间苦了商家，可话说回来，确实卖得太贵。我只听不响。黑T又说，家乐福要退出了，麦德龙也在拍卖，别的几家早不行了。我仍不答。黑T说，滨江有一家莲花开了多年，从前算郊区，现在成了市区，反倒被划作违章建筑了。我说，你怎么知道这么多？黑T不答。我讨厌他脸上掩饰不住的得意。

有一件事你肯定不知道，我说。

黑T停下来。我看着他说，我家小区门口的免费班车去年底叫停了，托相邻的福，这是城里撑得最久的一条线路，也就是说，自那以后，我从小长大的地方再没有免费班车这样东西了。虽然，我补了一句，有没有这样东西，世界还是照转。

停开前几日，驾驶员把消息透给乘客，乘客传到小区里，小区里传到小区外。最后一天，免费班车又开始装猪猡了，一车厢来，一车厢回。白发人空手在站台等，上了车，脸上看不出开心，也看不出难过，闲话照讲，只当相互配合，来完成一桩集体任务。驾驶员讲，这叫回光返照。

当晚的末班车，人并不多，四下沉默。直到开上桥，环城河里的夜游船向桥洞驶来，灯与波光辉映，有人见此便喊，跟船去兜一圈？旁人笑，发啥神经。驾驶员二话不说，方向盘一打，下了桥，就带全车人沿着环城河空兜了一圈。城南线潇洒上路，陆续穿过城东、城西、城北，停靠在人们能指认出的那些曾经拥挤的站点，若有人愿意上来闲乘一段，驾驶员就开门招呼，众人热闹相迎。徐行夜深，再回到城南时，小区铁门已虚掩了。几天后，等乘客的自述在相邻中传完一圈，站台上的大润发铁牌已被工人拆下了。看门人讲，螺丝钉锈光，哪还拧得下，工人只好拿榔头一顿猛敲，铁牌溃败，碎成几片落地，最后被扫垃圾的人收走了。剩下两块新旧线路的铁牌之间，从此空出一个长方形的洞。

听我说完，黑 T 讲，也许往后，超市也不存在了。虽然这也没什么，世界还是照转，人们还是照过。大人开车路过这里，看到外面停满大卡车，会跟小孩说，看，这就是电商物流的起点。我呢，也只是少了个散步的地方。他这么说时，我们像正走在一条即将望到尽头的路上，穿过墙壁，我们就要与它一同消失了。

于是我说起，我有一个前男友，他把自己最喜欢做的两件事写在社交网络的主页上，逛逛超级市场，看看卫星电视。我们以前——我没再往下说，我意识到和一个陌生男性主动说起前男友，似乎带有某种暗示，但实际上我并无此意图。我只是突然想起那个比我大几岁的男人，那时他已工作，我还没有，我常常赖在他租的房子里，不去上课。他上班后，我看书，看电视，用他的音响听他的CD，醒醒睡睡，直到他下班回来，我们下楼吃饭。饭后走着走着，就走去了附近的大超市，明明没什么想买的，还是买了点什么回来。他说，逛超市让人放松，和让人放松的人一起，就又多了一层快乐。有时我们边走边聊见到的商品，见到的人，有时聊些超市之外的事情，公司里的，学校里的，新闻里的，什么都可以——这些我都没说出来。

我努力将话题扭转回去。你知不知道国内有个乐队叫超级市场？我最早听到本土电子乐是从他们开始的。

那你现在还喜欢逛超市吗？他这么问时，我意识到话题回不去了。也许对黑T来说，他的回答只是对我所释放的信号的一种积极回应。但我并不想将错就错。我干脆说道，我并不怀念他。

我只是问你还喜不喜欢逛超市。黑T笑了起来。

我不知道怎么回答，太久没逛超市了。可我又突然理解了前男友为什么总是不知不觉地走向这里。工作后，我才体会到这种放空所带来的巨大舒适感，正如我曾见到过的，天台上一支烟的救赎。

黑T似乎陷入了自己的情绪，他等不及我的回答便说，反正我一直很喜欢的，从小就喜欢，而且我只喜欢大润发。

因为它是你来过的第一家？

也有这个因素，但主要是我来得特别多。

我表示好奇。

他说，你见过小区里的烟纸店吗？

我点头。我从小住的地方就有三家，一家沿街，两家开在底楼车库。其中一家我最熟悉，老板娘是个不显老的圆脸阿姨，直到现在，见我回家路过，她仍会这样喊我，宝贝回来啦。

我家就是开店的，黑T说。最早从批发市场进货，后来乘免费班车，我和我妈一起来捡便宜。我妈说，看到印花，你就拿，譬如买进三毛，卖出五毛，不会亏。我们一周扫一趟，每人准备好两个大袋，空着来，满着回。年节脚边需求大，我妈会临时派我来补点小货，我一上车，驾驶员就喊，你妈生意真好呀。

那你今天是来补小货的？

都拆了，底楼阳台的店面都算违建。我说再盘一个，妈说算了，何苦作对。我念及她身体不好，觉得也对。只是偶尔有老人习惯性来门口喊声烟酒，我妈关照我备着些，当作代购。

我想到自己在车站把他臭骂了一顿，心中有愧，但并不想道歉，便岔开去说，七岁时有一天我忘带钥匙，等到脚酸，只好去小店里坐。后来老板娘睡着了，我躲在柜台底下看电视入迷，忘了这事。大人到家后发现没人，满大街找，几圈兜下来，快要哭着报警，爸爸过来买烟解闷，才发现老板娘还在睡觉，我还在看电视。

如果你在我妈店里，就不会错过。

我问为什么。他说，我妈店外面挂着一块小黑板。

就是那种冷饮价目表？

他摇头，我妈店里每天都有小孩来，像晚托班，还有家长提前把书和玩具放过来。我家店不大，旁边有棵香樟，泥水匠在树下砌了水泥圆桌，旁边放两条长凳，白天供人下棋，四点以后，就留给小孩了。我妈叫我负责写黑板，接走一个，划掉一个，剩下的留在我家吃饭，继续等。

我没敢问他为什么始终没提到父亲。广播又响，离打烊只剩十分钟了。我们约定好要共同目击的最后一刻，正一步步走在头顶的白光里。很快，白光灭了几排，黑T的脸随之暗沉下来。他说，你算不算今天店里最后一个没人认领的小孩？我不说话，也不抬头。

你身上有多少钱？他突然问。我说，你手机没电了？他摇头，移动支付不算。我掏出包，一张二十。他有六十不到，拿出一半，指指我的鞋和伞。然后他说，你觉得，现在临时开一个小店，还来得及吗？

于是我们决定在打烊前分头把手里的现金花完。

我为这个游戏兴奋奔走着，又有点不安。担心他买酒，三十块买一瓶劣质的白酒，再加几只避孕套，这种后果是可以想见的。同一个陌生的同龄异性聊天，然后喝酒，开房，第二天醒来，迅速消化事实，但来不及洗头了，匆匆离开，穿着同昨天一样的衣服去赶同昨天一样的地铁，掐点打卡时，早有细心的同事从我的神色中识出了这个秘密。但我并不愿像这样度过一晚，和下一个白天。

这样想时，我的脚步仓促起来。原来一个人走路很容易变快，就像一个人吃饭也快。陌生而俗气的旋律从耳边炸开，我心里乱，兜兜转转在毫无兴致的货架前，眼睛扫着一切，又仿佛什么都没看见。我只好慢下，停下，努力回想这晚发生的事，雨，灯光，黑T的脸，黑T的话。可是他说了太多了，嗡嗡的一片，无论如何我也想不起某句确切的话。最后在人工广播的反复催促中，我随手拿了点什么离开。

我走出货架时，黑T也走出来了。我们自觉绕开扫码机器，走向一头一尾仅剩的人工收银台。我踮脚望对面，想从收银员脸上看出些什么，但除了无可遮掩的困意，再无其他。我的收银员是个黄毛，面貌年轻，他的北方口音直击过来，就买这？我点头，又摇头，举起伞，同皱巴巴的纸币一起放在桌上，记不起它在包里躺了多久。黄毛又问，咋不去便利店？我才想起脚上，赶紧脱下，便利店能有这？他笑了笑，扫完，我赶紧穿上。这么短的时间，我竟已离不开它。

八

最长的一声铃响起了。和中学晚自习的结束铃一样，它均匀，粗糙，但挡不住其中夹杂的兴奋。我站在一扇门边，黑T在另一扇门，我们之间的白炽灯一排一排灭了，灯箱一只一只关闭，最后，远处暗了，近处暗了，整个大润发睡了。我的心瞬间安静下来。红马甲沦为一些黑漆漆的身影，从门缝中匆忙消失，像窸窸窣窣的煤球精灵遁入墙角。保安用手电直逼另一扇门，一个瘦高的身影在发亮。他走过来，我们跨越小门，外面雨停了。

地上的水坑映出明晃晃的光。我大喊，月亮出来了。黑 T 笑，哪来的月亮，不都是路灯照的。我说，人造月光也行。

我们站在露天，听卷帘门唰啦啦地落下，走出去，末班车刚好发动，驾驶员朝我们笑笑，车里比来时人多一些。它转弯，我再次看到后排窗边那个硕大的身体，他依然专心，像在目送远方的什么，脸上平静笑着。我转头看黑 T，他也笑了起来，手插在裤袋。

你帮你妈买的货呢？

今天不买，我只是抽根烟，不小心被你带过来了。

我不愿接话，只说，真够闲的，不上班啊。

以前上班，现在不了。

话太多被炒了？

生了一场病，大半年没去，不愿去了。其实也来不及去了，我们这一行，一旦脱节，就会被抛到社会的边缘。

我不再过问。

其实你不必害怕飞机，黑 T 忽然说，你见过飞机的影子吗？我摇头。他说，我工作那几年，频繁出差。天气好的时候，飞机下降，我靠窗坐，就会看到飞机的影子落在地上，速度越快，影子就跟着跑了起来，一路跑过楼房，河道，操场，马路，所有这些你以为熟悉但其实知之不多的地方，不知道有多少人和事在发生，在消失。飞机离地面越来越近，影子越来越深，我看着它，想到那里面也有我自己的一分影子，就宽舒不少。人的心总是悬在一点，如果能分出另一点来落在别处，彼此追随着，隔多远都好啊。

他边说边从口袋掏出一份邮报，撕开，纸片的影子轻轻打到地上，有些透明。纸片降落，停在水迹将褪之处，他将伞撑开并置，我毫不犹豫地坐下。然后他拿出一些东西，卤蛋，话梅，麦丽素，旺仔牛奶，一式两份，依次摆开。他笑，三十块可以买不少呢。

十点多了，如果是小学生，严格的家长就不许再吃零食了。但我可以，最后一个无人认领的人，坐在店里，不写作业，也无人可等，只为一集偶然看到的电视剧而入迷。我可以忘记一节课有多久，忘记多少节课过去了，但老板娘一喊吃饭，我会立刻回过神来。我听到黑 T 说，先拆哪个？

我说，你知道小学英语三年级上册第五单元讲的是什么吗？

他摇头。

我从包里拿出一袋吐司，一副牌，一盒飞行棋，说，Let’s have a picnic。

2019 年 11 月

黑鱼的故事

一

大黑鱼还记得自己小的时候，吃过晚饭出来乘凉，常常在公家楼的墙上碰到四脚蛇[*]。四脚蛇扁平的身体像一块混了色的橡皮泥黏住白纸，灯一亮，脚动起来，嗖嗖往天花板上跑。那感觉，在看的人眼中，简直像爬在自己头颈里。大黑鱼痒极了，就拿扫帚柄拼命去打，四脚蛇爬得越快，他越狠心敲，于是天花板上掉落一两截断掉的脚或尾巴。大人讲，四脚蛇的肢体是可以再长的，拿一只脚换一条命，于人于虫都不吃亏。牺牲在台阶上的那部分，一波一波动着，像抽了筋，散发着挣扎的苦味。大黑鱼看到脚的余喘，总觉得头颈仍在发痒，索性上前一撵，那脚化成一摊薄皮，烂在地上。等风干了，大人清扫楼道，将之连同楼外飘进的落叶一起收作。而这样的事，大黑鱼为了头颈的舒适，每个夏天不得不做。

---

* 四脚蛇：方言，壁虎。

后来大黑鱼开始做梦，梦到四脚蛇钻进自己耳朵里，每爬一步，细脚掌都在他稀松的耳屎上踩出嘎吱嘎吱的干涩声，他吓醒了。姆妈讲，阿三，这是报应，白天踏了四脚蛇，夜里伊就会生出新的来，钻到你身上的洞眼里去。哪些洞眼？他问。洞眼多咧，姆妈边讲边戳他，喏，眼乌珠，耳朵，嘴巴，鼻孔，肚脐眼，还有小卵泡，凡是软的，凹进去的——姆妈这只手往下半身一指，大黑鱼吓得打嗝肚了，只觉浑身发痒，卵泡发痛。偏生姆妈追着讲，你打来多，伊钻来快，下趟阿三身体里全是四脚蛇了。他说不信。但往后再见到墙上的朋友，大黑鱼总觉得它们的眼睛恶意相盯，脚在墙灰上来回摩擦，每一只都晓得他曾打断过另一只的脚或尾巴。大黑鱼头颈不痒了，专心腿软。路灯亮起，两眼死死抓住台阶，他再不敢看楼道里的墙。每一趟夜路，都是乌云对头顶的穷追不舍。

活到谢顶和长啤酒肚的年纪，大黑鱼很少走楼梯了。直上直下，封闭的电梯间里除了新开店面的小广告和敞亮的顶灯，哪还有什么四脚蛇，连蜘蛛网都寻不到。何况大黑鱼有十足信心，就算叫他去吃忆苦饭，重新住进破败的轴承厂小区，他也不怕的。这一切多亏了下岗，不下岗，不做生意，一家门永世搬不出那间阳台朝西、下雨漏水的五楼宿舍，自己也永远无法克服这份秘密的恐惧——大黑鱼也曾难得地思考过这个问题，他发现重点不是下岗，重点是阿三。若不是女阿三大手一挥，他一个轴承工怎会想到去做水产生意？这些年捉鱼杀鱼，他对这类动物的构造了如指掌，捞上来，刀面一拍，闭着眼都能开膛破肚。划鳝丝是开纸箱，剪刀戳进，滑滑梯一样顺流直下，畅通无阻。切鲢鱼块，鱼眼珠对人眼珠，一面是离了水的张嘴喘气，一面是大黑鱼紧咬嘴唇。鲢鱼多少沉，人虎口虚架，五指按住滑溜的身体，像按住一块泡足了水的肥皂，卸下它密集的盔甲。至于螺蛳，河虾，螃蟹，网布一兜，花绳一绑，轻松不在话下。每当旧工友在菜场里唏嘘大黑鱼的本事和眼光，他总感到恍惚，好像他不是他自己，反倒是对面工友中的一员，对于人生第二个回合所掀起的巨浪，感到飞快而不真实。

起手总是慌张的，女阿三至今仍嘲笑大黑鱼刚接活时，一双大手连小小的汪刺鱼都握不住，眼睛几眨工夫，倒被这畜生碰伤了手指。车间师父的话是受用终生的，鱼摊还没成气候，他就专程来捧场，阿三，我是不大懂的噢，但是呢，零件哪样拆，鱼就哪样杀，你讲意思对吗。又讲自己要去跑差头了，驾照现学。女阿三急忙插话，关照师父一声，开车的人不好翻鱼身噢，路路平安。师父讲，还是阿三福气好，老婆心细，下趟要发财。从此大黑鱼把鳞片看成外圈，泡泡当成滚珠，便感到鱼的周身散着金属的光泽，果然，心里不当回事，熟练工种就练成了。女阿三在行内放话，这桩本事，我老公无师自通。

有一夜，大黑鱼做起了杀四脚蛇的梦。他长久没梦过这令他腿软的朋友了。在梦里，唯一的应对办法是像白天一样劳作。他长吁一口气，取小一号的刀，剥皮，切头切脚，清洗内脏，案板上留下十分稀少的黑血，清晰在目。那个梦尽管恶毒，醒来的大黑鱼却是无比松弛的，他再也不怕了。四脚蛇，同鱼、虾、黄鳝没有任何区别，都是零件，都能拆。这个梦太珍贵了。如果非要打个比方，大黑鱼觉得这个梦就是他人生中的“粉碎四人帮”事件，他粉碎了姆妈布下多年的白色恐怖。次日，大黑鱼带了黄酒黄鱼，去郊外墓地给姆妈上香。他讲，姆妈放心，阿三身上没有洞眼了。也是奇怪，上过坟，大黑鱼的生意就好起来了。他像个貔貅，钱在身上只进不出。那年他三十七岁，菜场里相传，大黑鱼凭一个梦闯过本命年的关隘。

又闯十年，大黑鱼真真觉得，一个人什么都能做，而且做什么就是什么了，当轴承工的时候，一心求精求亮，做了鱼老板，脑子里只晓得怎么把控一条鱼。就连江湖名号，也从过去车间里的袁阿三变成店里的招牌货了。大黑鱼三个字结实有力，一听就有老板气味，同自己的形象也相配——太阳底下的气力活，日复一日养出了他的粗腰身，黑皮肤，老实油亮。只是做久了，大黑鱼发觉生活里到处都是鱼。他躺在新家干净的浴缸里，听到水上打着密密的氧气泡；磨指甲刀，做出刮鳞片的手势。他蹲着看书拉屎，感觉自己的排泄物正细细长长地流出来；走在路上，每个说话的人都在吐泡泡。大黑鱼不吐，和沉默的虾兵蟹将打久了交道，他也懒于张口了。

大黑鱼隐隐想起姆妈那句话，你打来多，伊钻来快，下趟你也变四脚蛇了。十五年生意做下来，他身体里四脚蛇没有，水生动物倒不知游着多多少少呢。这些老朋友有没有游进五脏六腑，血液神经，操纵着自己的某一部分，大黑鱼没深入想过，他让自己停留在一个安全的思路中：只要身上不生鳞片，就没啥要紧的。一天二十四个钟头，八个在摊头上，四个接送货，剩下的钟头，大黑鱼即便闻到了自己身上早已无法去除的腥臭，也理所当然地视之为自己的体味了。他想，男人嘛，总归有点味道的。

二

大黑鱼身上的味道，大黑鱼自己极少觉察，女阿三却越来越引以为意了。从鱼摊退下来一年不到，楼里再没有哪个牌搭子敢暗地里讲她身上难闻了。这副运道差，运道太差，怪上家飘过来的风太大啦。从前听到这种阴阳怪气的话，阿三心里过不去，睡前一边开着大灯擦花露水，一边朝大黑鱼撒气，大家都是厂里出来的，有啥稀奇？做裁缝发财同卖鱼发财，有啥区别？可阿三没料到，等花露水冲掉了身上的怨根，自己从满是香水之处回转，立刻捕捉到那股熟悉的鱼腥臭时，竟也捏鼻子大喊，哎，回来先汰浴呀！浴室响起水声，阿三又推门关照，汰浴膏有的是，勠省！转身去开窗通风。有时几个牌搭子玩累了，到大厦里逛逛，人家买，阿三也显派头。衣裳越金贵，阿三愈发不情愿去摊头上沾惹腥气。老客一旦问起那个曾在菜市场风风火火半边天的女阿三，大黑鱼只讲，伊到自麻房挣大钞票去嘞。上个夏天，女儿熬出头，去省城上大学，阿三也熬出头了，她对大黑鱼讲，年纪大了，还是分房睡好。大黑鱼没意见。

两个阿三的鱼摊生意，并不是一结婚就做的。双职工多年，碰到下岗，只好半路出家。女阿三算半个乡下人，脑筋一动，联系了村里摇船的小娘舅。娘舅的左脚有六个趾头，小趾边缘紧跟一个萝卜头，像长在脚背上，又像在侧面，只靠一片鸭蹼似的薄皮接起来，灵活柔软。老人里传言，六趾的路数，一个村头，两三辈人里顶多出一个，生来便是捕鱼的料作。娘舅自然水性极好，从小就摸螺蛳，钓黄鳝，大起来更是水底百晓生，他总晓得哪片塘里田鸡藏得多，野甲鱼什么时候上岸来，晓得大肚皮的鱼在哪一天洄游到哪一段了。娘舅最厉害的，是讲得出当年的水情。长江的脾气，雨神的脾气，娘舅都摸得出。人们说，娘舅跳到水里，他的第六个脚趾就是高科技探测器。

偏偏娘舅不肯带他的高科技与时俱进。九十年代，村里人买鱼苗虾苗，填河造塘，网一撒，地一圈，大搞养殖生意。娘舅还是一双拖鞋，一顶草帽，摇着自己的半机械船，在河道里来来去去。后来工厂变多，河塘里一阵发黑发臭，一阵又盛满了疯长的水草，捞上来的虾灰里泛黄，鱼翻着大白眼，娘舅就放了，去下一片继续捞。娘舅对于乡间细密的河网，熟悉得像老中医对人身上的经络，竹篙一搭，手指一拨，心里就有数了。他必能在日头暗下前捞到好的，清爽的，开价就比养殖的翻几番。娘舅拍胸脯，保证野生，无毒。买家照单全收。唯吃亏卖不远，只在附近村里兜售。眼红的养殖户放开话，娘舅捞来的货色，都是在人家塘边捡的，漏出去的鱼苗吃吃角料，不是宝货。好在河鲜河鲜，从水里下到锅里，汤一喝便知真假。娘舅的料作，总比人家的灵，不愁生意。从此各走各路，养殖户的鱼卖到市区，薄利多销，娘舅的精耕细作也有了进步，手底跟了两个徒弟，一个是收皮毛人的儿子，一个是收珍珠蚌壳的苏北人。三个人是如何轧到一起的，无人了解，只见某一天起，娘舅家进进出出的影子就生出了三头六臂。

娘舅脾性怪，没结过婚，族中只有一姐，把外甥女当女儿宠。阿三跑去烧一桌饭，席间一开口，几天后，娘舅的水产生意就从乡下摆到阿三家门口的菜市场了。一头是黄金猎手巡猎，一头是阿三夫妇看店，中间靠两个徒弟开一部小飞虎急送。车是女阿三拿买断金投资的，她另投资了三百五一个月的摊位，水产部靠门第三家，猢狲画给唐僧的一小块地。地上摆一只女儿小时用的澡盆，盛鱼，三只蓝绿的盆，盛虾，两只新买的提桶，盛黄鳝，架起刀，打好氧气罩，往大理石台上泼过清水，阿三夫妇在零比一落后的形势下，开启了第二回合。

做生意前，大黑鱼也叫阿三。若夫妻同场，人们就以男阿三和女阿三来区分。当年介绍人讲，阿三讨老婆，好比讨一面镜子，也是老三，缘分。见男阿三闷声不响，女阿三殷勤陪话，介绍人讲，互补，又像又不像，再好不过，顺利撮合了这门亲事。介绍人眼光准，两人一路走来，无不是女阿三一马当先，男阿三闷头紧追。开了店，营业执照上写“阿三鱼行”，法人袁某某，可人人都晓得，这个阿三到底是哪个阿三。业内无好话，早做十年反被盖了风头的隔壁摊常讲，阿三鱼行名气打得响，其中几分靠娘舅，几分靠阿三一张换糖嘴，人人有数。

阿三不在意，她坚持做生意要讲声势，鱼不喊，老公不喊，只好亲自上阵。一面喇叭朝前，一面眼观六路。开市两个月，阿三仔细留意各家，便叫徒弟传话给娘舅，专抓野味，块头越大越好，自己则在摊头上打出黑鱼招牌，来势凶猛。三句两句一噱，客人悉数拉到自家门口，爽气称量，零钱不收，多钱不找，嬉笑中养足了回头生意。新客路过，只记得一个热情招待的女老板阿三，男阿三则退居后台，无人知晓。他只当自己是从一个车间换到另一个车间，专心打磨本事。带路人娘舅却教得气死，骂他不是这块料，手生，反应慢，同鱼不合拍，不如叫自家徒弟来帮忙。女阿三死活不肯，她讲，男人总归要凭一门手艺吃饭，磨工不行了，磨刀定要做下来。于是一面招揽生意，一面回头监工。她的口号很大，要在战略上藐视敌人，在战术上重视敌人，向毛主席看齐。一年下来，大黑鱼出师，世界上却再没有了男阿三。阿三成了沉默的大黑鱼。

这条鱼越沉默，周围越忘记他的存在。人们到了摊头，喊一声，阿三！女阿三摇晃着细腰肢出来招呼了。挑完，称完，转手后台现杀，并无话，知道的是夫妻档，不知的只当是女老板雇了个哑巴长工。若在路上碰到两人并排走，喊一声，阿三！男阿三不响，女阿三自动接话。直到女阿三从菜场退下来，人们只见大黑鱼弓起一副厚厚的背，老实巴交地坐在摊上，也无法还与他原来的名字——女阿三的离开，连同这个响亮的绰号一道带走了。客人光顾阿三鱼行，照旧问一句，阿三人呢，也照旧一口一个大黑鱼称呼着眼前这位阿三。他像一尊石佛，若没人搭话，眼角，鼻息，都无活泛的意思。

大黑鱼绝非做表面功夫的人，这点小事，他不放心上。甚至觉得这个名字能随着下岗而消失，真是再适当不过了，好比一个兵在投降后要缴械武器，不严肃的绰号也理应成为这趟集体生活的陪葬品。工友当中，阿三阿五，老王小王，出了厂值班、收银、送报纸，统统按编号来。哪怕下了海，也好歹换个洋气的称谓，这是规矩。那位叫小六子的，赋闲多年，老来被做外贸生意的儿子喊去帮忙，硬是得了个英文名。儿子讲，我叫汤姆，你就叫杰瑞。此后小六子在儿子出资的茶室里做东摆局，讲起这桩事，众人笑死，六子啊，六子，二十六个字母背不全，英文名倒先有了。

一干人里，只有车间师父开了差头，还是人人喊他师傅。师父苦笑，哪里好比。大家懂，当了半辈子高人一等的师父，后半生拉起新时代的黄包车，看人眼色，意思差得远。聊了一圈，才有人望向角落里闷声不响的阿三，笑他，阿三不当，去当大黑鱼啦。他讲，这有啥啦，一山不容二虎，我结婚辰光就笃定让出了。啧啧啧，宠老婆，发洋财。工友起哄，阿三现在住进十二层，身价也是车间里顶高的咯。

刚结婚时，女阿三还在当合同工，厂里劳保用品只发一份。两个人一包手套，大黑鱼分给老婆，两人一盒肥皂，大黑鱼留给老婆。女阿三问，两个人一个绰号，怎么分。

大黑鱼讲，你叫阿三，我叫阿三老公就好了。阿三听了，咯咯咯地笑，单薄的身体扭起来，像一下子中了好多发子弹。

很多年后，阿三夫妇躺在新家宽绰的床上。女阿三讲，这是你讲过顶油腔滑调的话。大黑鱼却不觉得，他想，这不过是自己所有真心话里平平常常的一句。

三

搬家那天，小飞虎进出两趟，轻松完成任务。大部分旧物什，阿三家都不要了，有的送掉，有的扔到卫生房，任人处理。它们堆成一团团小山，像平常杀完集中丢到一处的鱼内脏，不一会儿，苍蝇飞虫就绕了上来，挑挑拣拣，指指画画。邻居讲，这家人家在人眼门底好起来，全靠阿三一天天做出来呀。他们捧着阿三送的糖，目送这部每晚停在楼前，滴滴答答漏下腥水的小货车最后一次驶离，再没有谁敢捂着鼻子喊臭。这一天的小飞虎，里里外外都是清爽的，橡皮管子里的自来水冲掉了早出晚归、出汗出力的印记，只剩下纯净而干燥的汽油味。人们站在后面，闻出了一股发家致富的香气。他们用长久的目光代替挥手，因为眼神能传达出更复杂的情绪。

小飞虎由大黑鱼开出小区，上了桥，一路开进小区对岸新造的“老福特”*。这条河将要把阿三夫妇从过去狭窄的两室一厅里切割出去，也切割了他们和他们残留在狭窄中的老相邻。阿三坐在敞开的后车厢里，对着早已看不清的人影大喊，要野货来寻我噢！那声响让过路人都晓得，鱼摊上的阿三搬家了。

而大黑鱼握住方向盘，两眼朝前，像一个毫不相干的搬家司机。他能想到，在小飞虎留下的一溜灰烟底下，人们正发出啧啧的感叹，感叹阿三多少吃苦，多少能干，但不会有人提起他。即便提起了，也不过是像娘舅那样，要么讲他没本事，要么讲他运道好，上辈子积了什么德，今生讨到这样能干的老婆。大黑鱼想，道理没错。只是一旦细究入去，这一局到底是靠阿三还是阿三娘舅扳回来的，大黑鱼就有点发晕了。毕竟娘舅在阿三眼中是活财神爷，到了大黑鱼那里，就变成了令他脚软的怒目金刚菩萨。

娘舅极少进城，一来就满眼流火，他讲，人不下河，专门到蓝池里划水，像人样子？下去不赤膊，专门套一身假鱼皮，像人样子？一路骂下来，不熟水性的大黑鱼就成了娘舅眼里的三等残疾。娘舅讲，管你中耳炎西耳炎，不游水，等于少活半条命。大黑鱼心想，跟你学手艺，才是

---

*　老福特：英文，loft。

去掉半条命。大理石台上的刽子活，娘舅什么诀窍都没教，单单是来一趟骂一趟。骂够了，挨打的一方还来不及喊苦，抡棍的人反倒怨天怨地，扬言再不进城，叫女阿三面上尴尬。大黑鱼吃进哑巴亏，一口咽下，把气全撒在手上，用劲刮，狠命剖，一刀一刀，咬牙切齿。

娘舅不来，每到年底，阿三夫妇只好带足烟酒去乡下尽孝。阿三下厨，烧了一大桌，娘舅喝过头，红一张脸，拍桌就骂阿三瞎了眼珠，老公挑坏。他讲，早晓得跑出厂还要卖鱼，当初不如亲上加亲，嫁自家徒弟。这种时候，一桌人全无动静。阿三不相劝，徒弟闷声吃菜，大黑鱼也绝不敢为自己辩护一声。造次半句，只会叫娘舅愈发跳脚。若是气性上来，撂挑不干了，岂不闯祸？索性由他一口气骂完。大黑鱼在窒息中望向两位徒弟，发现自己虽同他们天天交接货，却不曾好好说过话，反倒是阿三同他们相处，像姐弟一样熟络。他仔细打量过那两张糙面孔，发现他们更适合叫大黑鱼，身体壮实，头发油亮，不像自己，虚胖，微秃。尤其是收蚌壳的，头上一个疤，脖挂金项链，话到兴起时喉咙变粗，气势逼人。可是这又怎样呢，大黑鱼想，这么能干，还不是同娘舅一样当光杆司令。

大黑鱼的底气在阿三身上。这种场合，阿三并不站出来解围，却也不帮腔。她从不骂，更多时候像个将军，冷静地指挥他。娘舅的话，你不要放在心上，这种话阿三绝不会讲。她只是从某一年起，在下乡前特意给大黑鱼安排几桩事情，去修车，去交租，大黑鱼有数，阿三意思是不要他再跟去见娘舅了，主动免除他所需承担的侮辱。至于乡下那边如何交代，不必他操心。娘舅说了什么，回来也只字不提。这让大黑鱼坚信，老婆和娘舅绝不在一个裤脚管里。但他又有些发觉，在这场致富的混双比赛中，两人一前一后，看起来各就各位，更像是形同陌路，越走越远。最明显的就在钱上。

阿三决定买房的那天，大黑鱼吓了一大跳。他不敢相信，自己经手的鱼足以换一套新房了。何况那一跳里，还不包括他事后才想到的——这些钱是扣掉了娘舅师徒的分红，扣掉交通和租金，扣掉女儿林林总总的教育费用后所剩余的部分。即便阿三告诉他，熟客那里有开盘的路子，他仍缓不过来，怔怔地望着某处，一双手在空气里来来回回地抓。阿三问他做啥，大黑鱼不回。他看到眼前飘满了翻腾起伏的鱼，长条的，粗胖的，卷曲的，每一条所溅起的水花都化成了柔软的人民币，红的毛主席，绿的毛主席，他要统统捞进自己的围裙里，然后放上大理石台，举行洗礼。

大黑鱼用最短的时间把多年前的车间生活回放了一遍，搪瓷杯，工作服，月薪，劳保，日复一日地原地踏步，觉得自己真真在做梦。忽然想，如果早点归顺娘舅，甚或生在乡下，岂不更容易发财？醒过神来，才发现不对，这一切都是因为阿三。她大手一挥，赢下了混双的后半程，奖杯是一栋新式电梯房。更要紧的是，房子里没有娘舅和他的徒弟。大黑鱼得意起来了，老子还怕什么？似乎正是娘舅的口水，白眼，鼻孔里蹿出的冷笑，一点点凝成油漆，刷新了这间毛坯。他冲着脑里的娘舅和面前的阿三发笑，嘴巴却拨出另外几个字，谢谢姆妈。阿三听了动气，眼珠戳瞎了，不谢我，谢姆妈？姆妈过掉多少年，老早拿你忘记掉了！

四

那年相亲，大黑鱼本不愿考虑乡下女人。他讲，我阿三钞票不多，总算相貌不推板*，何苦沦落到去乡下攀亲眷。可他一望向女阿三那双活络的桃花眼睛，听到她那番开门见山的表态，就生吞下了自己此前的话。那日在茶室，趁介绍人出去打电话的工夫，原本嬉笑的阿三忽然严肃起来，尖细的眼神隔着圆桌直刺过来，像两把枪稳稳地瞄准对方。阿三讲，我相不中啥，就相中你一张城里户口。我自家呢，没啥好，就是个处女。话落，大黑鱼还没反应过来，介绍人回来了，坐好。一切像没发生过，阿三继续陪介绍人玩笑谈天，毛衣织什么花式流行，外头饭店时兴哪个菜色，尽是和主题无关的琐碎零余，留大黑鱼一人闷闷地缩在角落，不声不响，仿佛被阿三打了一拳，难以回神，更别说出手还击了。

大黑鱼回去问姆妈，厉害的女人要不要讨。姆妈拍拍围裙讲，两个人做人家，姆妈不好插手。你自家想清楚，

---

* 推板：方言，差劲。

要做大事，就寻个听话女人，听你依你。想不吃苦，就讨个能干人，只有一点，万事听伊依伊，不好再强出头。姆妈的话干脆利索，又是一记重重的拳头打在大黑鱼脸上，一左，一右，两块巴掌肉生疼。那天夜里他无法入睡，翻来覆去想这桩事，第一次感到人生大事这四个字，每个字都担着一百斤大米的分量。直到天蒙蒙亮，外厅传来姆妈起床的动静，一边淘米烧粥，一边关照老公白天要做啥买啥。大黑鱼嘴唇一咬，决定了，要讨个像姆妈一样的女人。他这样想的时候，立刻回想起那双钩子一样的眼睛，他抵挡不住。

这趟搬进新家，还没好好享受，阿三忙着放炮仗，请进屋酒，张罗一天。大黑鱼也跟前跟后。等客走，送女儿回到学校宿舍，一对陀螺总算转不动了，歇下气来，已是月升。两个人躺在皮沙发上，地面再喧嚣，十二楼里悄然无声。大黑鱼望着一堵白净的墙，嵌在墙里的电视机，电视机旁的木制搭架，架子上的吊篮，想到这一切都是阿三连月盯装修盯出来的。阿三看出了他的观望，开玩笑说，我盯工人，比老早盯牢你学杀鱼还认真咧。于是两人一同抬头欣赏装潢，阿三像个导游，对着一百多平的房子指指点点，大黑鱼的眼睛就随之转来转去。阿三解释价钿、材料，不断问道，你讲是吗。大黑鱼频频点头。一路讲回白墙，阿三大腿一拍，猛跳起来，说结婚照忘记拿过来。随即又镇静下来，老屋里腻腥的物什，统统不要了罢。她安慰自己，就当是重新结了一趟婚，你讲是吗。这话燃起了大黑鱼身体里的一股热。他没点头，心想，真真是的。从前走到五楼，浓重的鱼腥气就涌上来了，像发酸的隔夜菜混着阴沟洞里的尿骚味。开门进去，地板起一层黑乎乎的膏，顶上半挂发霉的墙皮，不闷头睡觉，还能做啥。而现在，屋里清清爽爽，哪怕是隐微的甲醛也透着一股舒心舒意。沙发上的阿三像个大姑娘，日灯光照下来，白皮白肉，毫无菜场里的风火焦灼。望着这个带他站上浪头的女人，大黑鱼感觉一切都回到了青年时代，自己身上的臭气也随高楼里的穿堂风褪去了。他突然想到了姆妈，感激姆妈，也为自己的决定感到荣耀，嘴上却不知怎么拨出了这样一句，你讲，新房子也买得起了，要不要再养个小囡。阿三吓了一跳，本能地回骂，发神经呀，死鬼！忽然又笑了。她明白这是一个虚指，一个对方抛来的意在别处的暗示。于是他们游进了毫无腥味的卧室，大黑鱼的沉默十分久违地，让阿三也一同沉默了。

大黑鱼年轻时爱看地摊小说，从中学到了云雨和鱼水。他看上下文的描述，大约能咂出是个极好的意思。同阿三结了婚，起初总是急急忙忙，直奔主题，有了女儿，在狭小的家里更是糊涂潦草，敷衍了事。直到搬家这一天，他才品出其中的真味。伟大领袖说得对，任何事情都是靠实践出真知的。大黑鱼越发感激自己这份职业，若不是平常经手了大大小小的鱼，自己也许永远无法感知妻子的灵动，以及由此而来的自己的存在。娇小的阿三半躺着，仰起头，随着他节奏分明的抚摸而前后摆动，然后随着逐渐加快的节奏而喘息，发抖，翻转，直至剧烈弹跳，大黑鱼真切感觉到了，自己手里握着的是一条鱼，她的手是鳍，脚是尾，眼里闪现着差点为之丧命的钩子的危险倒影。她急促的叫声是因弹跳而飞溅开去的水珠，水珠溅到大理石台板上，溅到下水道里，溅到正在挑货的老客人身上，也溅到全新的床单和被套上，刚打了蜡的木纹地板上，溅到大黑鱼的脸上，不知道有没有溅到同女儿房间共用的那面墙上，幸亏女儿不在。

这条鱼在持续的扭动中高声叫了，大黑鱼觉得自己手上几千万条沉默的鱼、虾、黄鳝，此刻都从阿三尖细的喉咙里喷薄出来了，它们翻滚着，腾跳着，不顾离岸后的死活，前仆后继，一触到干净的床单就魂飞魄散。他隐约嗅到一丝轻微的腥气，这在首次开封的房间里显得有些刺鼻，他很久没留意自己的味道了。仔细嗅这一丝不净的气味，像循着一根琴弦，去聆听一个长久颤动的音，由强渐弱，渐弱。他想从中分辨出自己的声部，刀刃的声部，可是没有。阿三身上的水结成了冰，逐渐包围住他，他清醒地反应过来，地摊小说的那些好词里是没有他的，有的只是阿三和阿三全身心的腾跃——而他从来都是鱼台前那个握着刀的外人。即便如此，他仍是高兴的。几年前经历一次失手，大黑鱼一蹶不振，两人心照不宣，晓得他的武器生锈了，老化了，再无男人本事。而此刻能举起每日劳作的手，拨动一条鱼缺水后极力张开的嘴，一收一缩，一呼一吸，看它在痛苦中寻找极乐的体验，他觉得圆满，知足，因祸得福。他甚至快乐地想着，等阿三老了，老到背弓起来，脖子像晒干的丝瓜精，他还能这样抚慰她，让她抽筋般地跳动，嚣叫。那是完美的一天。

大黑鱼觉得自己愈发懂了生活的真谛。如果把世界看成水，人看成鱼，一切似乎更好想通了。而鱼和水的世界是无声的。他沉默着思考这些，享用这些。既然这一切都拜阿三所赐，便怀着虔诚的心，希望自己能像对待阿三一样，耐心对待每条鱼，每段鳝。他暗自得意，这样的诀窍是光棍娘舅永远无法教给他的，便渐渐忘了娘舅讲过的话，比如鱼跳起来是很高的，轻轻一跳，就跃进了旁边的脚盆里。

五

去年夏天，阿三家出了两桩大事，一是女儿完成了高考，勉强挤上一本。二是娘舅不行了。处理完红白两头，阿三好像一下老了十岁，不如往日活络了。她讲，做人太吃力了，就此金盆洗手，一头扎进自麻房，同楼里的女人打麻将去了。而对大黑鱼来说，这些变故稀松平常，独自守摊算什么，娘舅又算什么，那个夏天只有一件大事，阿三提出分房睡了。

娘舅的不行要从再上个夏天算起。台风天里，娘舅硬要下水，结果命里头一遭，连人带船从河中摔了出来。徒弟找到他的时候，娘舅像条被浪头拍上岸的野鱼，半身掩在土里，拼命翻着白眼，不知是在等死还是求救。这条鱼受了伤，离岸一个月，便开始浑身不适，诸事不灵，他的很多举动在村里人看来，简直如求死一般。

阿三频频来乡下看望，水果补品提满。娘舅晓得，阿三不是来慰问的，她是来表态，等不了了，这样下去，生意怎么办。娘舅只好把水上家当交给徒弟，让阿三再招个运货小工，组了临时班子。自己则改去私人老板的厂里打工，补贴损失。老人讲，活在河里的人，不适合上岸来做生活呀。眼见娘舅上班没几个月，手就绞进机器里去了。娘舅生猛，一把将手拔出来，半根手指头还卡在里面，拖着轴心继续转动，转一圈，掉落一块血肉，娘舅吓得昏过去。醒过来，已和别人一样，浑身共计二十根指头。娘舅一旦化为寻常，就丢了魂了。

上不了班，又下不了河，娘舅骂天骂地。徒弟带他上船，一心要往水里扑。小工开车载他，只见呕吐不停。阿三没办法，欲接进城，娘舅硬不肯。于是白天睡觉，夜里起来乱喊乱叫，愈发顽固，显出疯傻来。挨到来年夏，娘舅不穿鞋，不造浴，第六个脚趾发炎了，高烧，流脓，瘫在床上。适逢大暑，地上热得要烧起来，娘舅回光返照，电话召回阿三和两个徒弟，门一关，口齿清楚地交代了几句。他讲，人不灵光，水也不灵光了，往后野货不好捉了，捉了也不敢吃，但阿三生意总要做下去。两条路，要么去做鱼塘，要么到庙里去——后半句没讲完，娘舅又吐了，嘴里再挣不出一个字。徒弟搀他回床，同阿三出去准备后事。娘舅临终，大黑鱼不在场，那天他照旧在菜场里坐着，阿三关照过，我先去，你等消息。等到收摊仍无消息，大黑鱼回家睡觉去了。第二天，他在难得的回笼觉里接到了阿三的电话。

阿三啊，下趟要靠自家了。她难得地喊了他一声阿三。大黑鱼晓得，妻子难得地感到脆弱了。于是动身，准备好最后一次前往乡下。他的情绪由于阿三那一声无力的呼唤，在本该有的置身事外上平添了一份动容和叹息。大黑鱼心里也软下来，娘舅啊娘舅，走得早了些啊。

娘舅没有死在家里。当日阿三和徒弟回转一看，蚊帐里没人，苦找一夜。天刚亮，听得一记惊叫，叫醒了村里熟睡的老小。人们跑向村东头，看见娘舅正浮在一户人家的鱼塘里，浑身泡肿，翻着白肚皮，以相同姿势死在水上的，还有紧紧围簇他的几十条鱼，共同散着一股浓郁的腐臭。娘舅的小脚趾半露在水面，像个浮标，像一条黄鳝在闷热的傍晚竖着尖嘴透气。记性好的人大悟，说这里住的正是当年诋毁娘舅偷鱼的人家。

娘舅无子嗣，家产都留给了阿三。阿三自知不多，便故作大方，转给两个徒弟，只求他们继续帮忙。然而没多久，收珍珠蚌壳的就走了，还要走了那部老旧的小飞虎。他不开，转手卖掉，又问阿三凑钱换了一部新的，从此给城南殡仪馆开灵车去了。村里只留下那位收皮毛的，仍住在娘舅屋里，给娘舅上香。日子所带来的变化，在他身上好像并不起效。或在河里来来回回，像娘舅年轻时一样，或在村里来来回回，晃着，喊着，鹅毛鸭毛甲鱼壳，阿有——阿有——。恨娘舅的，避之不及，念娘舅的，特为照顾生意。

娘舅的话不会错，生意越来越难做了。徒弟继承了师父衣钵，可惜轮不上师父的好辰光。勉强维持半年，阿三忍不住了，她不怪谁，大手一挥，转型迫在眉睫。于是亲自下乡，联系了一户同娘舅生前关系还可以的承包主。这趟不再下厨，而是在高档的酒店包了一桌，洋酒海鲜撑场。席间价钱谈妥，对接成功，从此阿三鱼行的主要业务放在养殖货色上了。阿三辞退小工，让徒弟送货，也放他继续水上漂，捉到好货，酬劳另算。

大黑鱼靠一双手掂量下来，转型后的鱼生意经历了一次不大不小的波动。起初断档，清闲，阿三每日在摊前赔笑，想想看，现在啥不是养殖的，鸡鸭鹅猪，细究下去，大家不吃不活了，对吗。又极力拉拢熟客，实在要野味，有也是有的，不多，提前两天来电话，我派人去捉，保准到货。价钿下去，销量自然上来了。入夜，见客厅里阿三一边算账，一边点头，大黑鱼就心定了。他晓得妻子不声不响，又扳回了一局。

等摊上稳定，阿三退了。她同大黑鱼讲，自己总是梦到娘舅，没有声音，只是反复梦到那天早晨她跑到鱼塘边，远远望见的那具浮在水上的尸体，有时浮在天上，有时浮在十二楼的飘窗外面，毫无依凭，身边始终围着一圈银白色的鱼，像把娘舅拱起来了。阿三的睡眠变差了，有时夜里惊醒来，问大黑鱼，我待娘舅还算可以吗？大黑鱼意识蒙眬，还可以，还可以。阿三仍然心慌。她讲，娘舅六十五岁死掉的，我几岁，四十五了，人的寿命不长远的。大黑鱼感受到阿三的恐惧，也突然发现这个连赢两盘的瘦小女人已经和自己一样，正在直逼五十。很快，她要进入更年期，然后绝经，变得比现在更瘦？瘦到浑身干瘪，乳房下垂，肚腩却变大，像姆妈一样？大黑鱼只好关了灯，轻轻伸手，企图让她舒缓一下，自己也舒缓一下。可是几次下来，阿三毫无反应，她像一块缩水的橡胶，甚至能听到干皱的摩擦声响。阿三照旧睡不着，大黑鱼也睡不着了，他所建立的一套稳固的生存法则，忽然失灵了。

阿三的面孔一天天塌陷下来，脾气也变怪了。她不开灯，同大黑鱼讲，嘘，越安静越好，径自抱着新买的枕巾被套，搬进女儿房间睡去了，像一条鱼游进了另一只脚盆里。

六

有些事就像四脚蛇，大黑鱼不敢去打，怕一打，这事每天往梦里钻，叫他不得安宁。谍战剧里常讲，切勿打草惊蛇，在大黑鱼看来，理应是打蛇惊草。他心胸上疯长了一大片不可遏制的野草，轻微犹豫，发痒。但他不敢打。

阿三退出鱼摊，又分开睡后，两人失了交集。早晚各一见，无非是门关了吗，好洗澡了，垃圾帮忙带出去，再无其他。但若不是麻将搭子在摊头多嘴，大黑鱼并不曾往坏的那方面想。女人问，阿三这一腔怎么不来打麻将啊？去看货了，大黑鱼说。那时他便知道，四脚蛇出现了，但他不去想。后来收皮毛的徒弟发牢骚，捉了鱼打阿三电话，没反应的啊。这两件事生出了两只脚，让顶上的四脚蛇摇摇欲坠，往大黑鱼头颈里撒落瘙痒的墙灰。

那以后，大黑鱼独自躺在床上的夜里，游荡出另一人的影子——起初是个面目模糊的情敌，渐渐走近，看清，那人就成了娘舅。娘舅夜以继日，哪怕趁大黑鱼中午在菜场打个盹的时候，也会来寻上门来。而大黑鱼所见到的，和阿三不同，永远是那个落水前飞龙活跳的身体。娘舅在饭桌上大骂，阿三，嫁这种男人有卵用啊！大黑鱼沉睡的鼻翼瑟瑟发抖。娘舅双手一叉，老痰一吐，骂道，到夜也杀不光啊！那双布满血丝的吊梢眼并未把大黑鱼吓醒，反让他全心沉浸在逼真的场景中，难以自拔。娘舅的每一句话都是爽脆的，直到消失前，他才悠悠地笑，戆蠹，老婆跑啦。大黑鱼渐渐睁眼，发现床边或摊上，阿三确实都不在。

大黑鱼鼓起勇气问阿三，最近有没有梦到娘舅，他想等阿三说有，然后立刻插嘴自己的梦。可是阿三说，还好。话头就此掐断。大黑鱼又问，麻将赢得多吗。

不打了，没劲道。阿三直截了当，丝毫没有解释的意思。

经过几十个痛苦的梦后，大黑鱼狠了心，埋伏，苦等，跟随。每次见到阿三穿戴鲜艳，墨镜阳伞，径直拐进了小区后面的庙里，他不敢再动，就此收手。带着相同的犹疑折回菜场，开摊，收摊，漫长而沉默的一天。他回到家，始终没有再问。宽绰的浴缸里，大黑鱼上下浮动，憋气，呼气，水在皮肤上退却，一棱一棱，是太阳底下的鳞片。

直到那天夜里，阿三主动跑到大房间，她穿着真丝睡衣，鞋也不脱就跳上床，对大黑鱼讲了一件事情。听完，大黑鱼心里的四脚蛇消失了。

阿三讲，你记不记得，我同你讲过，娘舅走前讲了句半吊子话?

大黑鱼点头。

阿三讲，那你晓不晓得，我在多少庙兜来兜去，寻出了啥?

大黑鱼摇头。

阿三讲，你猜我末来去了哪间庙。

大黑鱼假装猜测，举手往窗外一指。

阿三猛拍他肩膀，对呀！想不到哇，远在天边，近在眼前，早晓得先去这间么，省掉多少腿脚。

大黑鱼被拍得扑哧笑出来了。他大喘一口气，肩上有一种货真价实的疼痛和释放。

七

阿三说的是护城河尽头的无心庙。河的两岸，西边是轴承厂小区，东边是“老福特”。西边讲，东头的人开新福特车，住老福特房，不要太洋气。每到傍晚，连排高楼倒映河里，变成金黄色的上下两片，那光泽几乎要把对岸被连年雨水淋花的矮公房逼到土里去。这是阿三夫妇生活的两面，前靠一爿桥连接，后交汇于一座庙。

庙是老小区的依傍。当人们说出无心庙时，最后这个字总会因一个转音而长得煞有介事，一如门口铜鼎里的香连续不断。城里本有几十座老庙，一些老太太胡乱烧香引发火灾之后，很多便被强拆了。留下几处有名的，由政府圈一块地，造出可供赏玩的小公园。一旦成了景点，人们讲，就不灵了，佛祖哪管得来这许多事啊！西头的人便守着自家门口的野庙，坚信离自己越近的神灵，越看得清自己的困境。而菩萨也该越具体越好，叫不出名字的时候，人索性就认了庙里的老和尚当菩萨。

姜是老的辣，和尚是老的好。年轻的和尚出去守夜超度，念得不响要被雇主骂，打个哈欠也会遭白眼，而老和尚久居庙堂，什么都不做，却什么都是对的。无心庙的老和尚，人们叫他有感大师。大师九十岁了，白胡子，高瘦个，一眼望去，神仙姿态。可人们讲，大师十年前就是这副样子了。他在庙里待了五十年，成了庙里的活佛，来拜的人也许不去看正侧殿供着什么像，只求见一面有感大师，见到了，就不算白来一趟。范有感，范有感，人们说，一听就是个得道高僧的名字。

范有感的父母万不曾想过，这名字为当年的老方丈省去了取法号的烦恼。也许只是望文生义，某日有感，昼寝合体，不想正中下怀，喜获一子。正如“偶得”二字放入诗中，“有感”二字便顺手塞进人名，并无深味。然而放久了，尤其是放在庙里，“有感”就成了闪着佛光的字眼。众生听大师讲起自己的跌宕往事，纷纷感叹，大师注定是大师，连法名都是老早预备好的啊。

阿三从没拜过一趟。她讲，这只老混子，我盯了长远，门槛太精，恨不得当场戳穿。

阿三盘腿坐在床上，细细讲给大黑鱼听。来求佛的不出这几种人，一为小孩，升学考试，结婚生子，二为发财，三为男女出轨，四为生了绝症。大黑鱼听到“出轨”二字，心下放松了许多。心里有鬼的人，怎么可能如此轻巧地一笔带过？他高兴起来了，侧过身，来回摸着阿三的大腿，顺一趟，逆一趟，预备仔细听下去。阿三继续讲，老混子这点本事，我听了两天就学会了，来来来，我帮你演一遍。

大黑鱼见阿三兴致极好，也便全身心配合起来。他皱紧眉头，故作可怜，大师，你看我这个人，到底会不会发财啊？

大师打量着他，缓缓点头。碰到问大是大非的，一律往好处回答，阿三讲。

依你看，我啥辰光会发财呢？

柳暗花明又一村。碰到问时间的，老混子吃准对家没文化，专猜谜。

依你讲，我靠啥路子发财呢？

大师指向门口，想发财，先发善心。阿三讲，老混子不讲香火钱，只叫你捐红十字会，盒子就放庙门底，扔进去，到夜就叫超度回来的小和尚吃酒用掉了。或叫你把屋里的菩萨像请到庙里保管，玉的，金的，再好不过。下趟对方还愿，若讲好了，老混子就说物什不灵光，谁敢拿回？若讲没好，叫你再放一阵，放到后来，这点物什全当献爱心了。

还有一种，阿三讲，真真娘舅神机妙算。她盘腿坐在床沿，把抱枕垫在身下当蒲团，模仿有感大师拨动佛珠，嘴里胡念，眼睛微睁，头渐渐朝某一处定住，伸出二指，近来长水塘有河神经过，你身上罪孽太重，要去放生，鱼跟河神走，会讲是你放的，河神流到家门口，再讲给土地公，你就好了。方位时辰听好……阿三比画着不存在的珠子，大黑鱼一见这个规律的手势，便想亲自划一划阿三了。他嘴上仍专注地追问一句，信佛的人还信河神啊。阿三讲，死老太婆哪个不信？她给大黑鱼一个眼神，对方有数，她指的是自己的婆婆，天天烧香，给自己折纸元宝，一直到死。

大黑鱼的兴致被姆妈浇灭了，想躺下睡，阿三嘴上的兴致却还在高处。话没讲到重点，她一把拖住大黑鱼，晓得我为啥跑去当特务？大黑鱼摇头。阿三啪一记头榔子打上来，脑子想！大黑鱼摇摇头。阿三撩回一缕落下的头发，炮仗店赖老板打电话来，点名要好货，懂吗？大黑鱼点头，但他仍然提不起精神，听阿三交代完来日的行动，问了一句，娘舅问题解决了，还要分开睡吗。

分开睡同娘舅啥关系。人老了，总是静络络一点好。阿三关了灯，走出去了。

即便如此，大黑鱼夜里仍迎来了难得四平八稳的好觉。那只四脚蛇总算没有从墙上掉落来，自不必他费力去踩。这种丑事，哪可能落到我阿三头上呢，他同茶室里的工友讲。说出这句话时，沉睡中的大黑鱼悟到，自己太久没以阿三自称了。他把阿三让给女阿三，已有二十多年。原来在梦里，男阿三悄悄保留了自己。他恍惚间听到女阿三问她，阿三，要不要再养个小阿三，他翻过身，压住她，一切都像年轻时迅猛，流畅。

十二楼的飘窗外没有娘舅，只有夹着零星雨点的云。

八

大黑鱼朝长水塘走去，仿佛刚从十年大梦中醒来，目明耳聪，脚步轻跃，甚至没留意自己吹起了口哨。回过神来，猛然吓了一跳，这不是往日车间里常响起的旋律吗：向前进，向前进，战士底责任重，妇女底冤仇深……当年一群还没成家的小伙子歪唱革命歌曲作乐，现在大黑鱼却唱出了一股发自内心的自豪感。

从家里出来绕不过喜铺街，大黑鱼第一次没去留意两旁的红房子，哪怕一眼。无数个下雨天，借着伞面的遮蔽，他总愿抬头，视线触及那些坐在屋檐下的女人。雨水落进青石板洞洞里，大黑鱼的眼珠落进她们的胸脯中间。雨弹起来，溅在黑网袜包裹着的白花花的小腿上，像嵌进了凹凸不平的鱼皮肤。大黑鱼很想用一把刀，为她们刮去那些被雨水打毛的鳞片。他当然明白，污水塘里的毒鱼怎么吃得，长了泡，烂了嘴，算谁的。前几天从庙里忿忿而出后，他狠命盯了一路，女人们无不报以诱惑热情的眼神。他照单全收，心生出一种巨大的安慰。仅一夜功夫，大黑鱼却拒绝了这些暗示，下巴朝天，全身而退。女人的网袜和白粉成了从鱼缸里捞出去的泡沫、油渍和排泄物，唰——眼睛一眨，全数往下水道泼去了。

大黑鱼走到高高的岸上，望近望远。探头，自己的脸倒映在水里，五官被河水分割成一截一截，河神的面目也是这样吗。对岸的房子比厂舍更老，人去楼空，拆除工程却迟迟未到，一等五年，杂草丛生。其间空地上停下几辆面包车，十来个同姆妈气质相近的老阿姨走出来，身上丝巾长裙，手里大包小包。车门一开，几只桶落地，大黑鱼隔着一条河也能感受到它们在其中相互跳动、挤压。他躲在树下，给阿三事先约好的徒弟打电话：这种事要弄个仪式的，不会快。话毕，他十分难得地抽起烟来。一根烟五分钟，三五根后，等佛友前脚一走，徒弟后脚撒网，赖老板要的货色就有了。

大黑鱼看着她们，私语，说笑，分配任务。在起伏的河水中，这样隔岸观火的距离拉开了他年轻时的记忆。刚进厂的夏天，一群人下河游泳，女工也来。女工一来，男人自觉退避，在对岸细细观赏。这个皮白，八分。这个大腿饱满，九分。这个平常看面孔蛮好，想不到身上这么黑。这个真不像养过小孩了呀。一排人躲在防波堤背后，指指点点。其中有人，后来果真同河里的女工结了婚，有的却没有——他们永远只在对岸偷偷望着，打分数，写评语，不曾跳下水，大大方方地朝她游过去。右耳容易发炎的阿三正是其中之一。

阿三也有个心动的女人，叫蔷珍，其实是人人都心动的，却谁也不敢高攀。大专文凭，面孔、身段、口才样样突出，三好厂花。蔷珍却在人事科长和副厂长中选了前者，众人惊掉下巴。后来的浪潮中，副厂长坚守岗位，人事科长却一身轻松，早早跑路。两人南下打工，回来已是三间服装店的老板了，不久移居省城。茶室里的小六子说，他在儿子的企业家大会合照上见过蔷珍。哦哟，像只妖怪，六子直摇头，拉了皮，丰了胸，人不服老，就不大有人样子了。众人叹惋。

大黑鱼记得六子讲过，蔷珍后来也信佛了，手串项链挂了满身。好像人一有了钱，就要信点什么。富人的信和穷人不一样，穷人自私，只求保佑，富人却总心虚，求着讨着做善事。只见对岸的女人把佛像统一朝南摆正，像旧时桥上的石狮子，望向太阳。又放送佛乐，沿河坐成一排，拨着佛珠念经。其中一人敲木鱼，她说一句，众人跟一句。最后一记猛敲，时辰已到，众人把桶提到石阶边，戴上手套，逐条逐条地往河里放。这是个巨大的黑洞，鱼刚入水就被吞噬了，毫无动静。

一,二,三，大黑鱼数着其中一位老太手里的鱼，直数到第三十八时，其他几位手头的任务也将尽了。众人呆望着河，似乎期望它能打个饱嗝，或是水位略位上升，以显效果。徒弟已找到树下，捕捞架在身后备齐，真吃饱空啊！他看得笑出了声。大黑鱼继续抽烟，观望，徒弟却等不及了，他讲，今朝风大水快，再慢就要游光啦！于是捏着鼻子用乡下口音大喊一声，落雨啦！

对岸的人纷纷跳回车中，没一会就开走了。徒弟兴奋极了，搓着双手跳上防波堤，一路往顺风下游跑去，支架铺网，甩出鱼笼，横纵兼顾，两头并行。大黑鱼惊奇地认出，这个人的背影，同娘舅一式一样。他久违地腿软了，害怕娘舅猛地转身大骂，木头啊，还不快上来相帮！

几次合作下来，大黑鱼便消除了这种莫名的恐惧。徒弟性情温和，做多于说，任务完成，徒弟会面朝河塘站一会，大黑鱼感觉一股满足感正从他头顶散开，到河里，到天上，到自己面前。有时兴起，徒弟咧嘴一笑，跳入其中。大黑鱼抽着烟，观看徒弟在水里轻松起伏，尽展乐态。兴尽上岸，两人再一道开车折返。搬运，分装，徒弟总是尽责到底。两人话不多，却在女阿三搭好的任务里逐渐熟络起来。

那日清闲，大黑鱼坐在摊上，忽然想同徒弟聊聊天，却不知从何说起。他想了一圈共同认识的人，娘舅他是怕的，阿三又不便提及，只好问问那位收珍珠蚌壳的徒弟现在怎么样，反正开个话头，无所谓真心。徒弟讲，大头疤不要太好，一边帮死人开灵车，一边帮活人介绍庙里的超度和尚，阿哥再碰上，要喊伊大头鬼了，人换了生活，名字也变掉了……

大黑鱼想不到，一个晴日里，四脚蛇毫无预兆地从墙上跳下来，落到他脸上，啪嗒一声，脸上每个器官都被那脚掌踩皱了，疼痛得不能动弹。一股毒气从四脚蛇身上蔓延到菜场里。

九

此后大黑鱼坐在树下看人放生时，眼前总是出现同一幅场景。他看到大头疤也在伺机等候，床沿外露出半张黝黑的脸——额上生着三眼杨戬的橄榄疤痕，像一只花豹蹲守山羊，随时扑向躺在床上的阿三。一旦徒弟猛地拍了一记他的肩膀，阿哥做啥！这幅图景就消失了。

大黑鱼几次旁敲侧击，借大头疤的钱讨回来了吗？阿三讲，急啥，又不缺钱。想想看娘舅同两个徒弟帮过多少忙，这点勠讲借，送出去也是情愿的。阿三的口气叫大黑鱼越加心慌，两个人要好到钱财不分了？他晓得阿三万事钱字当头，这条底线破了，事情就不好弄了。

他又问，大头疤住啥地方，做点啥。阿三不耐烦，开灵车呀，还能做啥！自从破解了娘舅的临终密语，阿三说自己一身轻松，又回去搓麻将了。大黑鱼吃不准是真是假。牌搭子来买鱼，并不提起，这叫大黑鱼愈发疑心，好久不见的人重回自麻室，不说几句？怕是默认不再来了，才会闭口不提。

四脚蛇在视线微及处来回爬动，大黑鱼的头颈擦擦作响。三伏天一过午，地上的人成了锅上的蚂蚁，浑身焦躁。大黑鱼终于忍不住了，他把摊头交给徒弟，决定去一趟无心庙。从菜场穿过小区再到庙里，一刻钟的路，他走了一个多钟头。花鲤鱼在小区中央的喷泉池里悠游，大黑鱼也绕着池子一圈一圈地兜，捉奸了怎么办，骂阿三？同大头疤打架？还是掉头就走？浑身的汗从紧张的身体里钻出来，湿透短衫。绕了许久，他的脚步不知为何，突然上了桥，迈向对面的小区。没想到这一去，引出了一众老邻居前来搭讪。他们热情极了，大黑鱼，长远不见啦，生意还好不啦？阿三呢，长远没见到了。看你面色不好，早点退休，钞票是挣不光的！也有人一见面就吐苦水。真真作孽哦，租你房子的那户外地人，湿衣裳滴滴答答晾出来，一到四楼统统吃不消了。老小区么，还是老工友一道住着适意呀。大黑鱼掏心赔笑。

大黑鱼从未被这许多人簇拥过，每走几步路就被熟面孔绊住，不得不聊上几句。这样的场面，只有领导视察小区时才会遇见。他开始从中体会到一股升腾的气力，于是身上长了羽翼，生了勇气，同大家说以后常来，便大步朝无心庙走去了。心情好转，人也乐观起来，大黑鱼一路安慰自己，要是阿三常来庙里，老相邻不可能不见到呀。但他还是去了，像一个自认没病的人大胆接受活检。

走到庙门口一望，四下冷清。有感大师稳居正殿，同一位老阿姨悄声交谈。他的样子果然和阿三的模仿秀不差，令人发笑。大黑鱼自顾溜一圈，庙很小，没有阿三，再一圈，没有大头疤，除了热到模糊的空气，庙里什么也没有。他定下心来，给徒弟发微信，马上回，打算从后门出去。

后门却被一部面包车迎面挡住了，大黑鱼钻不过，只好走回头路，室内的声音沿着椽柱和房梁悠悠传进耳朵来。他听到有感大师讲，时辰要紧，位置要紧，我同你讲，南面菜场水产品进门第三家，不是这家同我关系好，是方向好，懂吗？

大黑鱼愣住了，猛地冲向后门，伸头一看，车窗内面白纸黑字贴着：城南殡仪馆。他的喉咙卡住了。

他在狭窄的脚盆里疯狂打转，一圈，一圈，寻不出一个人来。气急败坏冲到正殿，那吼声刺破了院子里蓬松的热气：大头疤，出来！殿内泛起浑厚的回响，嗡——差点震聋他自己的耳朵。

有感大师同访客一齐抬头，视线撞及眼前这道充满杀气的、逆光的黑影时，他像一只猫眯起眼，直勾勾盯住对方。大头鬼出去做生活了，大师笃悠悠地吐了一句。

说这话时，有感大师很快嗅出了黑影身上的气味，熟悉又久违。半年前一个女人来到庙里，身上时时散出这股同清静地格格不入的开荤气味。他一度当作是庙里的猫偷吃了后院池塘的鱼，狠狠惩罚。直到那天，路过大头鬼窗户微掩的房间，瞥见一具白瘦的身体，有感大师才确认出这股恶之气味的来源。正是这一眼，让他走入了这个女人的交易。

叫大头疤出来！大黑鱼没想到，自己真正的反应是和情敌决一死战，而无半点怪罪阿三的意思，这种血气方刚的姿态让他回到了二十岁的车间状态，眼前若有把榔头，把殿里各路佛像统统敲光也绝不手软。

十

半个世纪前，范有感被妻儿揭露批斗，从苏北逃难时，也是这副热到茫然的三伏天。木船一路划到江南，遭遇大风，船毁，人落入水中。二十岁的娘舅在河里赤条条来去，搭救了他。娘舅借有感住了几天猪棚，伤好，有感就进了城，见城里仍是口号红旗，腥风血雨，只好逃进庙里，从此蜗牛钻了壳，改头换面。后半生背井离乡，六亲不认，唯独始终同娘舅互通有无。直到大头疤传来丧讯，有感便让他住下，介绍了开黄泉路的工作。

有些旧事，有感大师不讲，大黑鱼一概不知。而大师只需一嗅大黑鱼身上的气味，就猜出这声咆哮的八九分了。他讲，大头鬼开一趟车回来，要到河里造个浴，你去后面寻寻看。轻轻一句，把这团火焰扔出了庙。

大黑鱼携着一腔怒气冲向毫无遮蔽的堤岸，他被三十八度的日光引燃了，浑身发烫，两眼发红，扫视每一寸水域，像要烧干它们。可是一条河平静得像早就被日光烧成了焦块。大头疤这三个字一喊出来，就蒸发到天上去了。

过了一会，徒弟打电话来，阿哥，怎么还不来啊，我要回了。

大黑鱼不问货，只讲，你回，口气坚定。说完，手机扔到水里，自己也随之跳入。他要把大头疤从河床底翻出来。至于那只脆弱的耳朵，大黑鱼早已把它忘了。

河里和岸上是一个天一个地，地狱炙烤，天上冰凉。大黑鱼跳入去，一股措手不及的陌生寒意穿透全身，逼出了体内妄图膨胀的火气。几十年没下水的大黑鱼，在这一瞬间找到了成为鱼的全部感觉，皮肤浸润，内脏吞吐，他的手是鳍，脚是尾，眼里闪现着差点为之丧命的钩子的危险倒影。姆妈的那句话终于灵验了，一种迟来的欣慰盛满了身体。

他在水里伸展时，所要寻找的身影在日光折射下发生了扭曲。他笔直往前游，游向对岸，一心想游到蔷珍身边。他要抱起她，摸她紧实的大腿，柔软的腰，在水中依然高挺的胸脯，和抓不住的四散的长发。而蔷珍在原地等，待他一靠近，就用双臂双腿迎上去，困住他，缠绕他，像一团疯长的水草。大黑鱼抚摸水草的根部，随着她一起一浮地扭动，并深深准备着，听一次穿越水面的高歌。

可大黑鱼的耳朵进了水，什么都听不见了，他只感到自己身体里涌出一股热，往上烧，再往上，冲上头顶的时候，唰的一下，一段叉条鱼从他体内飞快地游出来，在触水的一瞬间化为乌有，成为这条河的一部分。舒爽而劳累，久违的感觉。他的身体软下来，任自己飘在水中，任蔷珍离他远去，消失不见。于是他看到一群鱼游在他身边，他认出来了，正是围绕娘舅的鱼，人们放生的鱼，啊，还有飘窗外的鱼，摊头脚盆里的鱼，每一条的形状，他都认得了，熟悉了，而对方回报以认同的眼神。它们大多生着和娘舅一样的油亮面孔，或是姆妈的干皱面孔。娘舅不骂他了，同姆妈一道夸他，阿三啊，像个男人了。他们露出银白色的笑容，闪着波光，冒着气泡。

等大黑鱼上岸来，夕阳已露，大地渐渐冷静，远处的矮房子飘出油烟味，有人开始上街走动了。他忘了手机，忘了下水的初衷，忘了记忆中所有的四脚蛇。于是不再折返庙里，直奔菜场。走进去，人头稀疏，摊上干净整洁，徒弟都收作好了。几条卖剩的鱼被安置在同一个脚盆里，他们的特点是干瘦，安静，像死在了水里。大黑鱼抽起烟，望着它们，越看越面熟，想到每天卖出去的，捉进来的，竟然是同一批，突然大笑起来，他唱了另一首属于车间的浑歌：

> 河里水蛭是从哪里来，是从那水田向河里游来，甜蜜爱情是从哪里来，是从那眼睛里到心怀，哎呀妈妈你不要对我生气，哎呀妈妈你不要对我生气，年轻人就是这样相爱。

歌声撞上菜场高高的顶棚，响起了回声，一层一层，像很多工友在合唱。真难得，工友们都来到摊头上了，他们跳起来，眼睛微闭，手脚并举，其中一个叫阿三的，开心过了头，一脚踢翻了那只盛鱼的脚盆，死鱼活了过来。

大黑鱼把鱼拾回水中，正想着要不要也去放生，一个满头是汗的小伙子不知从哪个门溜进来，老板，这几条卖不，他用北方口音问道。

买回去烧来吃吗？

您这位老板可真逗，不吃还能当宠物养吗。

大黑鱼笑了，不上秤，便宜卖与对方。杀好，鱼泡鱼籽装好，目送小伙子骑电瓶车离开。继续抽烟，沉默。等他抽完所有的烟，又把烟屁股一个一个踢进下水道，天黑了。

这天夜里，大黑鱼照常回家，女阿三正坐在客厅里苦等。她略带哭腔，阿三啊，今朝——大黑鱼打断了她的话，对着窗外说，阿三啊，我今朝回老屋里去，相邻真真热情啊，还喊我两个人下趟一道过去白相，你讲好吗。女阿三不响，大黑鱼又讲，同租房那户人家讲一声，衣裳拧干再晾出去，覅滴落去。楼上楼下相处的道理，小年轻到底拎得清吗。他咳了一声，我阿三人搬出去了，这点面子还是要的——他忽然意识到自己说出了我阿三这几个字，陌生，响亮，女阿三也听到了。

于是他长久躲避的眼神突然从窗外回转来，死死地盯住女阿三，直到她反应过来，死死地盯住他。女阿三像一条受惊的鱼，从嘴巴吐出了一个气息微弱的泡泡，噢。

2018 年 6 月

清水落大雨

一

李清水的妈讲，小姑娘家，年初一不作兴喝汤的，喝了汤，出嫁那天就要落雨。

李清水一个耳朵进，一个耳朵出，只管站起来伸出自己这把小调羹，舀上扑扑满一碗，晃荡着端到齐平下巴的位置，咕咚，咕咚。两只乌眼珠一歇对着碗里，一歇朝饭桌上的人瞄来瞄去，像在进行某种表演。众人大笑，小姑娘大起来真当不得了呀。

清水妈只好修补面孔，臭姑娘！叫伊往东，偏要往西，不听劝么，下趟自家吃——

亏字还没出口，李清水放下空碗，啪一记倒扣在桌上，油腻腻的嘴角噘得老高。众人又笑起来，那动静把清水妈的半截子话都淹没了，留下李清水叉着腰，一脸打胜仗将军的神气。

这些年，李清水闷头朝西走了多少路，她自己也算不清了。只晓得当初妈讲，顶好是学点会计啊，文秘啊，毕业好找生活，她选了画画的行当。妈讲，回来考公务员蛮好，稳定，她留在大城市给小公司打工。过几年，妈讲，熟人介绍靠得住，她偏一个都瞧不上，到头来直接带了毛脚上门，一问，家里没房，来年的酒席却已定下，僵着面孔，毫无商量的余地。两人交替用洗手间的时候，清水妈问，你看中伊点啥。清水不响。清水妈咬着牙讲，我拿你养大，是用来气死自己的，对吗？清水不答，她只想尽快结束会面。

岁数大上去，两把干柴越烧越凶，时常不见面，隔着屏幕也是星火迸裂。婚前数月，姆妈万事过问，清水不依不饶，正是一人想搬来同住，一人执意不肯的焦灼关头，清水妈却忽然查出了女人的那种毛病，晚了。不到半年，撒手走了。临了留下有气无力的一句，姆妈不会再拦你了，往后做事体，勠莽，自家要想想好。她的眼睛瞥向张生。李清水后来才明白，妈是早早看穿了这桩心急的婚事里尚未显露出的马脚——她逐渐感受到一二，而妈的话给了她一种郑重的确认，这是人生中第一个与母亲达成共识的时刻，来不及有下一次了。那时清水妈抱着一点残存的希望握住张生的手，小张啊，下趟清清全靠你了，晓得吗。病房的地砖上弹跳着对方所应下的几个冷冷的嗯，像杯口洒落的水珠，转瞬即逝。

当天李清水顾不上张生，她分明感到病床前只有自己和姆妈两个人，这种与敌人相依为命的孤独感上一次强烈地出现，还是在老李离家的时候。二〇〇八年，清水妈躺在混乱不堪的床上冲客厅大喊，有本事真走呀！本是句留人的话，却成了老李全身而退的机会。李清水想，老李受够了，由他走吧，那时她心里还保有一丝对妈的嘲讽，轻轻一声，活该，并窃想着她未来漫长而煎熬的独身生活。随即意识到自己还在这个家时，这种孤独就迅速蔓延到身上来了。她冷静下来，为身处战斗和共存两个状态中的自己立下了终极目标，做第二个出逃的人。谁想出逃并不能终止战斗，战斗倒被突降的外物瓦解了——怎么就因为感冒而做了体检呢，怎么会查出来已经没得治了呢。这个活该的人是遭了谁下的巫蛊，谁埋的地雷，叫她的后半程如此之短。妈活不下去了，孤独只好成倍地压在幸存者的身上，李清水那条长途跋涉了许久的赌气之路，就此稀里糊涂走到了头。

她成了家里最后一个人。

到头了，并没轻松起来。这种奇怪的不适如同煤气泄漏，在姆妈走后渐渐挥发，四散，浸润着李清水无数个清醒的时刻，上班，吃饭，坐地铁，筹备被丧事推迟的婚礼，以及她并未料到的——漫长的婚后，甚至是来自双人床的睡梦中。李清水愈发心慌，明明脱了缰，双脚怎么前所未有地踌躇了。原来当冒险者历经磨难，一路向北走到极点时，放眼望去，到处都是南，反而不会走了，只好呆呆地站着，脑中空空一片，偶尔浮现出过往路上的风雷乌云。

三十而立，李清水现在觉得，这话说的是即将三十岁的自己立在北极点上，四下空阔，再也找不着北了。

还要加个状语，孤零零地。她越发感到一个事实，张生从不同她站在一起。尽管每天在一张桌前吃饭，盖一床棉被睡觉，周末各据着沙发的一头加班、看球或连续剧。可李清水明白得很，一站起来，她和张生就是毫无关联的两个人。

二

李清水认定她所身处的这座城市的气候，是自己这趟婚姻的绝好隐喻：冬季湿冷，夏季湿热，全不是空调可以控制的，而春秋细雨淅沥，乍冷乍暖。一年到头，人的身上总是黏黏腻腻，骨头隐约发酸，有种难以言说的不痛快，却又无法逃脱出去——毕竟这算不上空气污染，只是一种令人主动蜷缩的窒息感。

李清水在上一个广告公司上班的时候，项目组曾为了争取一个家居品牌开创意会。甲方要求把产品的耐用同家庭生活联系起来，大意是“尽管磕磕绊绊，也能长长久久”。讨论到画面切入点，有人说不如用小孩玩的七巧板，即便散了，也能用原有的几块拼出新的可能。有人说不如用风雨过后是天晴的意象，把人的处境和自然环境连在一起。身为后备专员的李清水被一同拉入会场，听到此处，扑哧笑了，心想天晴过后不又是长久的雨水，何苦因果颠倒，自我安慰。老板注意到了，有想法就谈一下，他说。

无奈之下，李清水讲，索性做成上海的天气，衣服晾干了，隔几天还是潮的，晒好放回去，过一季又出霉点，这也算是长长久久，磕磕绊绊吧？她这么说的时候，脸上竟暴露出无法自控的冷笑。公然唱反调，同事们吓了一大跳。

不是吗，你们没在上海住过吗？这几天阳台上没挂满？还是家里都不换洗衣服的？李清水喝醉了似的，拎起喉咙连声追问，等清醒过来，她已经被调出这个组了。老板说，成员的价值取向不能和品牌相悖甚远。

有同期私下为李清水鸣不平，这年头谁还没在地铁站外淋过雨，湿过鞋，犯得着装出一副热爱生活的样子吗。李清水不接话。她心里知道，自己是在和张生的冷战中突然爆发了，只是不巧闷头走错了战场，把工作搅黄了。

干脆辞职吧。自从搬进新买的婚房，每天通勤两个多钟头也是煎熬。尤其春夏之交，闷热难耐，等人折腾到公司，脸上浮了粉，裤腿沾了泥水，再好的鞋履也会因为泡水而渐渐毁坏，何苦。

离任前几天恰逢李清水的二十九岁生日，几个要好的同期在休息室为她办了一个极小的庆祝会。将过未过三十的女人们戴着不合尺寸的生日帽，关了灯，围着她唱了歌，等她许愿。

算了吧，没什么愿望。

说一个！必须说一个！

李清水一本正经，希望今年上海的降雨量能有所减少。

同期笑话她。这是你该关心的事吗，你怎么不再关心一下全球变暖和叙利亚难民的饮食问题呢！

另一位关切道，清水怕是着魔了吧，跟人抬杠抬出瘾了？

李清水说，黄梅天最难熬，我好不了。心里想的却是张生那张不太有表情的脸，如同暗红色的傍晚，宁愿长久压抑着，也不肯落一场爽快的大雨来。

要不你改个名？水太旺了也不好啊！

我也想啊，这么滑稽的名字，还不是我妈起的。

姆妈叫学琴，取谐音清字，算命师又说缺大水，直接补了水字。李清水不喜欢，她甚至为自己起过一个网名，叫李焱，她想推掉这片水。

众人听到这里，纷纷闭嘴。

最后一位站出来说服李清水的，是个西北姑娘，她的理由是，世界上哪个大城市不是水汽充沛的地方，你说伦敦，巴黎，纽约，东京，哪个不是像上海这样多雨的，还更冷，更迷雾重重呢。就得有这种冷静的天气，才能住下冷静的人，生产出理性文明啊。要想干燥，你倒是和三毛一样退回沙漠里去呀。她的嘴巴十分利索。

李清水无话可说，她去不了沙漠，也离不开这里。妈没了，唯一的家就在这里，自己不能再出逃第二次了，人的气力是有限的。坐在窗边听外面滴滴答答的檐头水，再没骨气也总是安全的。

那天晚上，几个人喝着酒在下班后的公司里大声聊八卦，骂人事，骂老板。气势渐渐超过了先前会上的李清水，撒泼，痴笑，也相互奚落，疯狂发泄一番。反倒是李清水平心静气，一口一口酌着独酒。她是想到别处去了，如果姆妈晓得自己辞去了当年不肯回家，非要留下来做的生活，会有什么样的反应？

做事体有头无尾，讲的就是你这种人！从前李清水在阳台上收衣服，收到一半跑去看电视，回转忘了原先遗落的一两件，总会被妈这样骂。

这样的话李清长远没听了，竟觉得耳朵里有虫钻来钻去，要人敲打几下。一番回想，她发觉上大学之后，姆妈的敲打就力不从心了。心理老师再三提示过，亲子关系在二十五岁以后，天平两端会发生力量的扭转，那时他对李清水说，不要怕，你的话语将越来越重。可他忘了说，这并非一个循序渐进的过程。扑通一声，另一端空了，李清水屁股连着坐板重重地砸回地面，又麻又痛，难以起跳。

地上的李清水即便入梦，也不曾见妈对她生气。她想妈弥留之际的话，怕是意味着真的甩手不管了。可她又想当面问问，你看我现在这副样子，还叫我有始有终吗。

毕竟妈没能以身作则。李清水至今不能确认，究竟是老李还是姆妈自己，摧毁了他们所运行的长达二十年的固定轨道。而她的身体，又是不是这次裂变所摧毁的。

三

有时碰上连续一周的大晴天，李清水会兴奋起来，给自己布置很多任务，比如拖地、擦马桶，比如按顺序把整个橱柜搬出来晒一遍。三五根竹竿并排架起，厚被子像烧烤一样挂在五楼之外的天空。过季的衣物平摊在桌椅和洗衣机面上，空调架、花架以及所有能接收到阳光的地板都堆着鞋，有时夹杂着毛巾和坐垫，花花绿绿，密密麻麻，整个阳台像在进行一场大甩卖，人走过去，迈不落脚。若是周末，李清水放弃出门，以便及时挪动，物尽其晒。工作日则有风险，一怕下雨，二怕顶楼浇花，要赶在对方行动前收进来。张生下班早，任务在身，但这一切总是让张生不解。

晒来干吗？放点除湿剂不就好了。

五楼哎，竹竿伸到老远，要吹下去了。

昨天不是晒过了吗，怎么还要晒？

两三点就落了一阵雨，总不好怪我哇？

张生总是很抗拒那几根悬在半空的竹竿，即便作为本地人，他也无法接纳这个危险的风俗。或者说，他坚持认为这种近乎杂技表演的高难度动作应该像文革记忆一样，仅仅被保留在上一辈人手中。清水却对此接受得根深蒂固。衣物挂上去，不锈钢夹子夹好，甩起前半段，防止被窗台弄脏，屏一口气伸出去，像刺杀敌人那样戳破楼外的空气，一杆进洞，然后是整个白天的彩旗飘飘。

旧小区的房型各式各样，车厢式，分裂式，唯一共同点是光与风流通困难，稍有阴雨，室内就充满了浓密的水汽。居民只能先顾及衣服的干湿，无暇考虑安全问题，事实上，李清水从没见过谁家不这么做，也没听说谁家的晾衣杆被风吹下去过——姆妈和她的邻居，每位当家人都练就了一身基本功，他们必须向外争取一寸，扩张一寸，才能克服狭窄生活的难题。这些她见过，也协助姆妈做过，只是没想到自己成家后，仍旧困居于这种老旧的二手房。小时候的李清水并非没有幻想过身处一栋拔地而起的高楼，落地窗，电梯房，如今在老家并不昂贵。可是谁叫她要留在这座城市呢，初级玩家只配拥有初级装备。

所以当她责怪张生收得迟了或是有所遗漏，而张生万分不解的时候，李清水总是以这么一句来结束争辩：有钱就买新小区，谁家都不准晾出去！噼啪放话，张生不响，即便是这套两室一厅的小房子，也让两人背负着十多年直不起腰的贷款。

他只好轻轻回，同你妈一样凶。

这是让李清水永远无法接住的一句话。愤怒还是羞愧，全部默默咽下，她知道他说得没错。这些年来，清水愈发觉得妈在她身上种植了自己的毛孔，那种尖刺的嗓音，易燃的脾气，叫她无处可躲，眼看着它们从她身体里喷薄出来，烫伤别人，包括活着的清水妈。妈走后，李清水甚至认定，她就住在她身上，她让她无法自控地做出一些事情，产生一些想法，比如下雨天关节的酸痛，第二天有事前一夜必会焦虑到失眠，为不值一提的人情小事而担心，难以做出选择却懊悔自己的每一次选择，以及对太阳光近乎疯狂的执念。李清水从小看在眼里并深深厌弃的东西，清水妈像报复似的，全部教给她了。

清水妈还在厂里上班的时候，下午常常偷溜回家收被子。阳台上一摊，白场上另有一摊，那是早起扛着棉被抢占来的宝地。她抱着那摊，像一团棉被长了脚缓缓挪过来，走到房间，叫父女俩让一让，让一让，那声音本是愤怒的，却因为隔着被子而削弱不少。等被子往床上一扔，声音就响起来了，叫你让开没听见啊！李清水在一团突降的热气和惊雷中窒息，无法回嘴。有时天阴沉沉，稍微出一会儿太阳，妈就动身忙碌了。一小时也好，半小时也好，绝不放过。可三伏天里，上午晒得畅快，中饭后必有一场大雨，若没及时收进，妈就要发大脾气，并波及疏于搭手的父女。要你们有啥用，一点忙帮不上！

等气消了，她又投入惊险刺激的新一轮。

一年里，大太阳毕竟是少数，再怎么晒，常常到拿出来用的时候，发现鞋子又长霉点了，衣服蛀了，被子湿沉沉。这个家和那个家，隔了几十年，竟逃不出同一片乌云的追杀，黏腻的空气始终缠着李清水不放。于是只好和从前一样，五六月准备好几包樟脑丸，除湿剂，煎熬梅雨；七八月准备好雨鞋雨伞，等待名字像译制片角色一样古怪的台风降临；入了冬，还有冰冷冰冷的雨穿过三四层厚厚的衣服钻进人的皮肤、人的骨骼，而人别无他法，醒着的时候忍耐，躺下的时候，钻进比衣服更潮湿的棉被里继续忍耐。于是李清水在尚未察觉的时候，早已做起了姆妈做过的事情，养成了对阴天的绝对怀疑。

张生讲，差不多干了就收吧，阳台上挂不下了。

不行，还没晒过太阳。

已经干了啊。

干得不彻底，总要吹吹风，杀杀菌。

李清水自己都有些惊到，没道理的话，是怎么讲出口的？但又不是全无道理。她被混乱的想法捆绑着，像个无法暂停的机器，全力进行着令她焦虑和疲累的动作。张生说，不如买个烘干机吧。可是旧洗衣机还能用，换了可惜。研究了半天，又发现五十平的家里根本放不下，只好作罢。

雨水太多了。李清水试图理清楚，是心理作用吗，可她又分明感到阴雨天一来，身上简直被涂了一层蜡，一张保鲜膜，封闭极了，难以呼吸。而自己和张生的关系，忽好忽坏，同阳台上挂满了的衣服一样，等不来几次露天的暴晒，只能靠漫长的日夜来熨干。过几天，摸上去好像是干了，收下来穿上身，总沾了水似的，冰冷拆骨。

结婚两年，但凡跌入关系的低谷，李清水就想起姆妈在饭桌上说过的话，她忍不住打起寒颤。她没想到，这雨不仅落到了出嫁那一天，还落满了她此后漫长的婚姻生活。

四

出嫁那次是九月。

李清水从小很在意生活中的突发状况：下午和同学出去玩，走到一半下大雨了。没想到期末大考连着三天的雨！天气不错，心情真好！打雷了，和室友滞留机场，晚了一天才到她的云南老家。她的日记像一本气象总结手册。

一年三百六十五天，哪天不下雨，气象台只能提前两周判断，再早怎么说得准呢。要立于某月某日，为遥远的另一个月选择一天实在太困难了，她害怕做出令自己后悔的选择。李清水不要什么良辰吉日，如果有人真能算命的话，她只希望对方能告知，哪天天气好，起码让她的妆不花，裙边不溅满泥水——那时候，她的这种强烈的念头只不过是出于从小对下雨的厌恶，直到结婚前，她还不曾想起某个年初一妈在餐桌上说过的话。

不下雨就是最好的良辰吉日，她想。

于是李清水挑了九月中上旬，一个秋高气爽的时节。没有午后雷雨，也不潮湿，春夏的尘埃都被凉风吹走了，空气中散着坦荡的味道，每条街道都生着一副开学初的面孔，意气风发。无论是上海还是老家，这段时间都是一年中最适意的。

婚礼前一周，气象台突然发出了台风预警，今年的台风里，有一号腿脚慢，来晚了。气象小姐耐心地介绍，它的名字叫“西塔拉”，取自一种古老的三角竖琴。听到琴字，李清水汗毛立起来了，仿佛一位长久不见的仇人正冲她狂奔而来。追踪了几天报道，这号台风来势不猛，清水稍微放心些。几个大晴天过去了，天气依旧无恙，气象小姐幽默地说，西塔拉的拖延症又犯了，预计最早明日在浙北沿岸登陆，上海将有短暂的雨水波及。而李清水的婚礼，正要在这两头奔跑。

化了妆，盘了头，婚纱红鞋一一备好，伴娘们围着她的床站成一圈，老家的亲眷朋友在客厅聊天，老李和一众老烟管在阳台自顾抽烟，小胡，被妈称作胡狸精的仇家，则紧随一旁。小胡不敢同女性亲眷搭话，在这间房子里，她是罪人。但老李仍把她带了来，李清水没意见。她像从前那样，乖乖地喊一声阿姨。几位老太太斜着眼说难听话，说着说着竟哭了，学琴真是没福气呀，女儿出嫁看不着，还要放妖怪到屋里来。她们出于对学琴的同情，表现出坚决不和老李说话的气魄。

张生的上海亲戚也来了几个，他们中的一些以为老李和小胡是新娘父母，简短问好之后，竟有人小声说了一句，同谁也不像啊。又有人夸亲家母年轻。李清水不作声，同她最像的那个人已经不在了。那个给她扁平面孔，扁平鼻头和扁平身材的女人，给了她所有不想要的烙印，然后自己走了。从前一家三口出门，大人总说，小姑娘长得真像学琴啊。李清水扭头不答，在她听来，这只是一种对她不好看的反复确认，惊叹中带着不经意的羞辱。这些烙印后来布满她的身体，她的每段神经，李清水唯一可以主动拒绝的，只剩这套房子，婚事办完，它就被挂上中介的名单。对逃离的最好实践，是毫无保留地摧毁起点。

天暗下来，大风起了，张生带着借来的车队准时到达。会说话的亲戚笑道，老天总算争气，毛毛雨，蛮凉快。李清水的眼睛望着张生和伴郎伴娘玩进门游戏，一颗心却系在窗外的梧桐上，装成一片树叶，随时等待着她不愿等来的部分，那无比熟悉的，轻轻的，沙沙的，随后是噼噼啪啪的，迅速密集的雨点子，小孩的呼声，闷闷的开伞声，路人逃离的步子，相邻扯着喉咙提醒收衣服，然后阳台上跃出清水妈紧急抢救的身影。她的耳朵就夹在隔壁阳台的衣架上，听妈收回晾衣杆，不锈钢砰砰砰地磕着窗台。姆妈手一撸，晒得僵硬的衣服像咸鱼干一样，隔空飞过去，堆在卧室的床上。等会妈就说，清清啊，衣裳折一下。

李清水就这样朦朦胧胧地穿好鞋，敬好茶，在众人的簇拥中坐上体面的轿车，开往一百多公里外的另一个家。窗外终于飘起一两点真实的小雨，车速加快，雨点斜打的痕迹越来越重，几乎要横着流了。等上了高速，雨竟大到雨刮器都刮不完了，李清水身旁的车窗，看上去像每周二下午电视里的雪花点子，大片大片的模糊，磨人耳朵的呲呲声，这些都在警告观众，别看了，什么都没有，李清水只好低头玩手机。没有什么照片可以发朋友圈，难道要告诉所有人，一个被认为命里缺水的人，在台风天结了婚吗?

李清水希望路能再长一些，车再堵一点，不要那么顺利就开到新家，她害怕了。新家不过是别人用剩的旧家，一到雨天，顶棚和雨的碰撞特别响，一颗颗水珠猛烈地砸在她心上，砰，砰，水滴石穿。

李清水有些生气，老天怎么这样待我。

老李发微信来，不要不开心，是姆妈激动得掉眼泪了。他就坐在后面的婚车上，好像生了一双透视眼，看清连张生都没留意到的，李清水的一脸绝望。

李清水正是在那个时刻忽然想起了大年初一，她浑身发冷，感觉自己回去了，从车里飞出去，降落到大圆桌前，咕嘟咕嘟喝着汤，怎么喝不完，喝不完。她不敢放下碗，因为一落下，旁边就是姆妈生气但碍于众人面子无法发作的可怕神情。

我到底喝了多少汤水啊。她想不通。

掉这么凶的眼泪，估计是生气了。李清水回了一条给老李。

但她心里想的是，姆吗是故意要作弄我，惩罚我。

同车的张生打开交通广播，雨这么大，原来台风在崇明登陆了，他和开车的朋友嘲笑气象台没把崇明当作上海的一部分，闹出错判的笑话来，路上并未和清水有什么交流。几个小时后，风小了，雨时有时无，喜宴上的来宾多少仍显出些路途的狼狈，大家擦干衣服，强撑着礼节性的微笑送上祝福和红包，李清水也保持着礼节性的欢迎，尽管她并不能控制自己的脑子四处游离，时而停在年初一的餐桌，时而在挂满衣服的阳台。在酒店二楼，清水感受不到外面的天气。听进来的小孩说，外面出了一道彩虹。等忙完出去看，什么都没有了，天是粉红色的，空气湿漉漉，和五六月没什么差别，好像多了一股白酒的香味，从喜宴散出来的。

水汽充足的地方所能有的最大的福利，李清水在轮番上阵的人际敷衍中错过了。

夜里闹新房的动静很大，来客大多是张生的朋友，忙了一天，醉得明明白白。李清水分不清嬉笑喧闹，只听得哗哗的雨往窗户上泼，一脸盆，两脸盆，这种幻觉一直持续到夜深人静，客散了，“西塔拉”也离开了，窗外的杂音渐渐消停，张生爬到她身上的时候，她感到张生身上各处钻出汗来，头发上，手臂上，大腿上，每一个毛孔张开的地方，雨都落一点一点到她身上。张生渐渐摆正她的身体，掰开她的双臂，她发现了，自己是撑在竹竿上的衣服，挤不干的水滴滴答答从五楼渗开去，落进看不见的草丛。

五

和张生的认识，是在毕业前的冬天。为了省钱旅行，李清水和室友打算考个导游证，报了班，湿漉漉的天闯进去，没有座位，只有末排高举着一双手。清水朝那儿走，顺势望见伞桶。等擦干头发和眼镜，才发现那是个陌生人，而前排的室友正回头沮丧地指着自己旁边，座位被抢了。陌生人挪了个位置，坐。李清水谢了他。她后来才知道，那天张生不过是刚好伸了一个懒腰。

李清水和室友轮着上课，她每次仍坐伞桶边。张生下班早，夹着罗森便当过来，公文包压住一个留给她的座位，有时也留下资料和网课的账号密码。但他不太说话，也不笑，李清水看不出那是冷漠还是紧张，只从桌上一丝不苟的文具排布，看出了一位普通财务人员的基本素养。课上李清水打过瞌睡，张生仍侧身背着她，朝外托腮，干瘦的寸头上生出一只招风耳，一动不动，猜不出是在听课还是冥想。很久以后，这个侧面给李清水蒙上一块固定的阴影，好像一回家，光线就被胶布贴住了一块，叫人永远看不清那里的表情。有时一起下课，九点半的地铁不算挤，两人坐下，或顺次抓着扶手，同车厢里任意两个陌生人一样，保持沉默，以及不近不远的距离。直到那天，李清水突然问了个关于地铁的问题，便一下旋开了张生身上的某个按钮，他的话像汽水泡沫一样滚出来了，七岁时上海建造的第一条地铁，世博会的新加线路，16、17 号线的延伸走向，郊区还要向东京学习一条外环线，也几乎把自己的成长说了一遍。他又谈到未来的旅行计划，尽是些怪名字的地方，哥斯达黎加，斐济，塞拉利昂，海参崴，阿拉斯加，直讲到坐过了站。这以后，两人熟络起来，下课情愿走路，在附近的公园里晃，或是四十分钟，走回李清水的宿舍。黄晕的路灯下，张生和年轻的大学男生没什么两样，他说，以后带你去旅游，你想去哪就去哪。

最后的考试，只有李清水通过了。那时她忙着四处面试，随便对付一下，甚至没问张生的结果。直到毕业前，张生说，我们以后专飞国外，导游证用不上，她才晓得他并没考过。但这件事两人都不在意，仍约在补课学校附近见面吃饭，聊天散步。下雨天，李清水关节痛，张生就去宿舍楼下等，带一壶热水。两人坐在路边长凳，常常是张生讲些从《国家地理》上看来的东西，李清水听。李清水若讲求职的困惑，张生听，末了缓缓地说，你觉得适意就好。李清水听进去了，这句话和姆妈的“不行噢”，老李的“一样的”都不一样。不控制，不放任，李清水觉得好。

李清水觉得不好的时候，是从这句话的重复中听出了敷衍的味道。但她想的是，不能改了，无法再改了。她得尽快有个新家。

真正的旅游只有婚后一次，去了所有人都去过的泰国，因为便宜。李清水很后悔，那是比上海更湿热的地方，交通颠簸，她有些中暑，又起了疱疹，浑身难受。张生说，来都来了，不玩浪费。他为假期制作了行程紧凑的规划，势在必行。李清水躺在客房，你自己去吧。张生就出去了。此后每晚回来一趟。三天后，他们飞回上海。

再后来，他们连马路也不常走了。

也许不是张生的问题，换个人，李清水想，也会走到这一步，甚至不怪自己，世界上任意两个人都无法长久地站在一起，像姆妈和老李，是街坊又是同事，强撑了半辈子，最后不还是分道扬镳了。

“对美好生活所产生的希望是用来关照当下的，而绝非未来。”

李清水在转行后参与设计的第一本书里读到这句话，脑中随即划下了两道波浪线。她用此来解释自己背叛童年立下的抗拒婚姻之志的行为，当然就无法允许自己后悔，也难以期待可能存在的下一段婚姻。

这本书卖得很差，设计师也无甚好评。也对，奇奇怪怪的译文，自以为是的道理，李清水明白，大部分人还是需要希望的，她也需要。她自费买的那本，还没看完，就被爱好整洁的张生塞到床底的收纳箱里去了。家里很小，容不下书架，张生眼里又容不下拥挤，许多不必需的物什就被隐藏了。正如两人每次发生不愉快，张生会说，你确定我们现在要吵一架吗？他指着自己被打断的笔记本和手机。于是这些僵持的矛盾就被暗藏在空气中了，空气越来越沉重。

沿海城市的湿度总是很大，室内的水珠和尘埃摇摇欲坠，尚未爆发的怨气一旦强行加入，人就要窒息其中了。李清水能存活下来，她想，要多谢从小练就的一身本事。这个家和那个家，都住着一个精通在打颤的牙齿中忍耐一切的人。这正中了她在那本书中见过的另一句话：

“在自己身上发现的相似或重复的痛苦，是童年未完结的证明。”太毒了，李清水想，作者嘴巴太毒了，卖不出去活该。

但若不是新入职的体检，李清水不会感到这种重复的痛苦有多么惊人，姆妈的阴影像一团燃烧在后背衣服上的火，不仅灭不掉，还可能随时往肉身上引。体检报告里有一行小小的提示，建议定期随访检查。李清水问张生，要去吗。随你。于是李清水先忙过头三个月，总算有时间去了趟医院。隔周，电话来了，护士说得很快，李清水没听清。等护士重复了一遍：HPV16 高危型阳性，李清水懂了，火烧上来了，她逃不开。如果长期携带这个病毒，姆妈的病就要转移给她了。两个人最相像的地方，原来在这。真厉害啊，明明不是遗传，妈却仍有本事在她身上埋下一颗地雷。什么时候爆炸？护士宽慰道，从发现病毒到癌变，是个很长并且不必然会发生的过程，慢慢治疗就好。李清水点头，姆妈最喜欢这样子，话不讲穿，只在一旁地默默盯着你，叫你气急，翻身，日夜心跳，就像当初警惕地盯着老李不放一样。

清水妈常说，我养你的时候，吃了多少苦头哦。李清水感到自己正怀着姆妈，就像姆妈当年怀着她一样。眼里都是泪。她想自己只有到分娩出死亡的那天，才能彻底还清苦头，不再为任何强大的结果而心慌。

下午李清水请了假回家，发微信给张生，晚饭回家吃，有事。

张生过了半小时回了一句，那我又要洗碗了啊。

李清水读完就把手机扔进了沙发。

晚饭如常沉闷，张生边吃边玩手机，饭后，李清水拿出报告单给他，你看一下。

张生看了一会，没说话，又拿手机查了查，潜伏期有八到十年呢，死不了。

李清水听不出这是一句真心话还是个失败的玩笑，她发觉室内所有光线都被胶布封死了，眼前漆黑一片。

过了一会，张生说，你从哪里感染来的？我们是不是要分房睡了？那我要不要也去查一下？

李清水拾起沙发上的手机出门了。从很早起，她就学会了自觉抗拒成为姆妈那样的火山，她把一切都吞下了。

六

从家里冲出来，又飘雨了，李清水没带伞，随手拦了部车，回过神来，人已经在高架上了。李清水问，我刚刚说过要去哪吗。

师傅说，我问了你好几声也没睬我，小姑娘眼睛红哩哩，一看就是同男朋友吵架了哇，上高架兜一圈，心情就好了，高架两边你看看，多多少少房子，里厢多多少少人家，哪个不是这样过来的。

李清水不知道回答什么。对面的道路堵得纹丝不动，而自己这边十分畅通，摇下车窗，风夹着雨点打过来。高架，又是高架，十年前李清水第一次随大巴驶入这里时，她惊呆了，层层叠叠的房子相互遮掩，无从触及尽头，而自己像在天上，与移动的星光并列。车一拐弯，自己又像要随时栽下去，摔进树林，广场，或居民楼，一层一层，见不到底。这个城市到底有多大，住着多少人，她想不出。可高架两边的房子近到几乎能从阳台爬上来，她清楚地望进每一个房间，考究的雕花顶灯，橘黄或乳白色的光，古铜的吊扇叶子呱嗒呱嗒撩着圈。与窗户齐平的饭桌上，有人吃饭，有人看电视，更高一点的房间，窗帘背后透出模糊的人影和衣架。他们会站在窗边看高架上的车吗？甚至车里的人？大巴往前，李清水感到自己立于电器商场，在一百台高清电视之间走来走去。一股巨大的好感涌上来。过去那个地方，那个家，太小，太熟了，才会有姆妈那样撕破脸面的人，才会人人议论别家的丑事。此处车来车往，谁在乎呢。李清水想好了，她要当个虫，比如没人认识的蚂蚁，悄悄爬出来觅食，悄悄爬回去睡觉。那时的她不在乎路人脸上写着什么故事，只专心热爱与路人共用的一片片人造光影。

上大学时，李清水常常坐校车从美院去本部上人文课。校车开出没多久就要上南北高架，返程容易堵塞，李清水围困其中，获得一大把细细观望的机会。夜晚街灯亮起，两旁的公寓也接连亮起，这像一种随机的多米诺骨牌玩法，每个人走进去，推开自己的房间，啪，骨牌倒了一只。高架上的人也即将回去，停车，掏出钥匙，啪，他们也亮了。而校车里的人是多余的，她将永久盘旋在高架上，转过几百个弯，总也落不到一个洞口前。啪，李清水倒在宿舍的上铺，没有牵动任何一张牌，冷冷清清。她感到一种身在城市之外的恐惧，这种恐惧长久地支配着她。

高架是城市的餐盘传送带，它把被工作掏空的人送回去，又把饱满的人从家里送往写字楼。而李清水是食堂里吃剩的餐盘，在缓慢的传送带上等待进厨房，接受清洗的改造，排队是个漫长的过程。她曾画过一幅作品，在无数栋楼房之间，城市高架上流动着的，是一个个长方形的餐盘，里面坐着各式各样的人，补妆的，打电话的，背电脑包的，穿工作服的，有一只手从天空伸过来，拨弄这条传送带，取出其中几个人。她不知道这只手是谁的，总之不是姆妈的。很长一段时间，这只手没有把她从传送带上解救出去，李清水等不及了，她自己跳了下来。落地的过程很急，很快，毫无缓冲的可能。

现在她觉得这些房子糟糕极了，每户人家都在吵架，或冷战，因为陷入几桩人事的泥潭而焦头烂额。黄色的灯光是焦虑，白色中加点灰暗是长久的贫穷。还有紧闭的阳台，无法拒绝灰尘和噪音，也关不住错买靠马路房后所流露的怨愤。白底黑字的投诉横幅被雨水冲淡，逐渐成了失去意义的装饰品，谁也搬不出去。每个堵车的司机都在鸣笛，册那，册那，老痰一口一口往外吐。李清水说，师傅，下个路口出去吧。

一路去往客运站。李清水坐上间隔很短的城际巴士，过了收费站，一小时就到了。李清水想去找老李，他和小胡就住在旧家隔壁的小区，也许那会是个新的家。

七

快八点了。李清水远远地看到老李和小胡在楼下倒垃圾，老李抱着刚买的西瓜，小胡手上牵着一只泰迪，狗的卷毛和人的烫头十分相似，蓬松饱满。他们扔完垃圾，到车库锁了门，上楼去了。老李仍保留了从前的习惯，一进门先开灶间小灯。刚散步回来的人，生怕引野蚊子进去，绝不敢开日光灯。李清水想起老李和姆妈一起散步，嘴上停不下的，是饭桌上遗留的各种问题。

借一点，稍微帮人家忙咯……

不来不来，屋里开销本身紧张。

我已经答应了……

覅讲了，快点跑！

姆妈的蒲扇总是摇得很急，还没走远，她挤到小店门口聊天，老李就和老烟枪们上桥去了，两人各轧各道，不过是一道出门的关系。

灯灭了，楼上并未传来狗吠，一切安详。李清水决定不打扰老李的新秩序，转而走向最熟悉的地方。眼前一砖一瓦都没改变，地还是坑坑洼洼，车还是四处乱停，看门的老头仍躲在传达室里听戏，喂金鱼。这条路，李清水走过一万遍，几乎要顺理成章地上楼，敲门，等姆妈掀开猫眼，谁呀——可是房子已经属于一对外地小夫妻了，卖掉的钱刚好抵充一部分房贷。她站在楼下草丛里，贴着墙头，像小时候喜欢她的男同学一样，到了，不说，只静静听着上面的声音。李清水不确定自己喜不喜欢他，却为这样苦心的寻觅而感到兴奋，她不敢下去，只悄悄趴在窗台看他的头顶，捂着嘴笑。姆妈正巧回来了，她把男同学拎到小区门口示众，大骂，谁家的小孩心思这么野，带坏清清！你不要读书，清清还要嘞！男同学再也没和清水在学校打过招呼。

楼上有断续的哭声。他们有孩子了。李清水有些担心，小孩在这里成长起来，难免会碰到些问题，比如大卧室放不下电视机，客厅的电视又会吵到小卧室。比如光线不好，白天写作业也要开台灯。还有卫生间和冰箱挨得太近，进出容易被绊倒。六岁的李清水俯身摔向地砖，磕去半颗门牙。老李没留意，只拿冰块敷。姆妈回来发现牙没了，劈头盖脸骂了二人，饭也不吃赶去医院。回到家，老李说，我说对哇，乳牙么，以后长新的就好了。姆妈又饿着肚子和老李吵了一架。李清水在一旁哭，碎裂的牙缝不断流出血来。

有些事情变成一块一块砖在楼下堆积起来，直至李清水能够到那扇盛着一家三口的窗户。

男主人在咳嗽，女主人轻轻唱歌哄小孩，李清水都听得到。她知道这些年姆妈和老李吵架的动静，邻居们也听得一清二楚。她想，至少自己的哭声邻居是听不见的，她的忍耐力很好，总是等大人睡了，一头闷进被子里哭。这种经历一直持续到老李离开。

姆妈和老李的最后一次争吵是在二〇〇八年，李清水自认为即将远离争吵的那个高三暑假。姆妈不知为何突然怀疑老李出轨，老李不解释。姆妈认定了，和老李私通的是对面批发街上卖卫生纸的寡妇小胡。姆妈每天骂，家里没草纸了，去胡狸精那里拿一点来呀。老李不理。姆妈说，一天到晚板着一副面孔，去胡狸精那里就开心了哦。老李不响。直到八月八号，李清水忘不了，小区里每户人家都打开电视准备看北京奥运开幕式的晚上，姆妈把饭桌掀了，李清水事先放好的西瓜，花生，茶杯，全都散在地上。姆妈幽幽地说，老李啊，你怎么不去胡狸精家里看呀。

老李说，我这就去。他出了门。

李清水看不成开幕式了，她央求姆妈去道歉，把老李寻回来。姆妈说，还用寻吗，肯定在胡狸精店里，随伊去。

李清水哭着冲出去，那天夜里的小区安静极了，路上没人没车，连野猫都没有。偶尔路过别人的窗户，总能瞥见电视屏幕闪着的光，其中透露出遥远的鸟巢里那种欢欣鼓舞的气氛。这个夜晚，只有室内的人才能与集体相联结。李清水觉得自己在一个最糟糕的家里，有一个最糟糕的母亲。她壮着胆子穿过马路，去看对面的小胡纸店，门关着，没有任何声响，也许小胡也回家看开幕式去了。李清水大声朝天喊，老李！老李！没有人探头出来看。李清水就这样哭哭啼啼地在小区里转圈，在周围的马路上转圈，眼泪模糊了她的眼睛，如果老李真的在她面前走过，她也看不清了。

李清水蹲在一棵树下哭。姆妈走过来了，她说，你爸回来了，你还要寻吗。

回到家，桌子已经翻好了，西瓜，花生，冒着热气的茶水又放在上面。老李转过身来，笑嘻嘻地说，清清，我出去上个厕所呀。

李清水坐到位置上，三个人沉默着看完了最后的环节，运动员入场式。已经是最后一个国家了，姚明举着旗子，运动员穿着红色和黄色的西装，解说一一介绍他们过去的战绩。李清水什么都没听进去，她的眼睛也看不清了。

电视里传来的狂热的欢呼，她听着像暴雨的声音，一下雨，家里的墙皮又要渗水了。

奥运会结束后，李清水要去上大学了。姆妈仍像以前一样，自愿送她。火车上她对姆妈说，你不要再逼老李了，好吗。姆妈不响，削一个苹果，她后来讲，你不懂的，不要管。

后来姆妈又闹过几次，总是这样，老李摔门而出，过一阵又回来了。直到国庆的最后一天，李清水放假在家。姆妈躺在床上喊出那句话的时候，并不晓得那是一生中的最后一句。这一次，老李真的走了。

一周之后，老李回来拿衣服，他借住在单位里。半年之后，老李再回来，要和姆妈离婚。小区里的人都知道，他是带着胡狸精来的，姆妈的哭闹声让所有人都听明白了。

李清水至今想不明白，到底是姆妈先发现了这桩事，还是老李真的气急了，要气死她，才去找了小胡。李清水一直希望是第二种。

去民政局的那天是个周末，李清水被喊回了家。她陪着姆妈，小胡陪着老李。姆妈全无平时的气势，平静极了，懒于张口，他们很快换好了证。老李净身出户。分别前，老李说，清清，照顾好姆妈。李清水还没接话，姆妈走过去，连甩了小胡三记耳光，甩得她笔挺的盘头飞散开去，鼻子牙齿全是血。

老李说，学琴，同小胡不搭界。姆妈第一次没有厉声回骂。

李清水像开幕式那天一样，在小区里兜了一圈又一圈。

每一棵树，每只水泥凳，每一间熟人的阳台，她都仔细看了一遍，像从前在高架上看近处的房间。只是这里的房间，她都认得。清水突然很想搬回来，住进自己家里，哪怕只剩她一个人。可房子分明是别人的了。她嘲笑自己，永远住在自己不愿回去的地方。

单元楼里的灯一盏一盏熄灭了，野猫四处出没，白天的垃圾开始酝酿臭气。李清水知道，夜来了。她走出来，看了值班老头一眼，对方报以一个你蛮眼熟、但我想不起来的挑眉神情，无可多说。最后一班回程车要开了，李清水还是选择踏了上去。又一遍高架，又一遍对别处灯火的徒羡。

李清水坐在夜宵车里，不断回想起姆妈的最后一段时光。她坚决不准老李来看望。直到浑身水肿，被迫住进医院，老李问李清水要了房号，总算来了。他坐在床边一动不动，看着打了止痛针睡去的姆妈，脸色铁青。小胡在外面走廊上坐着。

姆妈醒来，看到这张面孔，嘴里立刻啊啊乱叫起来。直到李清水把帘子遮起来，她才停下。这番挣扎耗尽了她的体力，余下尽是喘息。两个人隔着帘子，坐了许久，一句话也没。老李眼里都是水花，一只糙手掌揩来揩去。不久，小胡隔着墙喊，老李，老李，差不多了哦。她打起了招呼。

老李站起来，学琴，我走了噢，你好好养，我再来。

学琴不响。这是老李和姆妈分开几年来第一次说话，也是这辈子最后一次说话。

李清水觉得恍惚，两个人在她的前二十年里，每天要说多少话，其中又有多少顶撞和逃避的意味。怎么突然间就不再说了。她想，老李一直话不多，而姆妈这么能说，到后来却毫无出口，也许病是这样憋出来的。夜里的高架空空荡荡，车开上去，像一支笔照着直尺划过白纸，唰，唰，畅通无阻，而车里人影零星，四下的空座位多到叫坐着的人拥有足够的余地，去回想生命中所有曾经来过又走掉的人。

李清水望着自己的前后左右，谁也不在。

八

李清水到家，张生已经睡着了。沙发上歪斜几罐啤酒，电视还在放野外探索类节目。她看着他，想起刚认识的时候，张生常常能从公文包里拿出不同的地图来，落笔勾画，这里，那里，好像标记一下就到过了似的。等手机里有了卫星地图，万事方便，张生反倒不怎么看了。那时李清水想，也许人人过了三十都是会变的。他残存的热爱方式只剩下了看旅游频道。

有时张生倚在沙发上看电视，这个地方蛮不错的，他讲。

清水问，去吗?

还是算了吧，头几年还贷最好不花大笔钱。张生有着财务人员一贯的谨慎和自律，家里的经济也由他一手规划。

靠省能省出多少，怎么不换个工作，多去赚点钱。李清水一旦突然提高嗓音，总会说出叫自己和别人都很难接的刺话。她对于张生十年来安于一个职位感到不解。

现在还不够累吗？

现在不赚钱以后更累。

你也晓得这个道理，还藏着自己那点钱做啥。

张生说的是唯一一笔还没被他纳入管理的钱。

当初清水妈听说两人要贷款买房，过来一看，比自家老的小区倒要贵十倍，匆匆离开。几天后打来电话，妈这里不多，总归多付一点是一点。李清水没要，那时她只想和老李一样，实现净身出户的壮举。这些钱后来大半交付医院了，所剩无几的遗产，李清水存在一个新开的银行账户，不打算动。

每到提钱，张生最后总会问，为什么不肯？

李清水难以解释，她似乎被一种强大的念头支配着，不愿把姆妈从生活里再度翻出来。后来几次被张生说服，决定动用，最终却都放弃了，她才发觉不是这样，钱是会用完的，李清水只是不愿把最后一丁点姆妈从自己的生活里消耗殆尽，她舍不得。

关掉电视，家里一下安静了，也冷却下来。谁能像主持人那样，每天游玩，又每天保持灿烂到僵硬的微笑呢？对楼的最后一个房间灭了灯，狭窄的楼间距叫这里的房间也跟着暗下一小块。为了继续那个多米诺骨牌游戏，李清水立刻触碰自己手边的开关，客厅熄灭了。家里彻底被胶布封上，李清水不太分得清身在何处。回想一整晚的游走，自己不过是从一个小区到另一个小区，丝毫不能察觉城市的边界。似乎这几栋单元楼是打通的，往后，是老李和小胡的家，再往后，是老李，姆妈和她的家。彼此间望着极近，来去却很远。

李清水翻了翻一晚上没回复的微信。在十几个工作群中挑拣出一条特殊的，来自初中同学小毛的消息：小道消息！XXL也会去的，听说他刚从美国回来，你一定要去啊！

李清水没明白，又翻了翻别的信息，发现几乎不用的初中班级群里有这样一条信息：本周六下午，三中上海校友会聚餐，有空的同学请积极参加！后附一个报名链接。

小毛说的就是这个了。

李清水和小毛初中时最要好，高中和大学却分开了。后来一个回老家，一个在上海，关系愈发疏远，加上小毛生育早，忙家庭和忙工作的就更难碰面，偶尔在微信上说几句，也并不能及时互动。两个人上一次见面，还是在清水妈的葬礼上。小毛安慰，好了好了，想开点，这对你也是种解脱。李清水懂小毛的意思，她心里也这样想过，但她不敢让自己再想下去。

这次小毛特意发消息来，是被一个久违的名字击中了。他叫夏肖立，小毛给他取的代号是XXL。XXL在李清水家楼下盘旋的那一天，李清水给小毛打过求助电话。

小毛，我要下去见面吗？

最好不要。你又不确定喜欢他，下去干吗？保持好姿态啊李清水。

那我怎么办，你能过来吗？

我当然不能乱插一脚啊，你就在楼上待着，以不变应万变。小毛没早恋过，却看过很多连续剧，租碟店是她放学后最多停留的地方。

小毛，你说 XXL 到底想干什么呀。

想你呗。

别乱讲。

没骗你啊，再过一会儿，他就要像罗密欧那样大声表白了。

李清水吓得不敢接话，要知道周围每个邻居都竖着耳朵呢。她听从小毛的意见，趴在窗口低头看那个站立的身影。从上往下看，XXL 的寸头就像一盆小葱刚被做晚饭的人剪去了一茬，平平的，毛茸茸的。这种紧张的偷窥让清水感到了起伏的欢欣。她时刻准备着，一旦 XXL 开始喊她的名字，她就用尽全力去“嘘——”。

第二天李清水到学校跟小毛复述了姆妈当众教训 XXL 的全过程。小毛叉着腰讲，你完了，青春期男生最看重的就是自尊心。你妈这样做，他会记恨你一辈子。

为什么不是记恨我妈？

喜欢谁就会恨谁啊，你不懂。

果然，李清水下午和小毛汇报了 XXL 对她视而不见的情况。小毛说，我没猜错吧，他绝对恨死你。

那我要去道歉吗?

当然不用啊，又不是你骂的他。小毛说起自相矛盾的话来格外理直气壮。

XXL 从她们的日常谈话中消失后没多久，三个人就升去了两所不同的高中。小毛和 XXL 还是同校，李清水一个人。

给小毛回完一个坏笑的表情，李清水摇醒张生，喊他进房间睡。顺口问，周末要不要一起去我的同学会。

什么同学会?

初中的。

有我认识的吗?

没有，但是有 XXL。

XXL 是谁啊?

原来她在路灯下讲过的故事，张生忘了。那时还是张生一路追问不停，你一定要把每个追过你的男生都说一遍，我好以史为鉴。现在她没有讲第二遍的必要了，转而说，那我自己去吧。

行啊，我周五看球，白天不一定起得来。

李清水不再接话。

张生又说，这几天下午都有雷阵雨，雨太大就别去了。到时候回来又发脾气。

说完合眼了。他的语气平静，仿佛还没意识到离家出走的太太才刚回来，也忘了那个叫太太惶恐的病毒的存在。但他说得没错，好几个下班碰到大雨的日子，李清水一进门就摔鞋扔包，像要跟自己身上的全部东西打一架。雨天打滑，她踩不住刹车，无法扭转直线坠落的情绪，只等着它落地爆炸。

这夜李清水做梦了，她洗完一条很厚的棉被，怎么也拧不干，只好把湿透了的被子挂上去，因此竹竿很沉，沉到一伸出去就要掉下去。那关头，后面突然有只手帮她托住了竹竿，她回头，一个年轻的扁平面孔，生着扁平鼻头。

李清水醒来，睁眼嘲笑自己，我能生出来的，大概只有一个肿瘤吧。

九

上午天气很好，李清水很早起床，做早饭，照例晒衣，做中饭，不时和小毛在微信上聊几句。

小毛问：激动吗！

有什么好激动的。

别装，有目标了吗！

什么目标？

比如，去道一个迟到的歉。

老套，听起来像青春片的开头……

然后要个微信号，重叙旧缘呀。小毛发来一个坏笑。

别乱讲，说不定人家早把我忘了。

怎么可能！毕竟挨过一顿臭骂。

那就是还记恨我呢。

记恨你妈啊，又不是你。你们可是被拆散的梁祝，现在机会来了！又一个坏笑。

李清水和小毛把那天的事情仔仔细细又聊了一遍，两个人的记忆有些出入，但各种细节总算拾回来了。那扇窗底下，XXL站了多久，他是问谁要到小区地址的，被姆妈骂的时候，他是什么样子，在学校碰面又是怎样的一张脸，清水感觉自己回到了十五岁的生活，讨厌所有喜欢她的人，越殷勤越讨厌，同时又为这样的人感到小小的雀跃。

怎么样，现在有没有精神出轨的感觉，说不定能来一出《昼颜》啊。小毛兴奋起来毫无顾忌。

李清水愣了一下，还不知道怎么回，手机短信却来扫兴了，市气象局提醒，午后有雷暴天气，橙色预警。她望一眼，窗外明明烈日暴晒，夏天真麻烦。

清水说，不一定去得成，天气不好。

小毛讲，好事多磨呀。要不我先发你一张他的照片，人家现在可是帅气又多金。保你看过了就不敢不去。

走开，不要。李清水拒绝诱惑。但她很快跑去卫生间化妆，又回卧室挑衣服，脚步有些欢快，小毛吵着要当军师。

张生插嘴，不用搞得很正式哇，人家还以为我们家很有钱嘞。李清水被戳了一下。

张生又说，下周我请个假，我们再去医院看一次？他的态度有些缓和，但绝口不提前一晚的事。李清水答应了。这两下几乎把她硬生生地掰回现实，一个尴尬的身份，一种危险处境，她泄气了，决定随便应付一下午后的聚会。

李清水这样想以后，天色也跟着变了。室内光线渐暗，清水赶紧收进阳台上的衣服，动作娴熟利落。可是过了一会儿，太阳又出来了。小时候，姆妈就常常在乌云和日光的轮替出场中充当一个不知疲倦的西西弗斯，而李清水选择自我克制。既然乌云暴走，雨水也不会远了。

了解 HPV 后，李清水发觉不只是疾病，人身上的很多事情都是乌云的某种隐喻。它黑沉沉地压过来了，气势凶猛，笼罩着一群人，人们不知道它所酝酿的雨水会浇在谁的头上，也猜不出它会什么时候落下来，落多久。但日光肯定被吓跑了，于是人就这样长久地存活在一片暗无光亮的等待中，又因那不可把握的等待而惶恐得丧失了逃离的能力，低头，抬头，都是怀疑。现在这片乌云叫李清水犹豫出门，犹豫任何可能摆脱它的途径。这个小区离最近的地铁站也有好几公里，李清水甚至感到，乌云正等着她，她一上路，它张开嘴，口水就哗哗哗流下来，伴之以惊雷的大笑。

张生说，叫辆车吧，淋湿了不好。

果然，李清水刚坐进车，雨就噼噼啪啪打在玻璃窗上面，这惊险得像一场好莱坞式的越狱，她长吁一口气，总算侥幸过关，获得了半寸安宁。

李清水按亮手机，又是小毛：线人来报，XXL 还是黄金单身！

十

车很快上了高架。周末的传送带仍旧堆满了餐盘。里面的人想出去散心，外面的人想进来购物，结果两面都不轻松，虽不如平日里严重，却也成了堵塞的下水管道，通一下，停一会。雨打上来，像子弹袭击，车窗无可闪躲。

司机似乎有点无聊，想寻点话和李清水说说。他从目的地入手，酒店蛮高档的，去吃喜酒啊。

同学聚会。

哦哟，包场老价钱了。年轻人会白相呀。

李清水不接话。

同学会嘛，基本上就是比来比去。你老公工资多少呀，房子买在哪里呀，小孩多大啦，对哇。过得不好的人，大多不肯去的，讲难听点，也去不起。像我和我同学，基本上不来往，顶多微信上聊聊。有一趟拉客拉到一个老面孔，老早一道在虹口读书的，不得了，人家已经跟老公拿美国身份证了，回来探亲，一看，我还在拉黄包车，面孔坍光。

那你们还有的聊吗。李清水想到 XXL 也刚从美国回来，不自觉接了一句。

刚开始是有点尴尬的，毕竟几十年不接触了。我问完伊的情况，伊再问我，我嘴巴塞牢，伊就晓得我不大好，也不好意思追问了。后来我讲，你还记得班上的皮大王哇，两个人一讲起学堂里的事体，马上热络起来了。什么男追女呀，女追男呀，讲到这种么，大家就开心了。下车前我还加了微信，伊也是住高档酒店，我拿伊拉到中学群里去，班长说蛮好蛮好，你多拉拉客，寻回各路富贵老同学就靠你啦。

司机越说越兴奋，李清水没听进多少，她努力回想XXL的面孔，所浮现的只有那个整齐的寸头，在楼下细窄的水泥路上晃来晃去。她后悔没问小毛要照片，万一走进去找不到怎么办？难道期待别人主动认出自己？还是傻乎乎地询问，请问夏肖立同学来了吗？李清水这么想的时候，已经感到脸红了。真的碰面了，还有话可说吗，要怎么提起，怎么道歉呢。她看着外面的雨，还是密得惊人，只不过声音被师傅的话盖过去了。车外晕开了，每种事物都模糊成一个色块，无限联结起来。这样的雨是李清水最不讨厌的，它来得快，去得快，也降暑，干脆利落的东西，好或不好，都不会折磨人心。

师傅的嘴巴停不下来，他讲，真滑稽，这个女同学当年相貌平平，班上没人看得上，想不到命这么好。后来人家就讲，越是这种尖面孔细眼睛的女人，外国人越是欢喜呀。正说着，一部跑车变道超过，司机踩了急刹车，大骂。李清水冲了一下，师傅，慢点开好了，我不赶时间。她的意思是少说几句，专心看路。

师傅慢下来，雨也跟着慢下来，两人各自沉默，听车窗的撞击渐弱，渐弱，很快收住，天又发亮了。前面的车纷纷慢下来，师傅讲，哟，好兆头啊，出彩虹了。

李清水摇下车窗，凉爽扑面而来。彩虹是透明的，像不干胶撕去透明薄膜后留在纸上的部分，平整服帖。雨后的城市，每一种颜色都会变得更深更亮，车身，马路，两边的阳台，行道树，连汽油都透露出被冲淡的新鲜味道。李清水懂这种感觉，在办公室忙了半天，洗把脸，不用补妆也浑身清爽。她看到有几户人家又撑出竹竿来了，女人们一喊，屋里的小孩全冲出来看了。

许多手伸出车窗来拍。一道彩虹，被分成几百道，传送给上千个人。司机说，等下哦，我拍下来给我女儿看。李清水正犹豫着要不要拍，张生已经发过来了，从家里阳台看出去的，比高架上的小一点。他说，晚上荡荡马路哇？

李清水忽然有一种念头，现在要去马路上看看。她说，师傅，下个路口出吧，别走高架了。

那要绕远路了。

不要紧的。

车回到地面，又是不一样的风景。柏油路冷却下来的同时，又很快泛上热气了，收了伞的人又要打起伞遮蔽重出的太阳，一抬头，阳台上又是彩旗飘飘，李清水看着努力伸出上半身来拨弄衣架的女人，每个都是姆妈。

李清水回想起那个年初一的下午，也是雨过天晴的时刻，太阳光为冬日去除了几分湿冷。两个人从饭店出来等公交，姆妈郑重关照，你这个样子，坍大人面孔不讲，下趟自家吃亏。

李清水以为她还在担心出嫁的事，大声讲，那我不结婚就好了！

瞎讲，不结婚有啥劲道。

结了婚有啥劲道。

养个小囡，做个人家。

那我以后结婚了，有了小人家，姆妈的人家就散了呀。

姆妈说，等你成家，我散了也不要紧。

那我养个小囡也不听话呢。

不怕，姆妈帮你带，姆妈就有新的人家了。

李清水无论如何也想象不出三代人共处的样子，那时候是，现在还是。

路口红灯，李清水摇下车窗，探头向外面看，檐头水飞快地往一楼的朝街店面滴下来，路人不得不继续打伞或绕路避开。她伸出头，再往上看。刚跳绿灯，她说，师傅，靠边停吧。

酒店不去了？

嗯。

小姑娘，被我讲坏掉了啊。

李清水摇头，师傅讲得蛮有道理。

李清水下车，走回去，站到那个被路人空出的位置，冰凉的檐头水滴滴答答落在她身上，她抬头，水落在她脸上，带着下坠的重量，舒服极了。她把包扔在地上，鞋脱在地上，退去雨水的泥石板热烘烘的，上下两道温度汇聚在一起，她觉得城市的边界打通了，她持续往后游，往后游，一直游到自家楼下，老李和小胡楼下，游到姆妈楼下，姆妈把衣服串在一起，挂出来了。老李的白色汗背心，条纹裤衩，姆妈的胸罩，AB 裤，她的没有海绵垫片的青少年内衣。

手机振了一下，小毛心急地问：见到了吗？

见到了。李清水抬头拍了张照片发给小毛，一个小女孩站在阳台上，头发像吊篮一样顺长，朝外散开，她正把拧不干的衣服套进第二根竹竿，留意着楼下的行人。李清水想，行走的人头，在小女孩眼里，或许是一盆盆移动的小葱。而她自己应当是吊篮，是不小心被竹竿碰落的半盆吊篮。

2018 年 8 月

痴子

零

四月里的柳絮是生眼睛的。河浜多冷多臭啊，万不能跌落去，只扯住野风兜几只爽圈子，一路跟进小区，身段灵巧地躲开围墙，穿过铁栏杆，顺楼道旋转而下，中途又被哄上半空。直到吃足油腻，自知难以动弹了，便一气往地面的洞眼扑过去，朝那些黑的、深的、安静得像坟墓一样的耳、鼻、口腔，或是被衣领遮蔽的脖颈里落下。

柳絮一扑，电瓶车跑不动了。平常的，打个喷嚏，骂一声赤逼，继续上路。触了霉头，一打一连串，像不识相的狗见了客狂吠，回声之大，惊得顶楼鸽棚也抖动起来，又是一阵落毛。有心的妇女早预备下口罩，糙人只管捏鼻子猛冲，快了快了，上至马路就好。马路上樟树多，老实巴交，河边却是柳树作怪，春里来细腰一划，几道口子漏尽了鸭毛。人们从这席羽绒被里挣出来，拼命拍身上的白点子，再回头看，风暴正从河边溢出，无声息地笼罩近处印堂发黑的老楼，又止不住赤逼赤逼骂着，骂柳树，顺带骂门口泛味道的公厕，骂后头躺平的臭河浜。

这种苦头，嗡鼻头不曾吃过。

人们聚集在大铁门边，对着身后气象指手画脚时，嗡鼻头总感觉他们在围观一片火海。明明是幸存者，他想，隔手就讲得出风凉话。嗡鼻头自己在火场进进出出，向来片叶不沾身。他脸上竖着一个坟包。从生下来起，嗡鼻头所汲取到的，就是碰不拢的木门里溜进来的穿堂风，嘘嘘的，毫不猛烈，他所听见的统统磨去一层，吐出来的，是用棉布包住的闷榔头，一记记砸在口舌上波澜不惊，只泛起几阵黏稠的、浓重的鼻音。嗡鼻头自说自话，是柳玉啊，柳玉*。旁人或是无法察觉，或几番追问，你讲啥，讲啥啦你。

岁数上去，坟包越发壮大了。鼻头紧贴人中，肥大的双翼镇守塌陷的房梁，一眼望去，红血丝从地角墙沿渗出来，铺满各寸巴掌肉。作孽，从前姆妈讲，不晓得前世叫哪个冤家点了。她让嗡鼻头相信自己是背了债来世上的，好弟，同姆妈一道念经，消了罪，就路路通了。嗡鼻头不肯，他的吐字本就同经文一样含糊。可姆妈道理是对的，此穴不通，什么也走不进来。

托这穴的福，这世上的诸多味道，嗡鼻头无从知晓，也便省去了相应的烦恼。人们夸，天天同茅坑坐一边，倒觉不出臭，嗡鼻头，这份生活只你做得来，真真福气。人们又说，你不懂，屋里养老婆多少吃力，养小囡又多少吃

* 柳玉：鼻音，柳絮。

力，小囡再养小囡，还有的好苦。嗡鼻头摇头，似乎见到一些生着女人和小孩面孔的苍蝇在他眼前兜了个圈，盯住细细一嗅，又飞走了。他心里哼一声，无人察觉。

他想说，自己确实晓得点做人家的苦，比如姆妈得了老年痴呆，老赵一根绳子系在两人腰杆里，把屎把尿，带进带出。可是听嗡鼻头讲话太吃力了，他开口，姆妈命勿脑*。几个字嗡嗡一散，听者也便散去了。嗡鼻头只好将言语收进肚中，独自消化，姆妈命不好，就等于赔出去老赵的性命，老赵手一松，姆妈跑掉，老赵就活转来了。

两年前春里，雨水细密叫人滞便，老赵蹲到腿脚发麻，走出来，绳那头的人没了。老赵跑下楼，一路寻问，嗑瓜子的说，往铁门外头去了。老赵讲，吃准是我老家婆？瓜子讲，错不掉，头上戴只透明浴帽，还会有谁？老赵发急，不帮忙拦牢？瓜子隔手回骂，吃你回扣了啊，凭啥！老赵一个电话打给嗡鼻头，赵益民，下脱夜班来看生意，碰着姆妈同我讲，便径自出去寻了。正是那日，整晚没睡的嗡鼻头呆坐报亭，竟毫不觉困，他像部监控头，目迎，目送每一部公交。这并非为姆妈，他是想看另一个人，看她是否如驾驶员所说，是各人鼻头上都要盯的。可这身影没捉到，也不见姆妈回来。

那时节雨水旺得很，墙上的杂志吸足了潮气，纸页发卷，愈加沉重。嗡鼻头想起前日姆妈吃着夜饭，忽说起新

---

* 勿脑：鼻音，不好。

婚里乘船旅游的事，便认定姆妈出去散心了。人老了，总想做点久违的事。直到老赵扑过来，手包一摔，万事不讲，先取一叠草纸冲进隔壁。老赵大鸣大放了一泡，松出一口气讲，到底走了一天，涨牢的东西总算滑落来了。回家路上，老赵神情激动，他讲，赵益民，我也辛苦这许多年了，姆妈跑开，是我不好，我天天出去寻，这桩生意就归你了，好吗。嗡鼻头发觉老赵浑身洋溢着一种奇异的兴奋。他点头，向来避讳发出那个世上最难听的“嗯”。心里却知，老赵身上落掉一泡屎，也落掉一只沉重的包袱，看那双眼睛泛出亮光，是一切都想明白了。往后老赵日日提着手包，里面夹一张姆妈的放大相片，早出晚归，做了十来年的报亭生意不管不问。

有人上前漏风，你老头子么，哪里是去寻人，闷到城西女人开的茶室里来牌呀。嗡鼻头只当没听见。春过了夏，一部面包车开过来，抬出个赤膊的人平放在地上，大骂输了还装中风，不要面孔，扔下那只手包就开走了。值班人走过来敲敲嗡鼻头的卷帘门，引他过来认领。等老赵再从医院回来，眼痴口愣，小区僵尸部队又添一员新兵。

僵尸老赵终日坐在底楼水泥长凳上，如同从前坐在报亭里。报亭里的老赵闲不住，各样杂志都要翻，翻完，还要写工作笔记，这个爱好早在印刷厂就培养出来了。倒着看，斜着看，字还是那个字。嗡鼻头读书时常被老赵痛骂，鼻头不灵，脑子也不灵啊，真一点不像我。直到后来在五斗橱翻出一刀笔记，嗡鼻头蹲下读了几页，只觉浑身发痒，发酸，才晓得老赵的书为啥好看。他去送饭，顺手扯几张来垫，老赵见了，两只浑眼珠要掉出来，啊啊大嚷间，饭从嘴里滚落，正叫纸派上用场。嗡鼻头给老赵擦鼻涕，擦下巴，然后扔进垃圾桶。他讲，生意不好了，报纸少进点了。读书不如老赵，嗡鼻头心里却总有几粒实惠的算盘珠嗒嗒拨着。

如果老赵够格写个墓志铭，嗡鼻头觉得，应当是：成也一泡，败也一泡。入了冬，还是在茅坑里，老赵出了事，胀得太吃力，马桶还没来得及冲，血管先决堤了。嗡鼻头去派出所帮老赵销户，朝配偶栏看了半天，索性报了案。相片递过去，民警大骂，隔出一年再来寻人？有也没了！相片没接，登记还是照流程办了。姆妈被追加进本市失踪人口。嗡鼻头回家整理，衣服和笔记烧给老赵，姆妈相片留着，挂在报亭内壁，也算遗照。有时看久了，又觉相片里的鼻翼一张一合，他就当作姆妈还活着。在一只梦里，大约是姆妈出门的那个时辰，她罩着千层酥一样的透明浴帽回来了。一天一只，她问，好弟，你看我走出几天啦？姆妈将浴帽依次摘下，套在自己相片外面，层层叠叠，直到全部遮瞒，她将它捧回了家。醒转来，嗡鼻头不再为众人的羡慕而回嘴。人们常说，嗡鼻头好福气，投胎投到赵家作幺子，五十不到，一根扁担两头落掉。又亏大哥早走，无人夺财，尽享天福。

老赵走后，嗡鼻头的算盘珠拨起来交关生脆。旧账一清，杂志撤掉，报纸减量，空出的位置，叫粽子玉米进来，瓶装饮料进来，再过一阵，小人玩具到了，冷饮柜和烤香肠机器也到了。路过的人来一根，来一瓶，报亭仿佛比从前闹猛了，但它还是被叫做报亭。嗡鼻头做生意这样喊：

弄子[*]要吗,鲜肉弄子。那鼻音给食物增加了紧实的味道。

来客将错就错，嗡鼻头，来只鲜肉弄子。

皮要摸[†]掉吗。

摸掉摸掉。

一

柳絮拐进小区，最怕两样，雨水同油烟。尤其清早，有人扒开眼珠就要开火灶，油锅微微作响，过一歇，脱排机呼呼拉响，各式气味从窗里漏尽，嗡鼻头并觉不出。直到柳絮被油腻扯住，嗡鼻头才同旁人一样，伸手抓两下。这一天，嗡鼻头感到后背发痒而停下来抖动领口时，恰被人群挡住了去路。

小区里吵架同开火灶是一种道理。几人停下，围成一口锅，看两摊油在中心跳动——时而溅出一些油星，引更多的人来，时而倒向失控的危险，叫火苗急切窜动着——一股热望几欲穿透锅底，却没见谁真的出手，双方不温不火地僵持下去。

---

* 弄子：鼻音，粽子。

† 摸：鼻音，剥。

我保证，一刀落去，两声尖叫。

哎哎，不要瞎造好吗。

滑稽，你见到了？

见没见到，关你啥事！

几回合来去，众人落得云里雾里。

嗡鼻头听出了，油锅是由一桩事情的不同观点而沸起的。他随两人手指转去河边，救护车正从人群中开出一条道，带走尚未回过神的眼睛嘴巴。楼梯口淌着血迹，如两条灵活的蛇游向地面，嗡鼻头看不出是从几楼流下的。

来了民警，河边静络络，人群中稍有商量和转达，也必压低了声音。一旦加了新柴，骚动几下，民警大叫，吵啥！这口锅就闷上了盖。前一栋却还沸着，那两个人，嗡鼻头记得是一粗一细两只喉咙，叫骂声曲曲折折传过来。他们的硬撑，嗡鼻头明白，是为了等河边有人冲回去，指着某一方大声说，你讲对了！那人便可扬起头，潇洒退场。可是谁也吃不准到底有没有粗喉咙所说的儿子砍老母这桩事。只知担架抬进楼道，野猫却好端端走了下来，而野猫儿子美中，没能如大家所期盼的那样，沾着血迹，被民警按着头押出来。没人看到美中。

警车开走，一些人回过神离开。顶楼一桶水浇下去，血迹淡开，顺着楼梯，冲散另一些人。第一口油锅关火了，第二口也难以维持温热，人群陆续向大铁门移动，粗细喉咙在脚步中渐渐暗灭。嗡鼻头瞄了眼手表，捂紧夹克一路小跑，他要赶在人群之前抵达报亭，电饭锅应当已跳到保温了。

跑得快，柳絮扑上来，嗡鼻头面孔少许触痛。入春了啊，他算了算时间，粗喉咙所言并非没有道理。这一点上，嗡鼻头是知晓先机的。前一天下午，美中过来买可乐，嗡鼻头就觉出日子到了，美中又要变了。

美中大手一拍，赵益民，来瓶咳嗽药水！美中好时，从不直呼大名，他总是笑嘻嘻来一句，嗡鼻，你好呀。

对面药房里去。嗡鼻头讲。

美中指柜台底下一箱可乐说，有生意为啥不做！快，来一瓶。他两只手着急往身上口袋里摸。等嗡鼻头拆出一听可乐，见美中皮夹子里立着一排被压扁的香烟，一开一折，烟丝窸窣作响。很快，一根塞进嘴巴，像咬碎的塑料吸管，随着美中嘴里的话上下乱晃。

赤逼，今朝热来，冷柜好开了。美中顺手抄起玻璃台面上一只打火机。

嗡鼻头想想自己身上，夹克里还有两件毛线衫。他说，两样一道三块五。美中毫无反应，吐几只烟圈，留下一句，来吃我喜酒噢，就走开了。嗡鼻头望着那件薄消消的衬衫在风里飘，心晓得，美中不对了。

秦美中每年春来要发，小区里大多有数。日子是定的，俗语讲，菜花黄，戆头忙。运河把小区划成一东一西，西区拆了十年毫无用场，荒地里就起了大片野菜花，开起来极凶，出了太阳，好比装了连排浴霸，照得对岸睁不开眼。东区的人散步上桥，满面金光，回头看自家地盘，像一团腐烂的香蕉皮，黄斑锈迹。该拆的不抓紧拆，拆完又不擦屁股，桥上总响着泼皮的怨骂。

有人讲，美中住六楼，天天照浴霸，脑子里几根灯丝就容易不稳，一歇亮，一歇暗。幸而大多是细事，比方踢翻楼下的盆栽，对着猫狗肚皮死踹。比方三月里穿短裤汗衫出门，买一袋大米沿路撒回来，叫人围观发笑。唯有一趟惊扰四方，是傍晚朝前一栋大喊，后山火烧啦！拎起两桶水就要泼对面的灶间。野猫上门道歉，讲美中是想大哥了。廿年前，秦苏中死于郊区木材厂一场大火。人家无话可说，只好吃准活人骂，晓得养只疯狗，平常绳子牵牢不会？

这趟再变，总不好拿老娘出气啊。人们聚在铁门边闲聊，把美中历年洋相盘点一通，拍手跳脚，然后撇嘴，想不着戆头坏到这一步噢。嗡鼻头只远远地听着，不讲。

吃过中饭，嗡鼻头见野猫回来了。她独自走，右手腕缠着绷带，肘上套一只药袋子，远看和平时买菜差不多。门口的人多数站着不响，也有胆大的问道，还好吗？野猫点头，不要紧。她没提起美中，问者便不继续。走到报亭，野猫照例朝赵家妈相片拜三拜，两个人从前要好。野猫讲，益民啊，碰着美中同我讲，说完就走回去了。小区里很多人把报亭当成等消息的驿站。

野猫从大门口走到自家楼下，如同一趟宣告，大家便晓得早上的事情没那么严重。野猫回来，既不能证明儿子砍了老母，也不能证伪，粗细喉咙无话可说。那天下午，野猫照例出来喂了一圈河边的野猫，摆弄花草。小区里风平浪静，唯独不见美中来去。

傍晚，油锅又响起来了，这趟是为停车位。嗡鼻头晓得，粗细喉咙是一对冤家宝货，自从楼上吊篮砸中了楼下空调挂机，万事皆要作对。他看完吵架回转来，却见报亭后墙上贴了张打圆孔的纸，相片里正是美中。方脸寸头，神情老实，约是从身份证上印的。不发病时，嗡鼻头觉得，美中看起来毫无异相。底下却无落款，只写：

> 秦美中，47 岁，家住东区 1 栋 603，如见到此人，请回电。

嗡鼻头仿佛听得有人大喊一声，不得了啦！接着一群嘴巴将报亭团团围住，在他身后吵来吵去，问东问西，就急得一把将纸扯下来，收进店里。背面的饭米粒还没发硬。他对着那串号码翻了翻手机，不是野猫。姆妈出走时，他同野猫常联系。照着拨过去，没人接。又看了几眼，总觉这几个字同他熟识，越看越要相认。

嗡鼻头仔细回想白天来过报亭的人，可惜后脑勺不生眼睛，要硬生生看自己同这张纸失去联系了。可又总觉和自己有什么关系，也许因为美中昨天来过，也许是字迹眼熟，也许单纯是这张纸贴在了他的地盘。想来想去，自己和美中有什么牵扯，男人，残疾，所以都是光杆司令？讲起来气，残疾人市场分三六九等，哑巴寻哑巴，斜眼找歪头，断手断脚拼一拼，嗡鼻头总也等不来一趟内部消化。现在叫美中先走一局，顶好是瞎讲！他望着手里的纸，那笔画抖来抖去，确实蹩脚，好像手里捧了一杯热茶，烫得随时要松开。熟，还是眼熟。

美中的字，嗡鼻头倒是见过的，一笔一画如同篆刻，领工资签名，两个人在表格上离得不远。几年前在同一爿私人厂里，讲起来，美中平常一点没毛病，做活认真做，吃饭认真吃，不好讲的话一句不讲，到手工资也不追究，人事讲，比断手断脚的省心多了。除开每年春里，美中当戆头去了，再回来，人们见美中笑嘻嘻，晓得他又是一条好汉。最初是竹器厂，后来搬至郊外，改制不锈钢，一批人就此丢了饭碗。这笔账嗡鼻头算得出，老板雇残疾人打的是免税算盘，换了场地还要花钱包车，划不来。至于美中，野猫不许离家太远。嗡鼻头脑子快，到新厂直接划给财务，做不久，被老赵喊回报亭。他心里一算，再好不过，那时他正害怕乘177，怕车上的一个人。

嗡鼻头明明在想美中的事，竟把自己从前到后捋了一趟，他的历史是一本账簿。捋到今朝，进账二十来只粽子，十来只玉米，香肠却不动，对面小学又搞什么安全教育。索性大方点，做做人情，传达室一只，水果摊一只，还剩一只，多走几步，拿给剃头店。阿胖正忙，叫放桌上，抽出一刀纸来垫，上面几行地址。碰上老客生了病，阿胖时常要上门刮脸。

嗡鼻头见纸就明白了。他却问，这旁边为啥要打一排孔?

这叫活页纸，阿胖讲，阿姐厂里搬来的，你要，随便拿。她指着楼梯尽头一只箱子。嗡鼻头凑近去看，笑出了声。阿胖讲，笑只卵，岁数大了，写不出正常的。只见鸳湖公寓写了鸟湖，郁金香花苑的耳朵挂错了边，不对，字不对，他朝后退。阿胖吹干一只老太婆头，停下来吃香肠，点头，味道蛮好。作为回礼，她顺手一推，拿一刀去记呀。昨日来剃头的，见者有份。

嗡鼻头又提起神。

喏，小店老板娘，她指着一栋楼，后头送奶工，再后头跷脚也讨去了。

嗡鼻头想起来了，一道给老板打工的还有瘸脚阿兴。他想不起阿兴的签名，却立刻认定这几个发抖的字就是阿兴那张瘦到豁进去的面孔了。冲回报亭，手机滑一圈，并没存阿兴的号码，他甚至想不起阿兴的大名，也不知他还在不在厂里上班。冷静下来，只好发条短消息给那个号码，阿兴吗?

没人回。

嗡鼻头又当起了监控头，看一部部公交靠站，人头从车里倒出来。天黑了，下班的人里没有阿兴。也是两年前，老娘死后，阿兴独居。上次见到，还是过年那夜，他戳着气球，背影单薄。嗡鼻头突然大笑，小区里残疾人全是一根吊死啊，蛮好蛮好。但他仍坚持自己同美中、阿兴不是一类人，他是小问题，他们是大问题。虽然美中不发病时也算正常人，阿兴瘸了却有卖相，大家都被前世的冤家点了穴啦。嗡鼻头晓得自己生得不好看，他情愿把一切怪罪给鼻头。年纪大起来，这只酒糟鼻还要拖累卖相，像面团越揉越松，叫眼睛看上去更小，嘴巴更薄。鼻头是他的肿瘤，繁殖成肉身的全部，人们对于体内看不见的肿瘤施以无尽的怜悯，对于这个外部的肿瘤却不留情面地嘲笑，谁还记得赵益民三个字，好多人当他姓翁呢，翁美玲的翁，主人翁的翁。这个割不掉的毒瘤，洗脸的时候，嗡鼻头总喜欢将它遮瞒，上半头细细的，眼睛虽小，还带点神，等毛巾一收，下半头铺开，显出一只鸭梨的形状，两眼的光便黯淡下去了。

难怪粟凤来要离开。这名字真大气啊，像女皇帝。这个姓，他想起粟凤来第一次同他介绍的时候，手指着两片胸脯中间晃荡的工牌，曹益民啊，这个字不读力，读素，大将军粟裕的粟，记牢了吗？眉眼里都是笑。嗡鼻头点过头，也指出，我不姓曹操的曹，是赵子龙的赵。两人用英雄相互印证，嗡鼻头觉得彼此是知音里的主人公了。那时他们在 177 上，粟凤收钱开票的时候，嘴巴从不能停下。

第二天醒来，嗡鼻头收到了回音：你是谁？再过一会，嗡鼻头微信里跳出一个新的通讯录联系人，他点了添加。益民向兴兴向荣发出了好友申请。

二

嗡鼻头和阿兴面对面时，当中隔着一块玻璃台板，阿兴伸长头颈问，美中也问你借钞票了？嗡鼻头立刻明白了。阿兴讲，我本来是想算了，姆妈托梦，硬要我讨回来。

阿兴的事情，阿兴是倒着讲的。嗡鼻头却直截了当地问，美中平常到啥地方白相*？阿兴不懂自己只是借地贴张启事，怎么嗡鼻头就在同一条战线了。他只顾讲，不想一只乱梦醒来，就听得了美中杀老娘的事。到底姆妈有先见。我去敲门，晚了一步，美中不在，我就同野猫摊牌，秦美中拿去的，我一分不差追回。野猫倒讲，好呀，我不管了，你去管。

嗡鼻头又打断，这桩事我有数了，我同你一道去。阿兴还是没反应过来。

嗡鼻头问，刚脱夜班？阿兴点头。嗡鼻头讲，我要做生意，你也吃力了，我两个索性晚点再走。

于是约定叫阿兴先回去补觉，下半天再碰头。

等阿兴再出来，嗡鼻头早已在报亭里静候。他问，肚皮饿吗。阿兴讲，还没吃。嗡鼻头讲，走，吃顿好的。关了店，两个人穿过小区，由后门上桥。太阳还没全落，河水在风里粼粼发亮，比河水更亮的鲜黄绸带在沿岸绵延追随。阿兴讲，哦哟，这片野油菜确实是瞎眼睛。花粉浓重，

---

* 白相：方言，玩。

说着便引出一串喷嚏。嗡鼻头稳如泰山。下桥一拐，拆骨羊肉面到了。二十块一份浇头，面随意加。嗡鼻头要了二两，阿兴要三两，嗡鼻头讲，我来。

阿兴笑了，嗡鼻头，你叫啥名字，我想不起了。

赵益民。

赵益民，你脑子拎得清，会做生意，人又大方，哪能同我一样猢狲挂单杠啊。

嗡鼻头平生最怕这个问题。一来晓得人家多半是明知故问，拿他嘲弄，二来实在不愿提到痛处。他只好讲，福气不好。这四个字堂堂正正，不带一点拖拉的音色，似乎自己的事，同自己全然没关系了。

我看是人家没福气，不生眼睛。

嗡鼻头愣了一下，他情愿相信阿兴说的是真心话。多年前姆妈还好的时候，也这样安慰，好弟不怕，是人家不知福。心里有点感动，嘴上就也想回赠几句好的，也许不是对阿兴，只是几口羊汤灌肚，身体热起来，总要排出点什么才能维持冷静。比如上一段失败的感情，比如长久的后悔和后怕，或索性讲穿自己跟来的原因吧，嗡鼻头心里一只油锅翻过来，翻过去，话头都炒熟了，开口落下的却是，阿兴啊，你叫沈什么兴？转头又喊，老板，五加皮。

沈兴佺。

权力的权？

不对。

矿泉水的泉？

再猜。

我想想看，安全的全。

旁边再加个人边。

还有这个字？

字典里有就是有呀。

这字啥意思？

没啥意思，专门用来取名字的，滑稽不滑稽。

世上倒有这种毫无用场的字。不过你这个名字巧嘞，人家是五行缺什么就补个什么边，你偏是缺个人。

不得了，你不讲我倒觉不出，原来是命里缺个人！阿兴半哭半笑。

不过这个字嘛，总也算厚道，读半边也不会出洋相。

老头子取的。姊妹道里，一个叫晓红，一个叫晓萍，中规中矩。轮到我，老头子欢喜，偏要挑个有文化水平的。倒反坏了，命里缺个伴人，沈家门瞒屁股了。

嗡鼻头不知该如何安慰，又觉阿兴比自己好，有啥讲啥，面上无奈，心里反倒好消化。他只好跳过，另起一头。两个人边吃面，边聊厂里的事。阿兴讲，哪里还有残疾人，改招老年人了。讲是讲老，手脚全好的，又不用交金，不要太划得来。嗡鼻头问，做得动？阿兴便说车间进了一批新机器，工人打打印子就好了。他讲，我留得下，主要是肯上夜班，岁数大的熬不起。只是每天路上个把钟头有点吃力。

提及上下班，嗡鼻头心里有部大客车开到半路，吭哧一记停下。他顿了许久，问道，177 还是几张老面孔吗?

啥面孔?我一路困去困回，不看不响的。阿兴讲，倒是城乡线路统一刷卡，省力了。

嗡鼻头点头。那时候，粟凤来总是站在他这一边忿忿不平，凭啥长途车就不好刷爱心卡，噢，残疾人乘公交是残疾人，乘长途就不是啦，照我讲，没这种道理!尖喉咙一喊出去，全车都听到了。嗡鼻头心里欢喜，就算大家都晓得了自己是残疾人，也欢喜。

现在既然改了，车上再不需开票员了。那个靠后门的位置，拆掉一个柜台大概会宽松许多，窗外被风刮得擦擦响的三角小红旗，也不必再被谁握在手里了。这个结果，粟凤来老早就讲过，我们这种临时工，比你钢带厂残疾工还要危险，做好今朝，明朝就再会了也吃不准。也不怪啥，再下趟，公交也不用人开了，万事全叫机器人承包去了，还要人来做啥?

再下趟，万事全叫机器人承包去，还要人来做啥。嗡鼻头把这句话背了出来。

阿兴讲，再下趟，你报亭不用开了，日夜班我也不倒了。大家不上班，等于正常人是残疾人，残疾人也是正常人，多少好。

这话叫嗡鼻头振奋起来，若真有这一天，人人不必靠手脚吃饭，也就谈不上谁看不起谁了。可是，早点实现多少好，不售票，他连粟凤来这个人都不必碰见，也就不至于长久拖着这块心病了。对方开口，嗡鼻头忍痛出血，对方加码，嗡鼻头手一紧，不想就此断了往来。两个人多少要好，万事肯交心，偏偏一讲钱就散了？他辨不出是自己没经住考验，还是对方另有心思。可一想起 177 驾驶员的话，嗡鼻头又回升了底气，不怪我，不是我。他悔的是没同姆妈讲过这桩事。姆妈懂女人，姆妈能教他。他甚至想过这两个女人将来如何共处，自己如何周旋其中，如今哪头都空了。嗡鼻头倒想问问看阿兴，你见过粟凤来吗，粟凤来找你讲过话吗，就是有点岁数还打两条麻花辫的售票女人。毕竟阿兴生得比自己漂亮，粟凤来肯定吃进。上面看看真好啊，眼睛大，鼻梁挺，面架子接近刘德华，再往下走，像棵树浸烂了根，突然萎缩了。他问了一句，你是天生的还是啥？

阿兴讲，十七岁跳进运河游水，轻轻刮过一部轮船，我还当自家有本事呢，不想一只脚老早卷到桨底里去了。人家转一圈，我连腿带人也转一圈，阿兴拿起筷子，绕着细软的面作演示，几圈下来，从小腿到大腿根全卡牢了，船才肯停下。嗡鼻头听得汗毛竖起。阿兴拍拍自己的腿，一只瘸了，另一只做不来气力大，中间这只细的也派不出用场了，你讲是吗。

嗡鼻头吓了一跳，他问一句，阿兴一口气全讲出来了，心里便越发羡慕这样的爽脾气。他讲，不要紧，你到底生得样子好，总有人欢喜。

两个人像新搭了同桌，几句来去，熟络了不少。羊肉汤蒸出一身细汗，再饮酒，开了胃，又各加二两面。同阿兴讲话时，嗡鼻头不曾避讳自己黏腻的鼻音，阿兴也绝不留意。他讲，我两个人一顿饭的言语比厂里几年还要多呀！干了一口。过去在食堂，阿兴靠角落吃姆妈备好的盒饭，嗡鼻头搭牢车间几个大块头当靠山。用几个人的嘲弄，换取避免被更多人嘲弄的保障，他算过，划得来。

再一对，年纪也不差，六零尾巴同七零头上，说起来，阿兴是腊月里生的，两只都算大公鸡。从前少有来往，两人一算，主要怪两家老母当了一世死对头，细究原因，阿兴咬定是公园里跳舞轧苗头，轧出不愉快来。嗡鼻头想到的却是大哥赵为民同沈晓红好过一阵，姆妈不肯，硬拆鸳鸯。这句话过去四十年了，当时看得糊里糊涂，如今讲出来，阿兴放筷大呼，不得了！差一点就当亲眷啦！个中恩怨何从理清，只跟着疏远罢了。

阿兴忽然讲，女人确实难弄，我姆妈同你妈是死对头，野猫倒两边要好，各不得罪，本事真大。

嗡鼻头讲，女人到处不吃亏么，多半是在男人身上得好处了，不用轧道抢了。

阿兴又没反应过来。

嗡鼻头拍拍阿兴肩胛，这趟寻出美中，一定要关照，不好相信女人，女人同女人隔层肚皮，覅讲同男人。

阿兴反应过来了，翁益民，你真真是啥都晓得。

嗡鼻头听下来不大舒服，但见到阿兴一脸敬佩，忍住不戳。又干了一大口。面光汤尽，酒瓶放空，两个人起身出发了。

路上，阿兴一边夸嗡鼻头神算，一边讲起事情的原委。酒劲上来，他的话支离破碎，颠来倒去，嗡鼻头只能自行拼凑个大概，那女人如何问美中要钱，美中如何去跟野猫讨，野猫眼睛尖，不肯出钱，美中就跑去问阿兴借。其间曲折复杂，阿兴讲得口干舌燥，嗡鼻头也记不得吃了几只红绿灯。只晓得金光退去，天上的云渐渐沉入黑夜，运河盘旋着马路，时隐时现。既然吃饱了，嗡鼻头想，多走几步也不亏。

阿兴讲，美中脑子是清爽的，是我戆啊，美中嘴皮子动一动，我就团团转了。原来秦美中假装野猫生病，来问阿兴救急。他转述美中的话：阿兴妈同我妈是姊妹道，譬如我姆妈有难，阿兴妈第一辰光跑出来了，对吗。偏偏阿兴是个听惯姆妈话的人。阿兴讲，我见美中夹一本老厚的病历簿，走到妈遗像前点支香一拜，心就软了。他指着对岸一排高低闪烁的路灯，喏，工商银行见吗，边上有只阿嚏*机器，美中同我讲，反正用一种工资卡，转来转去也不出手续费。结果美中弄，我进去揿两趟密码，两万就出去了。现在想想真脚软，差一点，我一身性命划过去了。

嗡鼻头听下来，只觉得美中没发作的时候，确实是正常人。

阿兴继续讲，后来晓得事情不好，我去敲门，野猫吊一只独臂膀出来。野猫讲，阿兴啊，家丑不出门，我同

---

* 阿嚏，英文，ATM。

你妈要好，也拿你当儿子看，讲出来不怕难为情。原来那天早上美中要分家，吵到天亮，野猫先将一军，以自杀相逼。不想刚出灶间先跌一跤，菜刀落到自己手上。见了血，美中就变戇头了。野猫讲，美中啊，打120，戇头却打了110。野猫讲，拿毛巾来止血呀。戇头却拿拖把头来揌。野猫讲，美中啊，去对门相邻喊人呀。戇头一跑出去就不见了。野猫讲，我想通了，儿子我不要了，家底我吃光用光，这种事再不管了。阿兴讲，我听野猫讲了一大泡，自己一句话插不进。啥意思，野猫存款是存款，我的就不是了？

嗡鼻头听完阿兴转述野猫和美中的话，脑子发蒙。阿兴费了长久口舌，加之羊肉回泛，也乏了，两个人便在环河绿化带的长凳上坐下。这时，广场舞已散场，四周只剩河水拍岸的声音了。嗡鼻头理过思绪，他明白的第一个道理是，这样复杂的事，确实不是粗细喉咙一个早上吵得清的。再一想，似乎姆妈的事，老赵的事，几家老母的恩怨事情，种种若要追究下去，怕是一桩比一桩复杂，谁说得清呢？可是人一死，又全部带走了，谁又会硬拖不放呢。这样想着，人渐渐凉快下来。回过神才意识到，自己真正想知道的，阿兴从头到尾都没提及。只好问一句，那个女人，你晓得叫啥？他总在害怕那一件事。

阿兴摇头，反正是辣手女人。又反问一句，你讲，美中会去寻女人吗？

驾驶员老早警告过了，这种女人，你不用寻，断就断了。这爿厂里的人，凡是乘车的，女人骗多少是多少，你不是头一个，也不会是末一个。这算一种防卫还是缩卵，嗡鼻头分不出，他只是照做了。

于是他讲，照道理，钞票到手，女人就要跑路。你要讨债，就去寻女人。钞票没到，就先寻美中。阿兴愣了一愣，大呼有理。于是转个弯，阿兴带路到美中常去的公园，凉亭，小学操场，四处张望。嗡鼻头连河里的动静都不放过。阿兴发慌，女人还起杀心？嗡鼻头不答，他倒希望美中的衬衫能从水面浮起，野猫报了警，女人绝逃不脱。两人不再讲话，各自想着心事。走几步，阿兴仍要多出几嘴，这家桃酥做得香，姆妈欢喜，那家水果比别处便宜，妈同老板相熟。嗡鼻头听出来，阿兴的享受，不在女人，皆在吃用上，他生活里的女人，也只有姆妈一个。儿子随母，嗡鼻头自己同姆妈相像，一分一厘都把牢手心。

约莫十点，阿兴讲，跷不动了，这只脚再跷下去，我人直接翘辫子了。他亮出手机屏幕，微信步数挤进前十，脸上疲累一下转为泛褶的笑意。嗡鼻头才想起同行者不善徒步。原来残疾人和残疾人在一道时，谁也没为对方的残疾考虑过。于是掉转头，往回走。羊肉面消化得差不多了，嘴巴还是干得很，走到报亭门口，嗡鼻头拉开卷帘门，两人一口气各喝掉一瓶娃哈哈矿泉水。阿兴讲，爽气爽气。隔手又讲，哦哟，到底老了，立竿见影。嗡鼻头讲，不许臭我地盘。于是走到桥底，阿兴的瀑布急唰唰泄下来。

嗡鼻头讲，老啥，身体交关好啊。

阿兴发笑。

新积的潭水斜映出桥洞口的第一柱路灯，两人顺着些微光亮走出去。临要拐弯，阿兴听到了另一挂瀑布的气势，不急不慢，但味道凶猛。他拉住嗡鼻头，两人站在路灯底下回望，空空荡荡，只听黑暗处传来颇有回声的一句，阿兴？桥洞里顿时被阿兴的兴字填满。

两个影子被一道声音扯住了腿脚。

三

美中讲，来看看我小天地呀，譬如跑错人家。他亮起手机开路，叫客人留意新旧潭水，当心左，当心右。嗡鼻头只觉在阴沟里兜圈子，气味难耐，兜着兜着，桥上路灯漏出光点，眼前明朗，夜风扫过来，坏鼻子也觉通畅许多。阿兴来劲了，桥底下我走过多少趟，蛇虫百脚见过，倒不知还有这一间好去处！只见两只桥墩中间藏着两根略细的石柱，美中讲，头一趟工人没量对，做坏啦。石柱加河堤，围出一片三角空地。这时节夜风吹来，正好嘘嘘地深入帘内。美中笑，舒意吗，譬如一年四季过夏天。他叫两人当心门槛，嗡鼻头低头，一排沙袋，跨进去，美中的小天地显山露水。一张弹簧床，枕被在上，牙杯、面盆在下。墙对角拉出麻绳，长衣长裤挂了一串。破沙发，藤椅子，不知何处捡来，放在此地倒颇为合适。热水瓶，收音机，咸菜罐头也齐备。角落堆散着美中捡来的各式法宝。美中走过去，手电微微映出那些笑脸上破败的毛绒，嗡鼻头叫得出名字的，只有米老鼠跟喜羊羊。美中搂住靠边一只红头尖耳讲，阿狸，好朋友来了，打个招呼呀。身后是河水均匀的呼吸，时而被头顶汽车驶过桥面的声响冲破，唰——唰。

灵不灵，美中走到床边坐下，譬如来此地当保安啦！嗡鼻头愣住，这样一座孤岛，连接着平静和奔波的里外两头，像报亭，又不像报亭，他一时觉不出此地的好坏，也觉不出美中此刻是好是坏。

阿兴被此地吸住了，跷一只坏腿来来去去，跷到靠河边，阿兴忽然指着堤口上几罐头花草说，怪不得，这一排是你种的啊。我每趟走过桥上要笑，会有人想得出，专门放到此地来晒。美中摇手，不是我，姆妈种的。姆妈送饭来，譬如大的小的一道喂。他调换另一只红头蹙眉的愤怒小鸟在手里挥：

> 小燕子，穿花衣，年年春天来这里，我问燕子为啥来，燕子说，这里的春天真美丽。

这一唱把阿兴唱回神了，大呼，野猫晓得你在此地？一家门骗得我团团转！嗡鼻头听出来了，野猫是怕出事才把美中弄过来，等于造了个避风港。

愤怒的小鸟停到阿兴肩胛，阿兴甩开，戆头，还债！小鸟不睬，又飞到嗡鼻头脸上最要命处，他讲，赵家妈也来过呀。嗡鼻头惊起，啥辰光？

落雨了，赵家妈戴只浴帽走过来，我带伊进来，姆妈一顿就要送两只饭盒头了。

后来呢？

美中指指外面，赵家妈讲要去游水，就下去了。

嗡鼻头一把夺过小鸟扔在地上，上去就要揪领子。阿兴劝住，覅听，覅气。

美中讲，真的呀，阿兴妈差点也要跳，被姆妈拦牢了。

阿兴问，啥辰光？

喏，阿兴妈同老赵的丑事穿帮的辰光。

两个人听得僵硬。嗡鼻头把美中按在地上，美中继续朝天唱，桥洞里满是小燕子。阿兴一边劝，一边拖出床底面盆，河边匆匆来去，半盆水浇到美中头上。美中再不开口。

嗡鼻头手一甩，闲话少讲，抓紧正事了掉。

阿兴反应过来，拉起地上的人大喊，美中？

美中朝他看看。

两万块？

我用掉啦。

阿兴动气了，我去寻野猫还。

这趟姆妈不要我啦，不管我啦，今朝一天没饭吃啦。美中瘫在地上哭。

阿兴愣住，看嗡鼻头。嗡鼻头讲，姆妈管得对，外头女人不好相信。

美中讲，这句话姆妈讲过几百遍了。但是苏西也有一句话，真真讲到我心里去了。

嗡鼻头听到苏西的苏字，一颗心拎起来。

美中讲，我拿姆妈讲的老老实实讲给苏西，你晓得苏西讲啥，伊讲，一天到晚姆妈姆妈，姆妈几岁你几岁，不相信外头女人，你秦美中下半生孤苦伶仃去好了！

这句话裂成两块烧烫的红砖，直直击中嗡鼻头和阿兴的脑门，叫二人为之发蒙。光杆司令挂了半世，没了老母，听到此处，几乎望见自己被钉死在棺材板上，手脚笔挺，动弹不得。三人不响，只听头顶上又一轮唰——唰呼啸而过，美中开口，是大老板的少爷夜里出来开赌博赛车了。

美中继续，我同苏西两个，是电视大学认得的。你讲，不是舞厅，不是茶室，电视大学里读免费英文班的，有可能做不正经人吗。第一节课老师取英文名，来试听的人人有份，我叫迈克，伊叫苏西。我两个正好搭同桌，头一趟口语练习，嗨，迈克。嗨，苏西。好堵又肚*，好堵又肚。苏西喉咙细，声音嗲，讲出来不要太好听。

嗡鼻头发觉美中在短短几分钟内好转来了。他辨不出好与不好的界限在哪里，但认得了美中和戆头完全是两副样子。事情听下来，只怪美中连二十六个字母认不全，降到小小班，苏西还在小班里识单词。美中索性不读，只等苏西下课，两个人吃咖啡，看电影，也逛商场，一律年轻人做派，也一律由美中买单。美中讲，有一趟走到青年旅行社门口，苏西停下来问，迈克出过国吗。我讲，顶远到过广州，跟人家学生意。苏西讲，还是你好，我只到过安

* 好堵又肚：英文，How do you do.

徽，去看阿姐下放，我么，这辈子就想到外头去看一看。苏西开口，学好英语要到美国白相相，两张机票，伊一张，我一张，你讲，我哪好回绝掉？

你意思是，两万块送出去了？阿兴抢在嗡鼻头之前发问。

苏西讲了，机票归伊，大方吗。但是要出国，户头里要有几万块保证金，譬如垫个底。等手续办出，钞票转回来，我肯定还。美中要拿聊天记录给阿兴看，嗡鼻头一把夺下手机。

头像，名字，和两年前所见不一。虽然面孔有相似之处，下巴尖，皮肤白，眼睛大，嗡鼻头晓得都是修出来的。他长出一口气。耳朵是修不掉的，粟凤来耳朵只有小馄饨大小，贴着头皮，正面几乎不见。再看这个苏西，微微招风，远不够秀气。

阿兴站在一旁吹风，人蛮漂亮，看看朋友圈。

看啥，苏西不发。美中讲，你看我，我也不发。发的全是苦人，一定要人家点赞，自家心里才宽舒。

阿兴无话，他样样要发小视频，吃食也好，风景也好。点赞的不是两个阿姐，就是一个姐夫，一个前姐夫。

嗡鼻头生出底气，摆起老资格讲，美中肯定是叫苏西当葱头斩去了。

美中不懂。

嗡鼻头摸出手机示范屏蔽。阿兴大叫，还有这种花头！嗡鼻头又翻了翻美中微信讲，这种女人骗起人来，心黑，多你一个不多，少你一个不少。嗡鼻头喉咙梆梆响，他觉得自己的话被桥洞回声放得一字一顿，生脆有力。这么讲时，他突然明白了，驾驶员肯定也上过当，才能以如此挖心的口气相劝。

美中愣住。

嗡鼻头逼问，动动脑子，啥道理这两天不睬你了。

美中讲，苏西回镇上去，女儿订婚，忙。

这种条件，阿兴叫起来，你相中人家点啥，人家相中你啥?

美中讲，谈朋友不讲条件!

嗡鼻头开始指挥，阿兴，立过来，靠墙壁立挺，勠动，勠笑，头发捋捋好，下巴抬一抬。

阿兴就站到桥洞口子有亮光之处。

很快，兴兴向荣换上了新头像。滤镜里的阿兴白嫩，神气，面目后生。阿兴赞叹，原来我样子这样好。嗡鼻头大方笑笑，叫阿兴搜索苏西号码，添加申请。又叫美中给苏西发消息。美中问，发啥? 嗡鼻头讲，随便啥。美中按下横条说了句，苏西啊，回来了吗。口气七当八心。

嗡鼻头讲，大家看好，女人是先回美中呢，还是先看阿兴。

此时夜已深，从头顶传来的唰——唰逐渐稀疏，桥洞里却声势浩大，只听得岸边的风生出野性，自各处缝隙钻进来，绳上衣物翻滚，尼龙袋呼呼作响。美中说要抽一根，于是三人走出来，蹲在洗衣台阶上，四下一片沉寂。阿兴讲，怪事体，野风在外头平平常常，一进房间就作妖作怪，啥道理？嗡鼻头讲，地方小，野心就大，真到了大地方，倒反规矩，这叫门里大，同人一样的。阿兴点头，又追问美中，苏西几岁，啥地方人，平常做啥生活。美中不答，自顾吐着烟圈。他说，你看，明朝人家见天上的云，全是我深夜里一只一只做出来的，漂亮吗？一只马，一只猫，再来一只跷脚，一只嗡鼻。

阿兴骂道，你有毛病？

嗡鼻头插嘴，我看美中是装毛病。

看路灯呀，美中讲。两人抬起头看，一个光点。美中讲，再看远一点。两人抬高，光点一寸寸延伸开去。你眼里是路灯，我看出来，路灯外头还有一圈彩虹。彩虹越大，我头晕来越凶。顶怕是大晴天，哇，日头耀得不得了，阳台对面一片黄辣辣，满天满地彩虹。姆妈只好拿我放进小天地，叫我静络络点，黑黢黢点，譬如外头去春游，开心来。

眼发流火，讲的是你这种人啊。阿兴讲，三伏天，哪弄法子？

美中讲，劲道过掉就好了。譬如天花，发过一趟就不会再发了。

嗡鼻头开口，照我看，叫外头女人骗过这一趟，钞票落掉，从此脑子就聪明了。

美中不响，点开手机屏幕，背景是和苏西的大头合照。三只手机摆在堤上，像三块板砖，毫无动静。

阿兴突然感叹起来，三个人厂里做，末来也只剩我一个。听人家讲，下月换老板啦，老板滥赌，拿厂子抵押掉啦。外头镇上多多少少民工，有的是气力，又不要金，还有我啥份子。天天出来卖性命，到头一点好处也没，真想不做了。

风忽起一阵紧，阿兴讲到气头上，正巧吃进一嘴巴柳絮，赤逼，夜里也不肯歇。三人闭上嘴巴，沉默着等风过去。沉默使人困倦。美中讲，苏西肯定到苏州去了*，三人便起身回转。美中送至小便处，两人拐了个弯，总算站回那柱路灯下。嗡鼻头发觉这是两个世界的交叉口。一头有许多人安睡，一头只有美中。在报亭看落雨时，他也这样想，一头有老有小，一头冷冷清清。坐久了，这头的自己几乎快要蒸发，直到有人来买东西，来问路，才得以醒来。

手机叫着电量低，嗡鼻头自己也将耗尽了，又恍惚早已充上电，正在一场梦游，不知洞里的美中是真是假。望了眼旁边即使跷着脚仍比他高出好几寸的阿兴，嗡鼻头暗暗为老天的公平而窃喜。若阿兴不瘸，按原件标准出厂，大概也不会同自己轧道了。只听阿兴的声音从高处落到他肩上，翁益民，桥洞到底真的假的，做梦一样。嗡鼻头不知如何接话，索性学美中一样唱起来：

> 那只是一场游戏一场梦，虽然你影子还出现我眼里——

---

* 到苏州去了：俚语，进入梦乡。

一抬手，一转调，又唱成了：

> 漫漫长夜里，未来日子里，我想大约会是在冬季。

春天的夜，残留冬天的硬冷。小区一片死寂，嗡鼻头却越唱越轻松，他从未在家门口这样放声过。也许进入空阔的地方，山洞，或是草原，他相信自己的死穴也能随之空阔起来，身体将成为一株草，水分从根到茎，从茎到叶，接受外部，联通外部。春里易失眠，这夜嗡鼻头却睡得很好，不知是走累了，还是心里的石头总算落下。明天那女人是什么反应，他不管了，这桩事体和他就此断了关系。只是想到美中所说的几桩旧事，辨不出真假，心里不大舒服，倒更希望那个地方不存在了。他平躺，看天花板上两个女人抢夺一个男人手里的工作笔记，互相怒目，咒骂，扔手里的鸡蛋菜叶，就这样看着看着，睡去了。

四

扒开眼，一切如常。夜里可曾做梦，嗡鼻头记不得了，只感到这一觉很长，长到好像桥洞不曾有，寻人启事也不曾有。爬起来看手机，除了同学群的惯例问好，微信里还多出一个群聊，阿兴拉的。阿兴无话，连发几十张相片过来。

嗡鼻头想起来了，然后懂了，那女人果然是有朋友圈的，吃茶，郊游，同小姐妹跳舞唱歌，样样不落，九宫图摆盘考究，可惜哪一张都不与美中搭界。他为自己的判断得意，连点三只大拇指过去。美中不回，兴许还未醒。嗡鼻头想要放松一下，点开大图，扫兴了，都是一只模子里刻出来的：面孔死白，不生皱纹，想想真见到了，不过是些糙皮南瓜面孔，没意思，便上班去了。脚步爽快，他心里仍拖着粟凤来那张挂麻花辫的圆脸盘，像新鲜饱满的茨菇，一甩头，散发出生脆的香气。后半夜起风落雨，柳絮从半空跌下，叫路面长出一层发霉似的白毛绒。但空气是舒意的，坏鼻头也觉出了，几只早起的油锅透过排气扇，好味道飘了过来。

走到报亭，前日贴纸的墙上倚着个人，几乎是从那张相片里跳出来的。他被雨水淋得浑身湿光，鸭舌帽底下表情如灰，摊开手机放一条语音，早上六点，女人的口气利落冷淡，这礼拜要复习英文，不出来了。美中讲，走，去问个清楚。几个字咬牙切齿，嗡鼻头听出了被帽檐极力压制的某种紧张与不和善，却辨不出其中藏着的是失落还是愤怒，只好相劝，先回去，我等一歇过来。

支走美中，乌云马上被轻快的晨音吹开了。传达室醒来，水果摊支开大伞，嗡鼻头也自顾归整起店面。热水两壶，折叠桌翻下，蒸架烤箱到位，每一步流畅衔接，不失分秒。等几种香气先后溢出，电瓶车陆续开出来了，这也是流水线上预先设计好的一部分。弄子弄子，嗡鼻头轻声叫唤，几乎不为引人来，只是排遣出某种充实的快活，将自己编入紧凑的节奏里去。马路对面的小笼却是另一派气象，早酒配闲话，万事比报亭慢个三拍。嗡鼻头不屑一顾，他同他的客人一样，忙于奔命。对面两个钟头只走完一客小笼，嗡鼻头的两个钟头却走出一日账本的将近一半。至于美中和陌生女人的事，皆不在这账本里。

刚空下，阿兴来了。他从马路外头骑一部绿色公交脚踏车，半边踏板朝上歪斜，正配那一只内缩的跷脚。翁益民，阿兴讲，我想通了，再不去当葱头了！嗡鼻头闷声擦锅。阿兴倚在侧面，同赵家母的相片一寸之隔。昨夜姆妈托梦来，他继续讲，厂里不要管，两万块寻回来就好，你讲对吗。嗡鼻头还是不答。阿兴问，啥意思？

嗡鼻头冲着不锈钢内胆讲，我不去了，你同美中一道去，我要做生意。老实讲，美中又不欠我钞票，我不过帮帮忙，现在微信有了，你追过去讨就好了，我又不是打手，要我也派不来用场。又回身剥开两只粽子，以表支持。他讲，喏，脚不好吃力，嘴巴也要管牢。

阿兴愣着接过，掉头往桥洞里去了。

忙完坐定，嗡鼻头才看到群聊一大早被兴兴向荣改成了“三人行”。他略有愧疚，看了眼微信步数，两人还在桥洞里没走。于是假装问一句，怎么样？阿兴很快回语音来，美中讲要先哭一歇，哪弄法子。

嗡鼻头一时无措，决心和粟凤来不再来往的那日，他也闷进被头哭了长远。姆妈过来，好弟覅哭，有人欺负你，姆妈帮你凶回来。说了几句就被老赵牵走了。他没能讲给姆妈听，那时姆妈约莫也听不懂了。有些人狠得下心，有些人天生不行，要这样的人同谁来个了断，几乎要先咬掉自己嘴上一块肉。怕只怕自己肉还没咬，人家倒先拿出剪刀，咔嚓结束。他发了一句，电视大学？阿兴回，美中讲英文课刚过掉，要等下礼拜了。嗡鼻头又讲，约出来碰个头，大家当面了清。过一歇，阿兴又发，电话不接，哪弄法子。美中也发了一条，好人做到底，益民，你报亭譬如司令部了，对吗。

嗡鼻头听到此处，感觉良好。于是定下心来，从头研究“三人行”里的相片。一张张查过去，苏西确实活络，上了年纪的地盘，公园，茶室，舞厅，服装市场，常进常出。再时髦点，插花，瑜伽，蛋糕咖啡，也盘得过来。嗡鼻头拿出一本老赵没开封的工作笔记，一一写下。相片里最多的是集体自拍，仔细分辨，小姐妹一批一批调换，摆出来的动作却差不多，无非是两人头碰头，四五人划爱心，脚上永远交叉步。嗡鼻头发现苏西每趟是隔一天再发出来，到底是老蟹，精明。他觉得自己在和一个敌人下棋，对方不知他的存在，他却渐渐了如指掌，敌明我暗，大有可为。再一想，对美中来说，他和苏西又是敌暗我明，吃亏了。人和人强弱软硬，吃来吃去，也不晓得到头来谁能一口通吃，粟凤来吗？她吃了多少人，吃进多少钞票，恐怕驾驶员也讲不清。

茨菇面孔又跳出来了，眼前一片叠影，嗡鼻头感到晕眩，一睁一闭，茨菇模糊为礼拜二下午电视里的雪花点子，再一闭一睁，茨菇竟显灵似的出现在手机上了。夏天，河边茶室，一排七个人倚着栏杆，各式大花纹连衣裙，最靠边，两只麻花辫并拢成一只，似笑非笑。这张脸搽着粉，修过图，止不住老了僵了。嗡鼻头盯住几秒，确认了这意外的重逢。腹中一阵翻腾，他冲向隔壁，刚蹲下，又是放水，又是放炮。心里种种不知来处的欣喜，震惊，连同火气，怨气，都从一个口子里冲出去了。冲得太猛，口子有点胀痛。痛又是从心里来的。眼底是一条肮脏的粪道，伸手一拉线，铁皮水箱轰鸣，所有排泄物，家里的，外面的，肉粽两块五，小笼八块，统统肮脏，统统要从这条道涌出去。嗡鼻头想起粟凤来的种种，撒娇，嗔怪，示弱，勇敢地维护，设身处地体贴，随后以退为进的卖苦，卖泪，最后换钱。他想通了，招数是一个师父手里教出来的，腿脚蹲麻，眼泪水凭空落进粪道里，凿出一个一个洞眼，如天上落大雨，由地上青石板接着。

回到报亭坐定，嗡鼻头浑身只剩一副冷静的骨头。他收摊了。几张嘴巴喊过来，嗡鼻，急火火做啥去？嗡鼻头不答，他顾不得别人了。十点过半，卷帘门一拉，夹克衫里装进一些吃食，一本工作笔记，嗡鼻头往桥洞里走。

原来天亮时，美中的小天地并不同夜里那样神秘莫测。桥洞底下常年停着几辆布满灰尘的报废汽车，约莫是搬迁时留下的。绕过汽车，再往里一拐，门口的防汛沙袋显露分寸。嗡鼻头明白了，此处本属西区地盘，荒废已久，而常人若不知桥墩之间另有两根坏柱，万不会再往里走，只因汽车旁边一汪一汪的隔夜潭水，连他也闻出恶臭。谁能想到深处还有人家呢，他佩服野猫的眼力。

嗡鼻头走进去，两人各自占据沙发和藤椅，美中抱着愤怒的小鸟，红着眼睛。阿兴见到来客，笑了，起身拍拍美中，美中抬起头，也笑了，小鸟一下落到嗡鼻头肩上。美中讲，领操员来啦！

阿兴拖着两人要去羊肉面店完成仪式。嗡鼻头这次单叫了碗羊汤面，不加浇头，十块。美中跟风，阿兴也只好叫一样款式。三人各自付账。阿兴学嗡鼻头那样问起美中的名字。美中讲，七二年尼克松访华，晓得吗？阿兴笑，那你应该叫秦克松。美中又讲，大哥苏中，后头有个阿姐叫英中。阿兴笑，你老头子是外交官？美中讲，瞎话，街路上擦皮鞋的，解放后调到皮革厂。又说野猫怀自己时，阿姐发高热死了，姐弟未曾碰面。嗡鼻头叹气，肯定是野猫太难过，伤到肚皮了，养出来才会坏。阿兴讲，有道理。他低头看自己的碗，红汤白面，外沿一圈搪瓷蓝花细纹，又问美中，这碗汤，你看得出啥？

三人望向汤面上厚厚的油，沾到碗壁又起一层透明的衣。美中往碗里抓了一大皮葱，几乎盖住面汤底，碗壁上刮几圈，一口下去像在嚼骨头，嘴里咔嚓咔嚓地响。譬如免费加浇头啦，美中讲，看得出啥？

阿兴讲，完，完，我看出彩虹了。

嗡鼻头笑，美中这个毛病要传染，你坐过美中沙发，美中藤椅，这趟美中好了，你坏了。你两个倒变兄弟了。

美中大笑，兄弟好，我三个一道做兄弟算了。

嗡鼻头心里一百个不情愿。于是讲，做啥兄弟，要做老师，阿兴起的名字，三人行，后头还有一句，叫必有我师。啥意思，三个人走在路上，你两个做兄弟，我就只好当老师了，懂吗。嗡鼻头见两人聚成小山的眉头，言语渐渐放开。他拍下筷，从口袋里摸出工作笔记，公布调查结果，城南公园，平家弄服装一条街，月河边茶室，火车站斜对过的喜相逢舞厅，他问，算算看，苏西今朝去啥地方？

阿兴喊，公园。嗡鼻头讲，落雨，意思不大。美中讲，苏西欢喜大厦，我两个荡荡，奥康皮鞋买过，真丝围巾买过，巧克力店也坐过。阿兴问，苏西不上班？美中摇摇头。嗡鼻头讲，人家上啥班，一趟生意两万块，你阿兴好比？

听到此处，阿兴动气，一双弹弓眼睛瞄准美中。美中也动气讲，万一苏西老老实实回屋里复习英文呢？

嗡鼻头才想起漏了最重要的地点，他问，苏西住啥地方？

美中呆住。

没到屋里去过？

送是送过，就到马路口子，后头三四只小区唻，我晓得是哪间。

噢哟，美中谈的是精神恋爱啊！嗡鼻头说完，阿兴在旁边笑。

美中一口热汤灌下，两片巴掌肉泛出羊肉红，跷脚，你有啥好笑！

阿兴笑说，想不到美中摒功极好。

美中台子一拍，不讲了！我回桥洞困觉！

嗡鼻头极力按住，等坐定再问，美中送到哪只马路口子？

柳里街莺塔桥。美中讲，苏西离婚过来，借住阿姐老房子，你也晓得，一大片全拆光，价钿谈不拢，阿姐不肯，拆迁办搞错人，天天盯牢苏西做思想工作，苏西多少难做，要紧关子，我跑到人家屋里去，像啥样子。他恳求嗡鼻头说几句公道话。

嗡鼻头不接，那时粟凤来也说老家拆迁，细碎话头逐渐抖露，嗡鼻头吓一跳，原来对方是狮子大开口。凤来讲，我想我两个下趟总归要一道住，讲出来也不怕难为情，要是再多十万，边上盘下一套，譬如你有空过来，我也好有个地方招待。每每说起，眼泪水在眶里打转，她越忍，嗡鼻头越是耳根子发烫，好像粟凤来往后若真无处可去，全怪他一只紧巴巴的手了。可他确实不肯松，别说十万,一万都别想套去。粟凤来叹气，差一点点就好办了。很久以后他才听懂，差的那一点点，意思不在十万，也不在一套房，全在讲两个人的事。很快，平地起了高楼，回迁房地基盘绕四周，其中有没有粟凤来，哪一间是粟凤来，他认不出。这趟牌局，自己算赌赢还赌输，他认不出。

三个人沉默吃面。每到汤尽时，阿兴又加二两，红汤像河水，干涸，再满溢，干涸，又满溢，色泽逐渐褪去。他捧着碗，伸长头颈看壁挂电视，想起个话头，二人却不愿开口。美中不停喝水，嗡鼻头一歇看笔记，一歇看表。直到三只碗统统面光汤尽，美中拿回在前台充电的手机，仍不见回音。三人起身。

五

阿兴走在路上，嗡鼻头发觉，他下面短了一截，上面却多出一只马达。似乎腿要迈开，嘴巴就不能停止转动。阿兴讲，想不着这女人还有这种爱好，想不着这男人一点不知晓，想不着电视台这种也敢放。见无人接话，阿兴另起一头，想我三十出头，吴江盛泽有个开羊毛衫厂的富婆，茶室见我一趟，就招呼老板要寻我出来。嗡鼻头和美中便转过头听。

阿兴继续。老板同我熟，只当我欠了人家钞票，暗地里叫我逃。我讲，逃啥，我阿兴向来只救济人家，不曾开口求人，肯定是搞错了，老板放心，该来我还是来。结果我隔一个礼拜去，老板尴尬讲，阿兴，今朝待你坐包间。我想，啥好事体。一进去，只见一个着皮毛大衣老女人，一本正经盯牢我看。老女人不开口，叫旁边一个油头皮夹克男打招呼。油头讲，阿兴是吗，我是阿六，这是李老板。油头伸出一只手，李老板盛泽五爿厂，手里工人上百，为人爽气，平常生意忙，空下来就欢喜看看电影唱唱歌。今朝请你来，也是缘分，大家一道吃茶。马上白布一拉，投影落下，广东话就出来了。我一看面孔，刘德华。我笑嘻嘻讲，华仔同我蛮像噢。想不着老女人马上开口了，喉咙粗来像个男人，伊讲，我也觉着，你同华仔交关像。油头马上拿出一件同电影里一式一样的卡其色长风衣给我。油头讲，厂里出口意大利，五万块一件噢。我吓了一跳，再像也不敢要。油头讲，吓啥，你欢喜，李老板一百件也拿得出。我只好穿这件大衣坐定，打打杀杀，听也听不懂，字幕也不识得，一口茶不敢吃。看好，我衣裳脱落，要跑。油头讲，阿兴慢，演演华仔给李老板看好吗。我觉出不对，板起一副面孔。李老板笑，凶也像的。油头讲，阿兴，下趟每个礼拜天到此地来陪陪李老板好吗。我想，这算啥意思，有钞票就好乱来啊，当我阿兴是软脚蟹啊。三句两句骂出去，茶室老板就拉我出来了。回去我讲给姆妈听，姆妈讲，有种女人，发了财，就当自家是武则天啦。还是姆妈懂。真真一张老皮看上去不哭不笑，心里不晓得有多少下作。

阿兴的话头不论怎么起，末来还是要落到姆妈身上，这让故事一下失色不少。难得阿兴思路清爽，嗡鼻头正听得入神，几乎忘了自己身在何处，是吃茶还是寻人。这一下，又回到了小区前后几栋闭眼也不会走错的老楼里。

美中讲，你要是跟了这个李老板，有吃有穿，譬如认了一个新姆妈啦。勠讲两万块，廿万借出来，眼睛不眨。嗡鼻头笑。阿兴马达一关，脚步立即停下了。他讲，我就一个姆妈，世上只有姆妈好。表情严肃。美中不答，另起一个话头。他讲，你这种算啥，我有一年，庙里大师讲，本命年是要紧关子，姆妈怕我发大毛病，就叫我进桥洞蹲几日，不许出来，也不准人家进来。想不到有一天夜里，真有个叫花子跑进来了。

叫花子寻得进来？阿兴问。

所以我讲，这叫花子不是一般叫花子。背一只蛇皮口袋，全是小人书，连环画，再没其他，我只当伊是摆地摊生意的。伊只当我也是叫花子。我讲，我不是，我姓秦，就住隔壁小区。叫花子讲，我也不是，叫我小黄吧，我出来流浪十几年了。这一袋是我的宝藏，就算放弃全人类也不能放弃它们。

还开国语，外地叫花子？阿兴问。

小黄讲是北京过来的，首都人民啊。我就开条件，我借你地方困觉，你借我小人书看。所以小黄困沙发，我就打手电筒在床上看书。你猜小黄困觉前讲啥，伊讲，美中你这样，真像我宿舍熄灯后的室友。

叫花子还读过大学啊。阿兴问。

小黄讲，读了两年就不读了。我问为啥，小黄讲，信仰坍塌了。我马上觉出这个小黄有神经病，比我重得多，我就不问下去了。一开始相处来蛮好，小黄白天出去，一袋宝货是要贴身背出去的，不知去讨饭还是收可乐瓶。我呢，夜里看书，白天困觉，姆妈来送饭也不会觉出不对。有几日我剩一口饭给小黄，有几日小黄带点馒头花卷回来。北方人专吃这种。我不敢吃，小黄讲，放心，不是捡的，买来的。我想，到底是大学生，吃也晓得要吃清爽的。

嗡鼻头讲，你同小黄日去夜来，真好比一对小夫妻做人家。

美中深吸一口气，领操员到底聪明，后来我就发现这个小黄真有毛病。为啥呢，夜里伊先困觉，我看到后半夜再困，不想好几趟我醒转来，小黄譬如一条厚毛被头压我身上。一开始我只当小黄也想困床，就让出一点位置。后来觉出不对啊，这许多空处，偏偏要压我身上，问题大了。

三个人一讲两听，到此时此处，不由得顿在一个绿灯面前不走。

美中继续讲，顶要命是后来有一夜，我爬起来嘘嘘，小黄跟过来嘘，人慢慢就从我边上挪到后头，一点声响也没，哇，一只手抱牢我，一只手伸到我前头摸，吓死人啦。我心里闷掉，想不通，到底是我有毛病还是小黄有啊，就哇一声哭出来。小黄马上跳开，譬如电视剧里坏人调回一副斯文面孔，伊讲，秦美中，对不起。我也开国语，黄同志，连环画我看完了，我们的交易结束了，我们的交易不是肉体的交易，是精神食粮的交易，是平等的交易，现在你可以走了。

美中开国语真有腔调啊。阿兴感叹。

同秀才打交道，就要做出一套大道理。小黄听了，回转沙发困觉，下一天照样背包出去，从此夜里再没回来过。后来我想，小黄肯定是生活作风腐败叫大学开除啦。

小黄几岁？嗡鼻头问。

问过，同我差不多。

嗡鼻头又问，小黄吃你用你，临走一样不留，做得出来？

聪明。当天夜里我发现床头摆一本书，没图，全是字，叫啥，苏鲁支语录。

阿兴问，啥地方来的苏鲁支？好同毛主席平起平坐？

美中摇头，真滑稽，蛇皮口袋我摸过多少趟，倒不晓得除出小人书还有这种。翻开来一看，晕头转向，半分钟就困着。

这桩事体你同姆妈讲了吗？

当我是你阿兴啊，样样同姆妈讲。美中讲，隔出一天，姆妈过来，庙里大师讲，本命年劫数已过掉，不会发了。就带我回去，吃一碗鳝丝面，加两只荷包蛋。我边吃边想，我这一劫，确实是一大劫啊。

一劫碰着一痴。小黄这种人，世上少有啊。嗡鼻头讲。

痴一趟，就醒一趟。后来再有陌生人跑进来，我统统一只拖帚头轰出去。学生子也好，叫花子也好，见我这副吃人样子，全部吓了逃。

阿兴插不进话，只管讲，翁益民，一人讲一只故事，你讲出来就算交心啦。阿兴总乐于制造仪式。

嗡鼻头顿了一歇，摸出兜里本子讲，今朝譬如我老头子同你一道走，听见两只故事，头一桩事体是记下来。要我讲，啥金瓶梅，红瓶梅，没一本比得过我老头子写的。于是把老赵平日如何爱看报，自己如何发现一叠笔记，翻开一读，其中皆是如何形状的趣味一一道出。本以为会被追问更多细节，不想未曾讲开，已被美中打断，你老头子是你老头子，你是你。阿兴也跟着反应过来，不算，重来。

嗡鼻头觉出，人讲自己的故事，同讲别人的故事，是一实一虚，口气也好，声势也好，确实不一样，吸引力自然也分强弱。无怪阿兴这样的笨嘴巴，讲起盛泽武则天来也有腔有调。老赵究竟对房事有多大程度的痴迷，又是何时誊写，何时品鉴，是否有亲自操练的机会，他无从知晓。仅凭一叠笔记，嗡鼻头所知晓的只是一桩事实，一项隐私，一次擦嘴时的啊啊大嚷。他发觉自己对老赵的记忆，甚至不如这几条笔记。

可是他自己的事，嗡鼻头不知如何开口，像身上套了个移动报亭，叠角四方，复合夹板，把自己同两个邻居隔绝开了。人在里面闷久了，两只手掘不动半粒石子，只好四处找台阶下。阿兴却无意中替他找到一个。刚拐过路口，阿兴扬起一只手，大叫一声。

只见斑马线中间平躺着一抹亮黄色。阿兴喊过去，快跑，等人家来撞啊！那人用普通话喊过来，早撞上了，起不来。

阿兴走过去扶。嗡鼻头拦住，做啥，现在过去，医药费就换你出了。他喊过去，撞人的车子呢？亮黄色再喊回来，早开走啦。阿兴大悟，听这只喉咙，是陈皮梅啊！美中问，哪只陈皮梅？阿兴讲，就是老早小区外头扫马路的老陈。嗡鼻头想不起，报亭门口扫地的黄马甲换过几十个，他认不出哪个算陈皮梅，哪个算甜话梅。

阿兴等不及红灯，跷着脚把人扶起来，要带陈皮梅去医院。嗡鼻头喊过去，我帮你追债，你跑掉，当我吃饱空？阿兴却问，身上有钞票吗？两人摇头。阿兴讲，我等120，去去就来。

美中不出声，望见陈皮梅腿上那一片血肉模糊，后退几步，跌进草丛里。嗡鼻头有点紧张，此地离苏西家还有好几条马路，他决定调头先去平家弄。平家弄离医院和自家小区都不远，真出事，一个电话喊野猫过来擦屁股也赶得及。两个人在长凳上坐了一会，直到目送阿兴同陈皮梅坐上救护车，呜呜开走。嗡鼻头问，有彩虹吗？美中摇头。嗡鼻头讲，你带路。

两个男人逛服装市场，总叫嗡鼻头不大舒服。美中讲，怕啥，譬如一人一套辅警衣裳着身，保卫平安。美中走入安静的小弄堂，渐渐放松下来，东看西看，细摸细想，说是想帮野猫买件衣裳穿穿，叫野猫消消气。

美中看衣服的眼睛澄澈，店主看美中的眼神却含着沙，加之边上又跟着面色局促的嗡鼻头，美中也觉出些不自在了，大喊，凭啥男人不好看，我就要看！说着就去撩模特底裙。眼见老年服饰店的阿姐叉腰大踏步而出，嗡鼻头架着美中就跑，身后炸开噼啪一串辱骂。两个人一路无话，百来米的弄堂兜了两圈，招牌看厌，不觉又到尽头。美中待客，索性买一人一张梅干菜大饼，蹲在路口吃。

阴天，出来逛的人不多。不过正值开春，嗡鼻头晓得，会做人家的女人，比如姆妈，会专程出来买过季货。冬衣厚重，老板不愿堆积，稍费嘴皮缠磨几下，就抄底价到手了。若碰上倒春寒，还赶得上穿个新头。

春秋乱穿衣。两双眼睛朝下，走来走去的有穿雪地靴，也有尖头皮鞋，眼睛一抬，腿上裹着的有毛裤袜，也有过膝靴，再往上走，有貂绒大衣，也有轻型纺纱。穿单件的同穿四件套的，一样在风头里聊天哄笑。但照嗡鼻头看来，总归是穿单件的漂亮一点。大饼摊香气不绝，门前队伍也没断过。女人们回头瞥见脚边蹲着两个其貌不扬的中年男人，嘴埋在饼里，眼睛埋在人堆里，多少回以鄙夷的哼气。为不接那份厌弃，嗡鼻头主动把眼睛挪开。边上是个缝补摊头，女人补裤子，男人磨钥匙，手上活不停。

美中讲，阿宝嘛，我认得，苏北小囡，小辰光一道白相，全家门三代八口人挤一只破船上头，鼻涕屎尿全倒河浜里，真腻腥。嗡鼻头讲，阿宝不像样，老婆倒蛮漂亮。美中讲，老乡寻老乡，阿宝成家早，女儿也结来早。他喊过去，阿宝，外公做了吗？阿宝老婆斜过头来，八个月了！美中喊，外公，学区房好端整起来了！阿宝也斜头笑笑。嗡鼻头讲，闷声发大财，看人家夫妻两个多少好，几十年苦头吃下来，房子肯定不缺。

美中叹气，三十年风水轮流转。嗡鼻头不响。

美中却转口问，嗡鼻，二婚头你肯要吗？

啥意思？

苏西讲过，二婚女人，再肯吃苦，人家总觉是打折头的。但是我到这种岁数，小姑娘是寻不着了。

二婚是一桩事，骗人是另一桩事了。

苏西骗不骗人，我心里有数。美中摸出手机，微信五百步，顶多买口早饭。照我讲，苏西今朝就是在屋里复习。

那你消息发到外国去啦，毫无回音？

美中低头，读书不好分心。

嗡鼻头讲，美中还是发神经好，没脑子，女人吓了逃，就太平——

话未落，阿兴现身群聊，两张相片，一张是陈皮梅挂盐水，一张是苏西朋友圈，一本书，一支笔，一只老式茶杯。阿兴发语音过来，差点错过一条重大消息。

美中欢呼，人家读书！人家读书！

嗡鼻头如同路边辅警接到任务，对讲机一开，阿兴抓紧过来，我三个莺塔桥碰头。话落，大步走出弄堂。

六

莺塔桥下卡车多得像集装箱码头，进进出出，哄起一层灰。两个人落了桥，闷头拐进柳里街，嗡鼻头在右，美中在左，彼此叫一排矮冬青分开，齐头并进。美中伸手，一路刮过叶梢。

美中讲，非机动车道上全是机动车，啥意思。

嗡鼻头讲，非机动车道本来也不是给你人走的。

美中讲，我两只脚是靠汽油来开不成？

嗡鼻头讲，你两只脚也不是靠电瓶开的，上来。

嗡鼻头拉了一把，美中横跨上来，换只手还是离不开冬青。他笑嘻嘻，譬如摸一只新剃的板寸。嗡鼻头不睬。无知无觉眼前又冒出许多电瓶车拦阻，美中生气，啥意思，逼人走到墙上去？很快，墙也退不过了，两人落到一个队尾，挪动缓慢，望不到头。美中讲，出啥事体？嗡鼻头撇嘴，看不懂这串长龙的意思。其中大多是年轻面孔，戴帽子，戴口罩，低头玩手机。美中问，排队做啥？小年轻答，吃饭。嗡鼻头问，啥店？小年轻答，网红店。

网红店算啥店，两人不曾听说。挤到头一看，长龙另一端正流入小区外一爿饮食店。门口立一块板：桥口粉丝煲，最后三天营业。旁边挂一张海报，美中念出来：留住记忆中的味道。室内拥挤，四五张折叠桌满出满进，路边另搭开十来张，不留虚位。只见坐着的边拍边吃，站着的边等边看。嗡鼻头讲，不得了，看车牌照还有外地过来的。美中讲，譬如领救济粮了。嗡鼻头讲，这爿店开了有十年？美中讲，差不多。平常晓得生意好，却不知好到造反。嗡鼻头问，吃过吗？美中点头。嗡鼻头问，啥味道？美中讲，还有啥，就是粉丝煲味道咯。嗡鼻头点头。

美中讲，嗡鼻，你报亭门底不弄个粉丝煲，亏了。嗡鼻头不曾想过。总以为差不多味道对差不多熟客，而现在看来，开得久就成了好店，要搬了也是好店，新客来吃一趟，譬如赶时髦，这样的生意他没做过。

店门口的大锅热气腾腾，几个老阿姨忙得手脚翻起。

美中问，阿姐，这爿店要搬？一位停下来讲，老板没敲定，要么到大厦去，要么再寻一间朝街门面，反正此地到头了。美中讲，阿姐，你同老板讲一声，运河东区报亭旁边，也是桥口子，人来人往，生意肯定好，这位是报亭老板，特为过来考察。嗡鼻头听得美中张口胡来，牵住他朝外走。他讲，人家是自创自做，我是批发倒卖，有啥讲头。美中笑，小年轻不懂这种，一心轧闹猛，吃不准你报亭就火了，我来做服务生。嗡鼻头讲，你做服务生，毛病一发，走过去只只台子掀掉，我生意断绝。

热闹过后，两人走到莺塔一村门口，气氛冷却，轮胎店，剃头店，蔬菜店人去楼空。一村大字底下挂着横幅：签约率过 95%，新家指日可待！底下又一横幅：亲爱的老朋友，欢迎回家看看！只见传达室搭起临时摊位，若干红马甲靠边站立。美中被一个年轻红马甲拉住，叔叔，来看老房子吗，拍个照留念吧！另一红马甲上前附和，什么摄影展，什么口述史，听得美中一愣一愣。他只问，此地也是网红店？红马甲笑，叔叔真时髦，是打卡点，但不要钱的，一人可拍两张，一张单人，一张集体。说着拿出相册来看，皆是白发人回访故地，笑泪盈盈。

小姑娘，嗡鼻头问，你们单位有寻人服务吗？

找老邻居吗？这里登记一下，我们建完档案，找到会联系你。

嗡鼻头提笔戳了戳美中，苏西叫啥？

美中摇头。

姓啥？

美中还是摇头。

红马甲讲，想不起的话，留张照片也可以。

嗡鼻头随手点开群聊照片。马甲问，找的是哪一位阿姨呀？

嗡鼻头喊，你自己讲。美中伸手指了一下。红马甲笑嘻嘻，叔叔是不是在找初恋对象呀？美中紧咬嘴唇。又问，叔叔要拍张照吗？立等可取，发朋友圈也好，贴在家里也好呀。

嗡鼻头向来不喜欢拍照。美中却讲，不拍白不拍。

于是两人走进传达室，门窗桌椅已改成老式装潢。摄像师讲，两个人靠拢一点，开心一点，哎好，一二。

美中讲，譬如拍结婚照，尴尬尴尬。众人哄笑，嗡鼻头笑不出来。

美中又讲，等一歇，我叫阿兴过来一道拍。照片就定在等一歇的歇上。

两人边等照片，边等阿兴。嗡鼻头讲，现在街道里真会弄，花样百出。

红马甲讲，叔叔，我们不是街道，是房地产公司的，莺塔桥这片以后要造综合体啦。

啥体？

就是一站式购物广场，有吃有逛，叔叔来玩呀。

嗡鼻头问，建这个体，要拆掉多少？

一到四村加起来，大概四千户，她手一指，翻过高架就是安置房。

美中讲，我倒不晓得还要造高架。

你不晓得的事多了，嗡鼻头问，啥辰光拆?

一村这个月开始动了，到六月份四村搬完，入夏就动工了。

嗡鼻头讲，嘴巴讲来好听，十年前运河西区急火火清空，拆光了有人管吗。

红马甲说，应该不是我们公司的项目。转身招呼新来的人。传达室里几对夫妇进出，穿着体面，嗡鼻头觉得他们抬头低头，总有一种脱贫再忆苦的清高，令人不悦。真租住此地的，红字一画，倒不过拍拍屁股滚蛋，毫不拖泥带水。这样一想，若苏西独居这破败处，也实在辛苦。再看自己手上，一高一矮，一正一笑，嗡鼻头发觉这照片无论怎样看都滑稽滑脑，好像在当群众演员，借寻人的由头混进一场同自己无关的集体怀念，好像当真同美中成了一路人。而美中跳出恍惚，抓紧抓紧，苏西要搬掉了!

天渐渐亮了，这一日太阳露脸的时刻，竟是它快要落下的时刻。嗡鼻头不敢相信，这样通透明亮的天色出现在晚饭边。放在平常，门口的蔬菜卖得不剩几颗了，肉店里的火腿越切越细，油锅起来了，遭遇空袭一样，哗，哗，各处都炸开了，沸上了，此时却全无动静。嗡鼻头分明感到，这个小区将要入土了。

两人走进去，一部部卡车迎面而来，软的家什拿布包，硬的拿纸木箱子装，剩余零件，澡盆面盆盛着出来。车里的人守着摇摇欲坠的橱柜，车外的人指挥，朝前，再前，退，再退，回来点，好，转——刚出壳，卡车把老房子的灰带到了马路上，美中不住地打喷嚏，嗡鼻头稳如泰山。

消散的灰尘里，嗡鼻头见到许多涌入的面孔。他发觉拆房子和老人临终是一种道理，入土前总要最后一次被人假惺惺地关照。年轻人寻开心，穿得花花绿绿，捧着相机穿梭其中，不知在拍房子还是拍自己。年长的摆起老资格，四处拉听众忆旧，似乎曾经住过是一种身份，一种荣耀。外地人却悄无声息，蛇皮口袋一提，闷头找下个落脚处。房东舍不得家具，来回奔走，搜刮一点是一点。收旧货的在前后大门镇守，随叫随到。不要的物什，有人往河里扔，有人沿街摆起地摊。年轻人拍完照，在地摊上一惊一乍地挑拣过气的玩具。捡可乐瓶的老太走在空房子里，有福了。

美中不看新鲜闹猛，他脚步越快，嗡鼻头越觉出他的紧张。美中拐进楼，嗡鼻头仔细分辨他的声响，像一只榔头从底楼到顶楼，又回底楼，企图砸开某户大门紧闭的安静人家。楼道搬空后，窗帘破布在内外两层风中翻飞，墙缝里很快钻出了野油菜，像是爆破队派来的，一旦发现无人居住，就大肆将之包围。美中连爬四栋单元楼，很快没力气了，他退到远处抬头望，似乎确信某扇窗户里会透出一盏冷静的白灯，底下有英文单词在晃动。似乎苏西就住在云端，在雾海里一座孤岛。

嗡鼻头只好讲，走吗，美中，此地太乱，后头还有三只小区呢。

美中却不肯动，折回头颈，牢牢盯住一片花园不放。砖墙倒塌，红花早已谢了，只剩密密麻麻的金黄色四处蔓延。他忽然讲，苏西欢喜花，我送一束花好了。跨进去一边采，一边数，搬掉，没搬，搬掉，没搬，喉咙忽轻忽响，脸上一哭一笑。嗡鼻头喊，走呀。美中毫无反应，仿佛沉迷到另一桩事里去。嗡鼻头见势不妙，打给阿兴，美中见嗡鼻头摸出手机，也笑嘻嘻摸出来，打给苏西。两人皆不得回音。嗡鼻头喊过去，美中，彩虹有吗彩虹？美中讲，没了，苏西没了。他两只脚从泥地里拔出来，榔头变成马达，凭空跑了起来。

美中不喊苏西，只喊，人呢！人呢！从前到后，回声分裂成无数支乱箭，在两侧房屋穿来穿去，风也听了，草也听了，路上的人全听到了。嗡鼻头追上去，只怪那黄花晃得人两眼发昏，离捉住他始终差那么一截。索性叫美中发泄一下吧，他这样想着，脚步便慢了下来。美中仍旧狂奔，从后面望过去，嗡鼻头觉出美中像一件被遗落的家具，一只衣架，或一把锅铲，拼命追赶那辆已经开走的搬家卡车，他不想就这样被抛下。

美中跑到值班岗，两手一挥，朝开过来的卡车喊停。那束花早已被风吹烂，黄色落尽，褪成一把秃头青葱。美中走过去敲车窗，苏西啊，苏西。只收到白眼，辱骂，和一记油门。美中继续挥手，朝渐行渐远的卡车屁股大喊，古德拜，古德拜，身后只剩一个重复着倒车请注意的耐心女声与他相伴。美中去拦下一部车。

嗡鼻头在旁边蹲着，突然乐于在一个陌生的小区，看美中做点自己想做的事。这里没有人在意美中第几次发疯，也不会喊野猫来抓人，他们大可以把他当作一个不愿搬家的住户，当作不会再见的路人，他们大可将他忽略不计，像对待所有不要的物件，抛在新家外面。而美中一次次兴奋地往车窗里伸头，高声用英文送别，扮演一位认真负责的保安，度过他最后几个充实忙碌的工作日。这样的美中和先前是两个人，一个人若能活出两副样子，嗡鼻头想，多少合算。他希望一个自己在报亭里闷坐时，另一个，顶好是在舞场里风光无限。不说长相，单说走路说话，浑身有一种叫女人眼睛跟着转的本事。他这样想时，阿兴的面孔出现了，不远处铁门外，阿兴正对着一个长毛话筒讲话，笑得欢畅。

嗡鼻头牵住美中跑过去，你报警啦！

报啥警，阿兴讲，记者朋友来采访，叫我讲两句。来来来，你也讲两句。又对记者说，小姐，我邻居要寻个人，借电视台宣传宣传。

记者说，只要是同莺塔桥有关的，都可以讲。

话筒伸过来，美中呆住，喉咙里的水忽然烧开了，呜呜呜高声沸着。记者问，心里舍不得？滚水四溢，美中哇的一声大哭出来，额头上的汗同眼泪一道落下。阿兴蒙掉。嗡鼻头竟含糊听出几句，苏西啊，苏西出来好吗，我不怪你，你出来，我两个去美国呀。他不敢相信自己的耳朵此刻有这样的本事。

记者转过话筒讲，许多老居民回来看莺塔新村最后一眼。他们想到自己的过去，不禁流下热泪，就让他们与这片土地静静告别吧。镜头转到旁边三个人。一个哭，两个尴尬。

阿兴讲，我就晓得，美中出来，肯定要发毛病。

嗡鼻头怪罪，有啥讲头，你早点来也不至于。

阿兴便讲起脚踏车没地方停，一大段回头路。又讲起年轻人教自己用摩拜。

嗡鼻头讲，真忙噢，一歇要借钞票，一歇要送医院，一歇还要赶时髦。

阿兴一脸愤怒。正欲纠缠，美中哭定开口，苏西拿我删掉了。他举起手机。两人顿住。

算了，嗡鼻头叹气，譬如两万块吃顿教训，回去叫野猫还债，大家两清。阿兴讲，譬如今朝春游一趟。嗡鼻头拿出压扁的粽子玉米，三个人分派两样。阿兴不要，全给美中。

三人荡到河边，水纹已呈金色，毕竟是春里，天毫无暗下去的意思。谁也没气力说话，嗡鼻头发呆，阿兴玩手机，美中吃一口，往河里扔一口，叉条鱼触头争夺。近处漂着几样被遗弃的物件，牙刷杯，洗澡球，旅游团发的小红帽，随风渐去。水面星星点点，是对岸的柳絮飘落来，结出了一张网。抬头满天楼盘塔吊，也是一张网。

美中问，为啥每只小区后头有一条臭河浜。

嗡鼻头讲，譬如每个人身上一进一出两只口。再腻腥的物什，总归要排出去。

美中讲，我不想排，我咽肚皮里，不叫人家看。

嗡鼻头讲，来不及了，电视新闻一放，人家全晓得了。

美中讲，我寻个地方避一避。

嗡鼻头问，一只桥洞还不够用？

美中讲，要逃远点，到深山老林里去，同苏鲁支一样。

嗡鼻头问，苏鲁支到底啥人？

美中讲，搞不清，反正男的，三十岁，离家出走。

嗡鼻头讲，年纪轻轻，碰着啥大困难了，要想不开。也为女人？

美中摇头。

阿兴插不进嘴，只对着手机里的小视频发笑。

嗡鼻头讲，还是阿兴想得开，两万块没讨回来，倒有心思划微信了。

阿兴讲，苏西发过来的呀。

美中看了眼阿兴手机，粽子朝地上一摔，抬腿走掉。

七

嗡鼻头拉开卷帘门，墙钉一松，姆妈照片掉落。他挂回去，却怎么也摆不正，翻过来看，挂钩扭断半截，心里便知不是好兆头。这两夜又睡不好了，似乎生活中一旦多出几件新事来，就凭空添了几份负担。像发一场高热，病来如山倒，病去如抽丝，他决心要慢慢来，慢慢抽掉美中的事，如此以后，才能慢慢抽掉粟凤来。

野猫大清早跑过来，照例朝墙上相片拜三拜，照例讲，益民啊，碰着美中同我讲。

嗡鼻头想，倒真是会演戏，怪不得两面不得罪。

野猫讲，益民啊，我同你妈要好，也当你半个儿子看，自家人讲话不怕难为情，美中今年命里逢大劫，不好过，要是碰着美中，一定要拉一把，晓得吗。

嗡鼻头觉出野猫神色有些慌张，但他仍只点了点头。

野猫渐渐带出哭腔，她讲，我就剩一个小囡……

嗡鼻头听得不对，便问，啥意思，美中不在桥洞？

野猫讲，我昨日三顿饭做好送过去，趟趟白跑。手机也不接。

嗡鼻头讲，怪招，前天我同阿兴还陪美中一道出去……

野猫讲，益民啊，我晓得。前天夜里阿兴又来寻我讨钞票，前前后后讲给我听了。你同阿兴拖牢美中一天跑来跑去，真吃力了。上趟我同阿兴讲，我不管了，你去管，也是气头上。不想阿兴讲到做到，还拉你一道，真难为情。生意要紧吗？

嗡鼻头一心在想野猫有没有还钱，却问不出口。

野猫继续，我同阿兴讲，美中借的钞票，我是肯定会帮美中还的。只是美中人不见，我心里难过，事体总归要一桩一桩办。美中身上没带几分，人又一歇好一歇坏，实在讨厌。阿兴叫我跑派出所，我老早去过了，人家讲，年年来报到，当人民警察吃饱空啊，坏人不捉捉戆头。益民啊，你帮帮忙好吗，美中回来，我心定了，钞票还阿兴，也还给你。

嗡鼻头讲，我不曾借过钞票。意思明确，这一趟不愿再为美中下水。

野猫讲，益民啊，我两家也算几十年老相邻，你姆妈不见，老赵天天打牌，倒是我跑来跑去，对吗。现在美中出事，不到万一，我也不想开口。但是，做人总要互帮互助，对吗。远亲不如近邻，对吗。

嗡鼻头听到此处，想起美中在桥洞里的疯话，索性挑明讲，美中妈跑来跑去，确实辛苦，但有一桩事真滑稽，姆妈当天跑啥地方去了，为啥我讲不出，美中倒讲得出。

野猫不接，只继续讲，益民啊，我是想，下半天有空的话，你带我到那女人小区里兜一圈好吗。我心里想，美中不在桥洞，吃不准还在那面。

嗡鼻头自顾布置店面。

野猫又讲，益民啊，前天听美中讲了啥，心里有啥言语，我两个一路慢慢讲，好吗。

嗡鼻头开口，美中妈，我要做生意了。

野猫懂了，好好，我吃过中饭再来。

两人乘上公交，野猫问，益民啊，美中同那女人还联系吗。美中路上发脾气了吗。美中前天出去吃点啥。嗡鼻头统统装作听不见，只将野猫安置到爱心座上，自己立于车头，彼此由涌入的人头隔开。天气很热，只一日功夫，四月就成了六月。太阳照进来，车里更闷，嗡鼻头脱掉一件，额上仍直冒细汗，而野猫裹得严严实实，并不显臃肿。他明白，岁数越大，出汗越难，再老下去，浑身只剩一把干枯的白骨，坐等入土。

落车之后，嗡鼻头却发觉野猫脚步异常轻快，哪里像八十多岁。只是说话时一转头，逃不过脸上褶皱深深浅浅，像灶壁上积久的油渍，不忍细看。野猫手上还缠着绷带，另一只手便勤奋地甩着，同阿兴的马达一个道理。野猫讲，益民啊，你同美中老早一爿厂对吗，还当过小学同学对吗。

嗡鼻头只当没听见。

野猫只好另起一头，她讲，兰心么，一双眼睛这辈子就盯牢老赵不放，老赵一出花头，兰心眼睫毛上下一碰，就有数了。

撬开了野猫嘴巴，嗡鼻头也开口，我老头子同阿兴妈，到底是真是假?

野猫讲，照道理，大人事体，小人不好多问。但是我想，你妈同阿兴妈前脚后脚走掉，老赵也跟了跑，被套没了，被头芯子适当翻出来晒晒，也不要紧。

嗡鼻头笑，半只脚踏进棺材了，还小人。

于是嗡鼻头在这样一个太阳热辣的春日午后，得知了一桩充满红眼与白眼的陈年往事。

野猫讲，赵国丰一心要进材料车间，巧了，兰心大伯新调进印刷厂当头。元元呢，苦人家出身，后头多少弟弟妹妹拖鼻涕跟牢。见过爷娘有啥用，讲是讲工人恋爱好搭配，到头来还是陈世美寻着资本家。冯程程多少风光，眼睛一眨，轮得着小白菜啥份子。车间里有一个小姑娘笑，边上就有一个小姑娘哭，这种事体，我见太多。

野猫脚上急，嘴唇拨得也快，呼吸急促，灶壁上渐渐印出夕阳斜照的血色。她的话泥沙俱下，旁征博引，叫人无法不留神，不紧跟。

照我讲，人不管多少厉害，抢来的物什，心里总归发虚。兰心眼睛盯得牢，心细又精，管赵国丰像管只鸡。元元呢，心里气不过，吃过一趟亏，还要当十趟眼中钉。两个人你猜我，我恨你，这生这世没太平过，停停歇歇要演一遍美苏冷战。一报还一报，老早赵国丰从元元手逃到兰心手里，等于当叛徒。不想到老来，又倒戈回去。兰心做一世惊弓鸟，末来还是叫一支冷箭戳死。

在这种讲述中，嗡鼻头强烈感到，几个原本熟悉的姓名和自己彻底失去了联系，冲撞纠缠的场面也无法与记忆中几张温吞的老面孔匹配起来。他像在看一场遥远的戏，一只皮球夹在两个人当中，滚过来滚过去，不曾停歇。回过神，嗡鼻头才意识到，两家姆妈的怨根，远远早于他自以为能想到最远的那一笔。当年姆妈如何坚决反对大哥赵为民同沈晓红好，他早已想不起，只记得大哥蹲在阳台上哭。见有人靠近，大哥讲，益民，跑开点。潮水日以继夜地扑上来，一层一层侵蚀，覆盖，叫人永远寻不出岸上原本的样貌。

野猫继续讲，真滑稽，照道理医生讲过，老年痴呆样样会忘记掉，为啥偏偏这桩心事，兰心会越记越牢。你只当兰心万事不懂，实际上心里一本账做来清清爽爽。当天兰心戴只浴帽过来，讲，漂亮吗，轮船上国丰送的。满面孔眼泪水。我一看，就晓得事体不对。

我讲，兰心啊，人老了，万事不好强求，管天管地，管牢自家身体要紧。就叫兰心同美中一道住桥洞。但是我顾得了一顿，顾不了十顿。我讲，叫老赵接你回去好吗。兰心不肯。我讲，叫益民来呢。兰心不要。我劝了长远，总算做通思想工作。兰心讲，你去。还朝我笑笑。不想我还没走到城西棋牌室，半路上美中打电话来，讲赵家妈去游水了。我就晓得兰心意思了，一边调头回转，一边落眼泪。兰心正式想通了，兰心想通的不是不管，是这桩事体一旦不管，人活世上就没啥意思了。我理解兰心，没办法，只好让伊解脱。作孽，赵国丰送兰心一顶帽子，兰心戴一辈子。

这桩事我老头子晓得？嗡鼻头问。

我牙齿咬紧，野猫讲，老赵到死不晓得。

两个人边走边讲，不知不觉已到桥口粉丝煲地盘。店内门窗紧闭，空无一物，整条马路冷清下来，显得宽绰不少，只留横幅在风里翻腾。气温升得太快，绿叶竞发，蝉在行道树上嚣叫起来。嗡鼻头以为自己走在红马甲所说的六月份，四个新村全部搬空，推土机，爆破机就要来了。野猫立在过道当中，她讲，益民啊，你带路。

礼尚往来，于是嗡鼻头照当日的路线带野猫走了一遍。他讲起如何拍照，如何上楼，如何拦截搬家卡车，从小花园一路带到后门值班岗，最后到河边。废弃物什早已漂走，身外是一座空城，没有美中，没有苏西，河浜的臭气褪去，一切都被抛弃了。唯独那半只粽子还在地上，沦为文物，而附近早已没有饥饿的动物出没。野猫跟着走，静静听，两只眼睛牢牢盯住嗡鼻头，叫他不敢漏说一句，直讲到阿兴发视频，美中跑开。野猫问，为啥不拦？

嗡鼻头沉默。他心里后悔的不是放美中先走，而是回家前没去桥洞看一眼。

野猫神色一变，安慰道，益民辛苦了，是美中不好，事体做得出，吃不入，没男人种气。

美中离开之后的事，野猫不关心，她不问，嗡鼻头也不说。

那一日美中跑掉，阿兴欲上前追赶，嗡鼻头一把拉住。他讲，让美中去。阿兴讲，美中跑掉，我两万块哪弄法子。嗡鼻头讲，两条路，一条寻苏西，一条寻野猫。

阿兴讲，我两条路一道走。

嗡鼻头关照，万一拆穿同美中关系，一条路变死路。

阿兴点头，说后悔把粽子全派给美中，白白浪费。

嗡鼻头问，桥口粉丝煲尝过吗？

阿兴摇头。两人走出去，已近下班时间，队伍比原先更长。阿兴大叫，发神经？两人决定折返。不想走到半道，阿兴见幼儿园放学，不肯动了。他讲，我想阿姐屋里小孙孙了。嗡鼻头讲，阿姐孙子是阿姐孙子，同此地小朋友啥搭界。偏偏阿兴不愿再走，栅栏外坐定，一个一个看，一个一个问话。门卫眼神警惕，嗡鼻头想起美中挑女装的尴尬场面，只讲，随便你，便独自走开。他发觉阿兴虽然人好，却是个无头苍蝇。美中自不必讲，好与不好时，一个天一个地。想到自己错过多少生意，便心生厌弃，决意不再同二人往来。走到半路，阿兴追上来，骑一部摩拜。对不住啊翁益民，他讲，我这人就这点不好，没组织，没纪律。又讲要待客吃大馄饨来赔礼。

嗡鼻头讲，不需了。抬腿加速，却快不过阿兴脚踏车，他边骑边讲，同你讲句心里话，每趟我看见幼儿园里有小囡，心里欢喜来不得了，再一想，又不是自家小囡，马上难过下来。一难过，我就想拿人家小囡捉过来，放自家屋里养。

嗡鼻头吓了一跳，加快脚步。

阿兴紧追，又讲，我走到外头，觉出商场也好，马路也好，同我全不搭界。好像走出自家小区，就没人要我了。我就想，顶好小区不拆，让我住到老死。万一拆迁，我就赖了不走，推土机来，拿我一道推倒好了。益民——

嗡鼻头倒吸一口气，要死去死，喊我做啥！

阿兴不再吭声，一路跟在后面，脚踏车轴咕噜噜转，阿兴肚子咕噜噜响。

快到小区，阿兴问，要看看美中吗。嗡鼻头不睬。阿兴又问，夜饭吃啥？嗡鼻头讲，有功夫想吃啥，不想想两万块哪办。说完甩手先走。他并不晓得此话一出，阿兴就去找野猫要钱，也不晓得阿兴要不到钱，隔出一夜，又回厂里上班了。他只晓得，这两天“三人行”里毫无动静。分开的时候，每个人的踪迹对别人来说，都是无从想象的地图。

一村兜完，又兜二三四村，偶有老人认出野猫，彼此打招呼。过后野猫解释，此人老早在哪个单位，嫁到啥地方，儿女几个，好像脑中有本黄页，万事皆知。一旦讲起旧事，野猫嘴巴放了闸，东拉西扯，最后仍落回那三个名字上。嗡鼻头跟着听，脑中平添新的负担，愈加难以抽身。

野猫讲，兰心跑掉，老赵倒好，跑到外头去野。元元晓得兰心跳河，心里难过，好几趟跑到桥洞里来哭，也要跳，被我拦牢。元元讲，我心里悔啊，兰心到梦里来杀我啊。我气煞，为啥这桩事体要叫两个女人来受苦。后来元元一觉醒不来，老赵照样不动不响，我真恨不得跑过去啪啪两记杀头巴掌。但是没办法，两个人没了，晚节总要保牢。亏得老天生眼，叫老赵隔出一年就作死。

野猫刹不住车。老赵此人，不是我讲，实在蹩脚。同样一封信，寄好几个人，啥人肯回，就同啥人白相，下作吗，要面孔吗。我真不懂，这种男人有啥好抢，要来做啥。所以我同元元讲，覅难过，这种人甩掉顶好，我帮你介绍新的，清清白白，老老实实，两个人一道做人家，度日脚，就可以了。可怜元元福气差，阿兴刚刚断奶，小沈早死。野猫讲，益民啊，还好你不像你老头子。话落，两个人走出四村，野猫就此打住。

嗡鼻头感觉背上黏湿，浑身燥热，而野猫不曾脱下一件衣服。她讲，益民啊，我去一趟桥对过，你先回。便转弯离开，留嗡鼻头独立于铁门边。风吹过来，毛孔张开相迎，嗡鼻头脑中又跳出几段工作笔记，恨不曾早点想起。若告诉野猫，她会大呼下作，还是哼一声，说早料到老赵是只坏胚子。老赵写信时，会把下流话一式几份抄上去吗。日头耀眼，嗡鼻头把野猫的话反刍了一圈，心里觉得滑稽。老赵，姆妈，阿兴妈，三个人相好相争，末来共赴黄泉。这些事若讲给阿兴，他会如何反应。瞎讲，姆妈不是这种人！嗡鼻头只想象出这样一种青筋暴起的否认。只怪人心隔肚皮，天天住一起的人都看不清，何况是偶尔相识的人。他又想起粟凤来的茨菇面孔。真笑话，老赵一世骗女人，小赵被女人骗。但为何在野猫那里，每个人都叫她看得清清爽爽。嗡鼻头突然有个过分的念头，他觉得野猫必定也在其中做了什么，受了什么，只是没说出来。否则怎么会把别人的事讲得这样逼真呢。总有什么原因叫她紧追其后，就像他情愿跟着美中找苏西一样。

嗡鼻头一路走，一路想，脑子里一歇是老赵同阿兴妈，一歇是大哥同沈晓红，野猫喉咙在耳边挥之不去。他乱了，这一下午的来去，比几百个报亭的沉默下午还吃力。

八

嗡鼻头翻过桥，只觉日头遁去，天渐暗沉，春里落过雨，却不曾滚过雷，他多少期待新的声势。路人大约也觉出这种变化，纷纷钻进后门，而嗡鼻头拐入桥底。美中啊，美中，他在洞口轻轻唤着，像狗主人寻一只走丢的狗。四下无人应答，只剩回声在墙柱上撞击，交错放大后，恍惚间分不清，从莺塔桥归来的这个下午属于前日还是今日。若是前日多好，他后悔没听阿兴，平白多跑一趟。可一想到从野猫口中挖出天大的秘密，又觉不吃亏。只是这趟，桥洞里多出了几个影子。嗡鼻头不愿走进，他愿做个礼貌的客人，只在门外空地上坐着，累得什么也想不动了，便闷闷睡去，似乎睡着也是在路上走着，从报亭出来，翻过桥，吃碗面，沿运河绿化带一路蜿蜒，从莺塔一村走到四村，面前仍是一条河，日头昏黄，鸟声疲倦。再钻出来，已回转到报亭。天色大变，不远处生出一架乌黑的梯子，直通云霄，梯子向上延伸，也向下出气，熏得他睁不开眼。

原来不是打雷。嗡鼻头惊叹，在铁门外围观火海的场面当真出现了。看不出是哪家有事，只晓得是最南面那栋。直到消防车乌拉乌拉进来，一群人纷纷尾随涌入，见一只皮管冲上去，水流哗哗响起，火势渐渐衰弱，黑色云梯越拉越稀薄，远离小区而去。

一支队伍上去，很快，把四楼的人带下来了。四楼讲，不是我，是楼上呀。五楼也下来了，五楼讲，不是我，楼上呀。顶楼的人总算下来了，众人望着他不敢出声，他却一头扎进人群，同邻居一样事不关己地抬头望着。直到被周围目光灼刺而觉出异样，他大喊，不是我呀，是鸽子棚。

天台有人养鸽子？谁家？平常不见鸽子飞过呀。

一楼呀，他讲。

人们反应不及。

老王，就是肠癌死掉的老王。顶楼讲，旧年人走了，房子卖掉，鸽棚一直没拆。

消防车的皮管子渐渐收小，焦臭在浓密的水汽中消散。人们热烈讨论着过世的老王，感叹真快，一年已去。又盘算起小区里到底有几户人养鸽子。一说三户，一说四户，嗡鼻头一看，正是粗细喉咙相争。有人吵着要回屋检查自家的天台。也有人说，等一楼下班回来，关照他联系老王家里，违章建筑要尽快拆掉。消防员讲，拆啥，老早烧光啦。四五楼一听，便发急询问残余物的危险。

怕啥，烧不到下面。另一消防员年轻响亮的口音叫众人放松下来。

于是有人说开去，新闻里讲，昨日法国有只教堂烧掉一片顶，今朝小区里这只也烧掉啦。大家便从逝者聊到了电视。底下话不能停，天台碎片也随着一波波余水冲落下来。鸽棚里的塑料瓶，轻木材接连摔出，如同一颗颗燃烧殆尽的陨石，垂直砸入草坪。再仰头望，顶楼只剩几条弯折的钢筋，真当像个尖尖的镂空塔顶。

嗡鼻头发觉这场面竟如同三伏天雷雨后，整栋楼冲好冷水浴，相邻走出家门，在湿润的空气中七嘴八舌，很快的，眼前出现一道隐约的彩虹，小孩开始欢呼。嗡鼻头一下想到了美中。

有人朝天大叫，真有鸽子啊!

嗡鼻头看得很清楚，在一团坠落物中，有只火红的小鸟拖着一团火星猛冲而下，砸中一片冬青。那两条眉毛又黑又粗，神情愤怒。火星很快被小水管浇灭了。它像个溃败的军人，半边脸埋进树枝，动弹不得，面上仍带不服。嗡鼻头一眼认出来了。

一旦确认不是真鸽子，众人便失了兴趣，直到消防车开走，戏剧散场。嗡鼻头独自回屋一趟，又转去报亭，想来想去，还是决定往南边走。若在楼梯上被人碰见，他预备说自己是来怀念老王的。然而为驱除焦臭，各家门户紧闭。嗡鼻头一口气跑到顶，顺着梯子翻出小窗，天台空气清新，景色正好，傍晚的日头比野油菜更耀，照在身上却暖而不刺激。放眼望去，花草，衣架，热水器，错落有致。他发觉这属于小区的另一面，未曾见过的，地广人稀的一面。拥有此处的，兴许是小区里极少数不喜闹猛的人。风吹过来，身体忍不住前倾，他突然相信坠楼是一件十分容易的事，不但不紧张，反而带着某种平静沉稳的力量。人在完全不接触天地的时候，大约会有一种飞起来的错觉。姆妈落水前一定也是这样。闭上眼睛直到一只软软的手拍他的肩，嗡鼻头转身，是红色的阿狸。阿狸讲，嗡鼻，有啥想不开?

嗡鼻头讲，我不是要跳楼。

美中放下阿狸讲，我也不是要放火。

嗡鼻头讲，啥意思，根据地不要了，还开发新大陆。

美中讲，桥洞是姆妈的，不算我的。

嗡鼻头讲，此地是老王的，也不算你的。

老王讲过，等我走掉，这块地方就归你。美中讲，我想开一爿天台饭店，请苏西过来吃一顿烛光晚餐。风太大，不当心打火机点过头了。

嗡鼻头骂，命没了，还苏西苏西，苏西是阎罗王啊，天天来催命。

美中闷声不响。

嗡鼻头继续，麻雀丢掉有啥意思，有本事自己跳，跳落去，叫大家晓得你美中为女人寻死，叫野猫扑你身上哭。

美中讲，小鸟是不当心落下去的，我对不起。

嗡鼻头讲，美中平常也算有脑子的人，为啥道理，偏偏这桩事体过不去。

相信吗，假使苏西一句狠话当面摆出，我肯定当面了断。

嗡鼻头一下懂了美中的意思。他却讲，相信吗，新闻里放，昨日法国有只教堂着火了，法国人生活也不做，就哭，譬如屋里死了亲眷。

美中讲，也是打火机？

讲得清有鬼。反正烧了就是烧了，回不来了。

美中哼起来，我的青春小鸟一去不回来。

嗡鼻头讲，麻雀跌进冬青，过去拿就好了，但是苏西不会回来了。苏西不但不回来，还会再去寻新朋友。苏西已经同阿兴聊天了。

美中蹲下来，像只掉队的鸽子，迟迟不愿起飞。嗡鼻头发现太阳落得极快，几句话工夫，美中身前的天色已拉下帘幕。他也蹲下，有本书美中看过吗，讲的就是法国这只教堂，书里有个人，生来极难看，叫卡西啥，想不起了。

美中问，卡西欧?

嗡鼻头讲，譬如叫卡西欧好了。卡西欧生来难看相，没人讨好，每天敲敲钟，后来欢喜一个女人，情愿为这女人去死。今朝差一点点，美中也变卡西欧了。

美中不响。

嗡鼻头讲，我老头子一直骂，益民不好读书，单单这本书，我中学里读到啥地步，读一章，躲进被洞里哭一遭，觉出自家同卡西欧是一种人，姆妈讲过，这生这世没办法了，我心里有数。

美中不知如何安慰。

难得碰着一个女人不厌弃，我就想，譬如买彩票中大奖，机会不好错过，所以人家要啥，我答应啥。人家要多少，我出多少，人家还要——

美中抬起头来。

我眉头一皱，人家就逃脱了。两个人胶水一样，讲断就断?我想不通。无知无觉两年过掉，爷娘撒手，我真变卡西欧了，每日开门关门，守牢一只报亭，慢慢想通了。

实际上，美中也应该想通，活到这步，还会中啥彩票。讲句难听点，不问，心里也有数。

嗡鼻头像倒一盘生锈的螺丝钉，顾不得听者是谁，也绝不转头去看，他只想快点讲，知道自己细微的声音所制成的每一个字，刚脱口就被风刮走了。风头越大，言语在空中分崩离析，心里留下的就越少。讲完，嗡鼻头只觉眼鼻发酸，风一吹，腿脚一阵发抖，再转头，美中正抱着阿狸抹眼泪。美中一声哭腔，怪不得——

嗡鼻头讲，不是苏西，美中放心。

两个人冷静下来抽烟。美中摸出皮夹子，嗡鼻头讲，算了，还是拿我的。

一支烧尽。美中问道，前头讲起的卡西欧，后来死了？

嗡鼻头点头，是为救女人还是啥，记不清了。反正到死，人家还当卡西欧是坏人。

美中讲，为啥道理，书里这样，电视剧也这样，卖相不好就要作坏人。

两人不再说话，坐看太阳从天上跌入楼顶，又跌入楼下。美中讲，一只咸心蛋黄，像吗。嗡鼻头笑。美中又讲，六楼阳台同天台只差一层，为啥看出来完全不一样？

嗡鼻头讲，桥洞同桥面也只差一层，一样吗？

美中顿了顿讲，老早老王带我上来喂鸽子，老王讲，到底山头风景好啊，同山脚不好比。我讲，你是房地产老板啊，独栋承包。老王笑，假使有钞票，我肯定不买一楼。现在顶楼底楼两空，我真对不起老王。

嗡鼻头问，美中同老王哪会认得？

老王生了毛病，经常坐到桥边。两只脚晃来晃去，我怕老王想不开，手一撑，往河里跳。我就讲，老王，女儿寻急了，好回转了。老王讲，不要紧，女儿只当我还在医院里。我看老王可怜，就带进桥洞坐坐。到夜，老王就带我到天台坐坐。旧年春里，我同老王不知讲过多少闲话。老王讲，人活世上，本来就是等死，等长等短，没啥区别，我又不生本事，一条命没了就没了，单是两样放不落，一是宝贝女儿，一是顶楼鸽子。女儿十岁起，我养鸽子，多不养，一年加一只，当中死几只，飞几只，我再补几只，到旧年一共十五只。每趟过生日，我带女儿放鸽子。女儿讲，鸽子晓得回来看爸爸，我也晓得回来。养女儿真好呀。一想着下趟我走了，女儿没人宠，鸽子没人喂，我心里比死还难过。

老王女儿不是在外地读书？嗡鼻头问。

美中点头，两个人感情好来不得了。你碰着过，一到双休日，爷同女儿手拉手在桥上走来走去，老王笑嘻嘻同人家打招呼，老王女儿也一个个喊过去，大伯伯，大妈妈，嘴巴甜来，乖来。后来开过刀，老王讲，我狠了心，每趟女儿回来，我就烧一对鸽子吃。吃一趟，少一趟，十五只全部吃光，我没遗憾了。

吃光吗？

到第八只就没气力烧了。覅讲烧鸽子，路也走不动了。人住医院里，鸽子托给我放。有一日，老王发微信来，叫我拿每只鸽子左脚多套一只圈。我问，啥意思。老王讲，两只脚不平衡，就回不来了。我心里难过，鸽子也算老王的性命，鸽子回不来，是老王晓得自家回不来了。我走上去，钥匙一开，没一只鸽子肯走。脚环绑好，还不肯走。我讲，大家也想老王了是吗。鸽子咕咕咕叫。我一只只硬踢，总算飞出去。我喊，飞过医院看看老王噢。隔一日，我就见老王女儿捧老王相片走回来。我心里喊，老王，欢迎回来啊，一路顺风啊，眼泪水滚落来。

美中讲，小区里人同鸽子一样，一只只飞出去，不回来。

嗡鼻头叹气，飞出去了，就不苦了。

美中讲，小区里我没啥朋友，飞一只，少一只。

嗡鼻头心中一跳，讲，美中不比我同阿兴，美中还有姆妈天天送饭，到处寻你。

美中讲，朋友待我好，同姆妈不一样。姆妈待我好，是上头兄姊没了，没办法。姆妈做人两面派，我看不惯。到处打小报告，我看不惯。

嗡鼻头顿了顿，还是决定不提起那三个作古的名字。一日下来，他得了太沉重的负担，不愿再盘查旧账了。只说，天暗了，美中想回屋还是回桥洞。

美中讲，桥洞。

于是两人坐到路灯亮起，美中带路从另一单元楼天台而下，又绕回去，只见鸟头卡进树枝，半截尾巴焦枯。美中认真鞠了个躬，取下来讲，这趟好了，你同美中一样，也是残疾人了。嗡鼻头讲，哪能一样，美中是先天，小鸟是工伤。美中笑，工伤好，单位补贴多。两人各回各处，无人看到。

嗡鼻头到家，想起来给野猫发条微信：美中在桥洞，人蛮好，放宽心。

很快手机动了。不是野猫，却是久违的“三人行”。

Susie：礼拜六下半天有空？植物园花展开了，去看？

兴兴向荣：好啊。

Susie：我带三个小姐妹，你也叫点朋友，大家白相相。追加一个笑脸。

兴兴向荣：没问题。

Susie 追加两个笑脸。

对话截图之外，阿兴另发一条：去？

嗡鼻头想讲，听美中的。再一看，美中早已抢在自己前面回复，去。

兴兴向荣追加三个大拇指。

九

两个人到报亭门口集合，彼此吓了一跳。只见美中鸭舌帽底下一副墨镜，短袖长裤，像个打手。阿兴却着全套西装西裤，头势清爽，像新郎官。美中笑，阿兴到底是去讨债还是相亲。阿兴讲，老棉花翻新，腔势没美中足。美中讲，嗡鼻多心，怕我半路亮红灯，提前关照墨镜戴好。阿兴讲，办法倒蛮好。两人一来一往，叫铁门边的眼睛全看去了。有人关切，长远不见美中了。有人笑，报亭老板轧新朋友啦。嗡鼻头听下来心里不大舒意。

阿兴摸出手机宣读准备工作，饮食，纸巾，香烟，凡是景区里卖得贵的，阿兴讲，报亭老板献爱心，大方承包。嗡鼻头摆出一式三份，讲，适可而止，真当是去同小姐妹白相啊。美中讲，真要白相，苏西哪看得上这几样糙物什？嗡鼻头讲，丑话当先，这趟摆平，从此再不许提苏西苏东。三人啰啰嗦嗦，乘上一部同厂里反方向的177，嗡鼻头认不得驾驶员新面孔，安心落座。

植物园外队伍排得老长，下了车，满眼皆是老人小孩，哪里望得见售票窗口。美中讲，我一见小囡就头胀。阿兴讲，哈哈，我一见小囡就开心。伸手逗弄前排怀中的小脸。一个矮胖保安走过来，一把将阿兴拎出队伍。阿兴讲，做啥？矮胖指指阿兴的脚，我是为你好，绿色通道，见吗。阿兴笑，谢谢同志。美中和嗡鼻头也跟出来。矮胖拦下，你两个回去排好。

美中讲，啥意思。

矮胖讲，啥意思，戴副墨镜就当自家是瞎子阿炳了啊。

嗡鼻头抓紧摸出残疾证，又示意美中。美中讲，没人同我讲过要带呀。嗡鼻头讲，不是应该天天放身上吗。美中讲，月头领补贴，一向是姆妈保管，我用不着。

矮胖讲，对不住，请排队。

美中摸出一张公交爱心卡。

矮胖冷着面孔讲，我倒看不出你啥地方坏掉。阿兴在一旁指了指脑子。矮胖笑，戆头？

美中骂阿兴，关你卵事。闷头回转，又被人白眼插队，只好重新走向队尾，嘴上一句接一句骂。矮胖笑，看样子是有点脑子搭筋。两个人就这样一头一尾开火开炮。

嗡鼻头讲，我同阿兴先进去，门口假山碰头。又后悔放美中单独在外，便守住铁门张望。另一头，阿兴听得不远处萨克斯风忽高忽低，问道，植物园还养象鼻头不成？自顾走到树下围观。嗡鼻头苦等来美中一张黑脸，立定同矮胖保安对骂，只好一面喊阿兴，一边拉美中过去汇合。三个人在走调的《上海滩》乐声中约定，美中不许再吵，阿兴不许私自跑开，各人记牢任务，速战速决。短短这歇，嗡鼻头一身大汗早已出好。

可天气实在热，人实在多，阿兴一双浮标眼睛游来游去，哪里定得住。他松口讲，来也来了，总要享受一趟，美中还付了全票。美中点头，嘴上便跟着远近乐声动起来，一歇是港台金曲，一歇是革命红歌。嗡鼻头实在力不从心，他发觉八方响动涌入耳膜，自己的声音完全被淹没了，只好用手指指阿兴的口袋。阿兴讲，还没回音，女人总欢喜迟到。美中点头，苏西确实有这习惯，没办法，要迁就。嗡鼻头便说要在门口等。阿兴讲，苏西关照，先到就先进去。美中讲，等啥，荡一圈再讲。人流携着潮水般的喧嚣不断朝前挤，于是三人汇入大河，越淌越深。

嗡鼻头想起红马甲所说的那个叫综合体的东西，大概就是植物园这样了，什么都有，什么都卖，各岁数有各自去处，各样玩法。女人大多忙于拍照，姿势和在苏西相册里见过的类似，遇水划水，见花嗅花，小径当中摆台步，桥头上拿丝巾甩出风的形状。美中走马观人，嘴上不停，这个五分，这个八分。阿兴讲，真下作。美中讲，要懂得发现美，欣赏美。嗡鼻头开口，看人山人海，还不如天上鹞子*好看一点。三人抬头。天比地广，鹞子各飞各路，彼此闪躲，至高的已化作一点。阿兴讲，飞太高有啥意思，没人认得出了。

低下来，眼前人头细密。阿兴问，你看植物园里男人多女人多？美中讲，差不多。阿兴又问，大人多小人多？美中讲，差不多。阿兴讲，照我观察，此地男人分两种，一种为女人服务，拎包，拍照，回钞。一种为老人小人服务，还是拎包，拍照，回钞。做男人苦啊。

美中讲，你意思，我三个荡空六只手，不算男人？阿兴讲，哪能不算，我同翁益民为你服务，帮你寻人呀。美中讲，不对，是我同嗡鼻为你服务，帮你讨债。嗡鼻头讲，反正我顶倒霉，为你两个服务。美中讲，我三个是男人为男人服务，讲义气，生骨头，有首歌唱过吗，朋友一生一起走。阿兴讲，有道理，我三个也留念一张。手机一举，三人变了三副面孔。

---

* 鹞子：方言，风筝。

走了许久，眼前一下开阔，只见金黄色光圈朝外延伸，大片向日葵挺立，阿兴笑了，美中，真浴霸来了。美中感叹，不得了，譬如走进年历画里。

嗡鼻头说道，我有一栋房子，面朝大海，春暖花开。

阿兴讲，听起来是美中的房子，阳台对面一条河浜，一片野花。

嗡鼻头问，你看此地花开，同阳台对面油菜花，有啥区别？

美中讲，此地要钞票，阳台免费。

又问，苏西同其他女人有啥区别？阿兴插嘴，其他女人我不晓得，反正苏西起步价两万。美中不响。

阿兴大喊，差点忘记，苏西讲今朝穿一身紫罗兰，手拎竹篮，外系一根黄丝带，当作标记。

嗡鼻头问，美中见苏西头一句讲啥，想好了吗？

你好……

硬气点。

我不骂女人。

照我看，寻好机会，两个人悄悄谈。嗡鼻头讲，不可当小区里吵相骂，难难看看，面皮扯破。

万一讲不通，哪弄法子？阿兴问。

美中讲，索性讲阿兴生毛病，急用钞票。

嗡鼻头笑，骗完阿兴骗苏西，美中永远一只绝招。

三人闲话间，苏西发来自拍，四女一男，个个面目清爽，衣裳挺括，约定先到北门花语长廊碰头，再去跳舞划船。美中后缩一步，嗡鼻头立刻觉出他的紧张，再看阿兴，正拿袖管擦汗，他撇出一只坏脚讲，哪弄法子，我还没同苏西讲过，我这副样子。嗡鼻头此时才明白，今番残疾人对战正常人，未出场先矮掉半截。他咬牙讲，怕啥，譬如阿兴是刘德华。

从向日葵田到花语长廊必经一座吊桥。绳索上挂满蝴蝶兰，两面游客驻足，风一吹，眼底河水晃动，绳索晃动，人群也随之晃动。三人像被滚水冲散的茶叶，各自浮沉。好不容易挤到出口，地面被日头照得反光刺目，乍一眼，哪里分得清是人是花。阿兴喊，美中，靠你了。美中喊，我看不清啊。四下喧嚣，言语遁入温热的空中。嗡鼻头倒吸一口气，朝人群沸腾之处挤去。

游客将长廊密封起来，只留乐声从藤架缝隙钻出，嗡鼻头踩着节奏一路过去，很快寻出石柱边的竹篮，黄丝带朝外，贴牢一只驻足围观的老年灯笼裤管。挤进去，紫罗兰女人正同一个灰上衣男人对唱《月亮代表我的心》，身后一个鼓，两个萨克斯风，旁边排齐三个女伴。紫罗兰脸盘娇小，一把马尾扎得老高，颇显后生，手指尖随着旋律来回翻转，嗓音也确乎透着几分邓丽君的嗲味道，嗡鼻头看得出神。他发觉苏西本人比照片漂亮多了，五官平短，凑在一起却活灵活现，眉眼间带出一股轻松活络的神气，虽不比粟凤来温柔大方，同样令人心头发喜，便一下明白了美中对苏西的百依百顺和那股情愿同姆妈分家的劲头。再看旁边三姐妹，打扮考究，像在照片里见过，又像没见过，非要评价，只能说一个良好，两个及格，全不如苏西出挑。嗡鼻头发现了，面孔再分好坏，一旦入了手机，便毫无差别，也就愈发相信眼见为实的意思。他环视周围，拍手的拍手，呆望的呆望，却不见两个队友，心上发急。

一曲唱罢，四下掌声滚动，苏西熟练道谢，辫子一甩，去看女伴刚拍的视频。嗡鼻头上前打招呼。苏西问，阿兴朋友？嗡鼻头点头。苏西问，哪样称呼？嗡鼻头讲，我姓赵，叫我益民好了。

一团绵密的鼻音让苏西无从降落，她问，劳先生？

嗡鼻头小声重复了一遍。苏西讲，原来是赵先生，失敬。介绍一下，琳达，安娜，阿珍，还有高生。我想阿兴讲带两个帅哥，我就再喊一个帅哥，正好四对四，公平合理。嗡鼻头见这高生确实生得人高脚长，一身穿扮尽显年轻人的时髦气，今日就算来了三个，哪里及得上这一个，便不愿再看，只讲，苏西唱歌真真动听，扮邓丽君也像。

苏西讲，路过瞎唱，寻寻开心。阿兴呢？

阿兴耸着一高一低两只肩胛过来了。嗡鼻头心里一跳，原来从正面看，阿兴走路这样吃力，膝盖突出，迈一步，小腿绕膝盖转半圈，转得越急，脖颈越朝前伸，哪里有半点刘德华样子。他停下时，憋出一张非哭非笑面孔，白衬衫领子早已印湿。三姐妹笑，阿兴穿来相当正式。苏西也跟着笑。阿兴自顾讲，大家也穿来相当正式。嗡鼻头便晓得阿兴是丝毫不通女人交道的。六人尴尬立着，高生出来打圆场，来来，一道跳舞。招手乐队起一首欢快的曲子，径自朝苏西走去。两个人一动，又是全场焦点。嗡鼻头和阿兴不敢动，呆立着打打拍子，三姐妹立在另一面说笑，互不往来。跳或不跳都是洋相，嗡鼻头看出来，见过面打过招呼，约会就算到头了。他丢下一句，我去接美中，匆匆逃离长廊。

嗡鼻头心蹿得厉害，满地里寻一只土黄色鸭舌帽，先目击的却是保安皮帽。保安捉住一个戴电瓶车头盔的人，那头盔却捉住一把花，色泽杂乱。嗡鼻头便知事情已坏。

保安讲，叫啥，几岁，身份证呢，罚款五十。

那头盔讲，卡西欧。

嗡鼻头冲上去，指指自己的脑子，尴尬笑笑。保安讲，神经病带出来做啥，早点回去！收进罚款，便放手走开。嗡鼻头发觉这辈子解决问题的方法还是只有一种，老老实实承认矮人一截。这样一来，对方嘴上难听，却不会真计较，这和小区里汽车必让行人三分是一个道理。既然三个人拿不出一张好牌，今朝这局不必做了，他预备给野猫打电话，让她尽快接人。

嗡鼻头叫，美中？那头盔不应。

嗡鼻头叫，卡西欧？那头盔开口，苏西来啦？

嗡鼻头讲，苏西有新朋友了，样子潇洒。

卡西欧发出一阵密集的哐当，两只手扯住上衣要脱，领口却被头盔卡住，身体愈发暴躁，短袖，花束，头盔，像被卷进电风扇页，扭作一团，叫路人吓退。嗡鼻头失了法子，只好帮卡西欧拉好上衣，走向长廊。

一曲又终，主角正要备离开，三姐妹追随，阿兴落在最后，扮演危险的跟踪狂。嗡鼻头手一指，卡西欧高举花束冲进散开的人群，一条鱼穿入湖心，笔直迎到苏西面前。阿兴叫，总算来了！

高生讲，哦哟，阿兴带来的朋友一个比一个有派头。三姐妹发笑。嗡鼻头感到厌恶，总有这样一群当不了焦点的女人，永远只负责笑，好像什么事都能叫她们笑得死去活来，好像大声笑就能追回半寸目光，而没筋骨的笑声里，始终流露出对另一群当不了焦点的男人的轻视。既然三人都被笑过，嗡鼻头索性放开胆子讲，苏西，这位朋友，面熟吗。三姐妹换成诧异面孔，苏西一愣。

嗡鼻头拍拍头盔，想讲啥，讲呀。

卡西欧同苏西面对面站着，一束花背到身后。嗡鼻头发觉，这是面前两人长久以来第一次的明暗交换。他咬牙盯牢他，他只盯牢苏西，头盔伴着喘息轻微摇晃。隔一歇，那声音闷闷地撞击头盔，好像从什么远地方来，带着出一身大汗之后的热情冷却，涌入空气时，又因疲惫而变得异常柔软，在顶棚下平静散开。他讲，嘴巴渴吗，我买冰红茶给你吃，好吗？

苏西僵住。

卡西欧又讲，你看美国漂亮吗，花多来，人多来。我到了早，飞机上同保安吵了一架。但是你关照我，不好乱发脾气，所以我不同人家争，快快进来了。一路荡过来，前头太阳花真叫漂亮，我帮你拍照去，好吗。头盔里的声音顺流下来，像是邀功，又像发嗲。

高生将苏西拉到身后，张开手臂，宽得像一对翅膀，将女士们包裹起来。他讲，走，划船去。嗡鼻头看出来，卡西欧一开口，约会彻底结束，四对四变成一对三，高生才是主角。他挺身拦住，朋友，同你不搭界，我三个今朝寻苏西有事相商。阿兴也跟上来。

卡西欧绕过嗡鼻头和阿兴，又绕过高生，凑近苏西讲，这三个人是来讨债的，快点跑。众人反应不及。他喊，苏西，走呀！苏西却被另一只手捉住，左右难逃。高生和阿兴陷入了骂战，嗡鼻头却不再开口，他发觉自己错了，美中见了面，就只能一如既往地掏出心来，他想起小区人讲过，就算在春里，美中也从不伤人。

乐队把新伴奏带旋到最响，压住声势。萨克斯风爷叔兴奋介绍，下面有请蒙面嘉宾献唱一曲，大家欢迎！一只话筒转到头盔底下。气氛缓和，卡西欧大方拍起手来，路人拍起手来。他很快跟上了伴奏。

有一个 美丽的小女孩 她的名字 叫作小薇
她有双 美丽的眼睛 她悄悄 偷走我的心

话筒伸进头盔，叫混响更大更清亮了。卡西欧晃他的头盔，一边唱，一边挥舞手里的花，花瓣掉落下来。他的护目挡板反着光，在太阳底下变成一颗舞厅彩灯，淹没了表情，却让路人扬起新鲜的笑意。他像明星来回游走，对每只手机镜头打招呼，然后绕着紫罗兰女人转圈，叫她无法脱身，无法抵抗彩灯旋转的晕眩。转着转着，他自己也晕了，嘴里只剩几句反反复复，伴奏带停止，乐队却极力配合着，反复演奏。

我要带你飞到天上去 看那星星多美丽 摘下一颗亲手送给你

嗡鼻头听过粗细喉咙吵来吵去的那几句，听过老赵反复批评自己的那几句，听过美中无数遍美中嘴里的“譬如”和阿兴的“哪弄法子，”听到此处，竟落下眼泪来。他觉得美中唱得太好了，好到如果现在天黑了，星星出来了，他笃信美中会搬来一架梯子，一边爬，一边回头喊，苏西，要哪一颗，你挑。他一时分不出这个美中是好是坏，只是明白，一个美中相中了谁，另一个也跟着掏心挖肺。美中同生了病的姆妈一样，感情是加倍的。

卡西欧终于累了，脚步凌乱，头盔扶不稳，一屁股跌到地上，跌落了词，嘴里继续哼着旋律。音乐不停，他就一直唱下去。

无心听歌的人却吵起来了，苏西讲，要讨去问美中老娘讨。

阿兴一时搞不清谁骗了谁。

苏西讲，美中老娘寻到我，连着两天坐我楼底下，不声不响，我一出来，就跟我屁股后头，骂得难听。我讲，我肯定还。美中老娘讲，钞票要还，关系也要断。我笑出声，早晓得是神经病，我看不上。

阿兴大骂，有良心吗？

苏西讲，谈朋友讲的是开心。莫五十的人了，这点不懂？

卡西欧却走近讲，苏西，债还清了，我两个从新开始好吗？几个字在话筒里响得发颤，他递上花，路人不由分说鼓起掌来。苏西示意高生要走，卡西欧追出去，拉链一般迅速。几个人飞奔在草地上，裙子是花，头盔是笨拙的相机，难以捕捉混乱的光影。跑到尽头，苏西跳进游船，嗡鼻头未及反应，身边却蹿出一头黑影扎进水里。游船尖叫，调头折回岸边。头盔却领着那黑影一路沉下去，从天上滑到地上，尽头并无一个叫苏西的漂亮女人接住。白浪翻起，嗡鼻头在岸边喘着粗气，只听得橙马甲入水救人，三姐妹嘴巴不停，阿兴纠缠，高生大骂，种种杂音融合又相互抵充，渐渐模糊，他恍惚看到姆妈落水，桥下安静，姆妈不哭不闹，像块石头掉落，扑通。好弟，全是命。这话拽了他一把，再低头，裤管已没入水中。护目挡板开了，橙马甲将黑影拉出来，那只坚硬的头盔还浮在水中，起起伏伏闪着光。嗡鼻头身上好像有另一个人，义无反顾走过去，他戴上它，去见所有他想见的人。

美中回到地面，只剩两张熟面孔守着。头盔印子还在脸上，连喷几鼻孔湖水，他大哭起来。这一次，嗡鼻头没能听清那哭声里含着什么话，一个字也听不出。也许这次美中没说话，他只是哭，和他口袋里摸出来的手机一样，平躺在太阳底下，把吃进去的浑水一点一点逼出来，直到干透。

日头冷却，游人渐渐散场，每一寸绿地都散发出热气沉淀后的安宁。这样的时刻，小区里没有过，街路上也不曾有。嗡鼻头只觉浑身通畅，大喊几下，那回声响得很，一直远到天上去。阿兴讲，鹞子飞到顶高，下不来了。嗡鼻头讲，一直飞也吃力的。阿兴抬头大喊，朋友！下来了，姆妈喊你吃饭了！鹞子不动，像墨点黏在白纸上。嗡鼻头笑，心野了，同我两个一样，没人管了。阿兴讲，还是美中好，烧饭讨债，姆妈样样承包。两人再看美中，呆坐不动，和傍晚的空气凝为一体。

嗡鼻头问，美中，回屋还是回桥洞。

美中讲，回屋里，带阿兴讨回来。

十

天气热起来，拆迁地像河水一样快速蒸发。每趟路过，嗡鼻头总觉得钻入眼角的楼又稀疏了几排。人走了，油烟散去，余下是完全空白的气味，空白的声音，越是空，越要变成无处不在的噪音，同浑热的空气黏在一道，填满两只耳朵，叫人什么都想不起，什么也无法憧憬。未来某天，嗡鼻头已做好准备，头一撇，视线将越过大片平地，一眼望见尽头那条沉默的河浜，同西区一样，鸟从岸边杂草飞过，随手留下来年金黄的可能。红马甲所言不虚，一到四村，谁也别想活过这个春天。除了加急脚步来去，嗡鼻头实在想不出更好的办法应对这种变故，他知道自己追不上一日比一日破败的莺塔桥，也拖不住身体一日不如一日的粟凤来。虫卵，新枝，疯长的柳絮和野油菜，熬不到夏天的事物太多太多，只有一样，他无论如何不愿就让她去。

那日见美中上岸无事，苏西从北门离开，嗡鼻头紧追。苏西皱眉，还也还了，吵也吵了，还想做啥?

嗡鼻头讲，不为美中，我想问苏西打听一个老朋友。

苏西听到粟凤来三个字，脸上一惊一沉。她讲，认是认得，长远不见了。

嗡鼻头讲，我两年多不见了。

赵先生哪会认得?

嗡鼻头讲，美中同苏西哪样认得，我就哪样认得。

苏西不悦，赵先生如果要像今朝美中寻我麻烦一样，寻凤来麻烦，我劝你还是积点德。

啥意思。

苏西讲，抢富不抢贫，凤来没用场了，放过伊。

嗡鼻头讲，我不是讨债。

于是苏西讲起粟凤来第一个老公假托生病，拆迁费骗去，另做人家。第二个老公债主上门，又讨一笔。兜转许久，才兜到粟凤来从公交岗位下来，超市里做了半年。苏西讲，作孽，凤来养不出小囡，养小囡地方倒养出了毛病，两刀开好，身体败空。

嗡鼻头并不问这些是何时的事，是否同自己有关，他甚至不问粟凤来何时有过第一个老公，第二个老公，只急着要电话地址，一心抓住重新见面的机会，不在照片里，不在言语里，也不是梦里，他要真正见到她——趁她还活着。那时他意识到，任何一个人走到美中的位置，都会掏出心来，这是毫无办法的事情。

他讲，麻烦苏西帮忙。

苏西讲，美中事体我没办法，赵先生这桩我倒情愿帮忙。问着了，头一趟我领你去。嗡鼻头谢过。

苏西讲，我不是为赵先生，我是看凤来面子。凤来同小姐妹断掉，道理我懂，譬如我生了大毛病，也绝对不要人家来望我。人前风风光光，漂漂亮亮，足够了，为啥要人家来讲好话，落眼泪，不当心碰着仇家，还叫人家看笑。

嗡鼻头接不住话。他只讲，我等苏西回音。回转去照顾美中。

嗡鼻头发觉，人活络时同卧病时，确实一个天一个地。再见到粟凤来，她早已换副面容了，黄脸黑印，皮包骨头，茨菇萎缩成一株扁豆，空翻着眼皮，挤不出半句话。苏西打头讲，凤来人好吗，寻了长长远远，总算叫我寻着了。覅多想，不为啥，就是来望你一眼。今朝带个老朋友过来，人家特为来看看你，开心点，晓得吗。放下水果，便走出去抽烟。

这是比莺塔新村更老的厂房宿舍。几年里，断水断电的消息真假虚实，吓走了一大批人，只剩几户外地客将就度日。来路上苏西解释，那个叫阿三的小姐妹在住院部碰到粟凤来时，她正缩在过道上，一条毯，一席被，医生护士来来去去，只当不见。跑去问，才知病床短缺，家里又无人来接。阿三看完亲眷，帮带出院，腾出此地老房子安置。电话打去，隔几日，粟凤来娘家兄弟勉强来人看望，并不带走。

苏西讲，不过百来天花头，大家小姐妹一场，奇巧这间房子到夏天要拆了，譬如人死在里面，也不怕触霉头。两人走近厂舍，寻了许久，拨开遮掩铁门的高草，合力一推，四五只野狗迎头哗叫。苏西讲，想得着吗，清清爽爽一个人，生了病，比野地里一只狗还不如。

嗡鼻头在床边站了许久。他讲，亲眷不来？粟凤来摇头。他讲，身上痛吗？粟凤来摇头。停了许久，他问，还认得我吗？粟凤来点着下巴，细眉毛痛苦地断作几节，叫嗡鼻头不愿再问。他走近，并不像老友探病那样握手，送钱，削水果，也不讲话，只拉过一只条凳坐下，有需要了，倒一点水，喝过了，再装一下尿。然后继续坐着，彼此无话。过一会，苏西进来，又宽慰几句，看了眼时间，示意要走。嗡鼻头只留一句，我明朝再来。

嗡鼻头就这样来了一个多月。他对粟凤来讲，我上半天生意做好，下半天正好空，过来便当。来了，从不问是否有别人到过，偶尔见桌上多了吃食，脚下多了垃圾，也只是闷头清理，照旧坐下。若中途来人探望，他点个头，悄悄出去。等客人走，再回转来。就连阿三到了，彼此也绝不多问。头一趟碰面，两人到门外抽烟，嗡鼻头欲开口，阿三讲，覅讲了，这世上不是亲眷，就只有两个字，要好。小姐妹是要好，老朋友也是要好。到今朝还有人肯同凤来要好，是凤来福气。阿三便辞退了一日两趟的护工，同嗡鼻头分班照顾。

嗡鼻头的半天，他和粟凤来都不曾提过旧事，两个人仿佛摔裂的凳脚，掉落异处，再捡回来，又默契地粘成一块。他到了，帮忙倒水，擦脸，翻身，把尿。她睡了，他就静静看着。越看越觉得，眼前的人和两年前并非一个，她安静，虚弱，任由摆布，更像姆妈，那么他就是老赵了，嗡鼻头决意栓起一根绳，担下这份相似的责任。状态好时，粟凤来开玩笑，跳舞去好吗。嗡鼻头就放几首歌来听。没气力时，粟凤来挤出一句，益民，我也差不多了。嗡鼻头并不安慰，只拉开窗帘，盼着能有点什么，鸟也好，尼龙袋也好，飞进框里，叫她看见。然后他扯开一句，见吗，夏天也差不多来啦。要好的人同要好的人说话，譬如车开在圆盘上，晓得近处有路，也情愿一圈一圈兜转。好像兜着兜着，时间就多出来了。

嗡鼻头的事，小区里并不知晓。他们只知某一天起，门口报亭开半天了。但这不足以引起什么轰动，真正牵人心的消息是东区也要拆了。人们急于打听什么时候搬，安置费怎么算法，新房买哪里好，至于此地将作何用，是否同西区一样从此荒废，无意过问，也没有能力过问——老城区处处拆迁，消息像粟凤来身体里的坏细胞肆意扩散，东区不过是段毫无用处的肠子。人们急于离开这段肠子，更无暇顾及最外面一层死皮。美中所说的网红生意，未在报亭实现。

阿兴是唯一关心小区死活的人，他将自己的死活系在上面，便成天往“三人行”里砸各路野消息，一歇说造医院，一歇说盖楼盘。阿兴讲，譬如我赖作一只独钉，拿套新房也吃不准。嗡鼻头讲，梦里想屁吃。美中笑，房子没拿，爆破机器倒先来了，阿兴逃不逃。阿兴讲，逃啥，老子抱牢姆妈相片等死。嗡鼻头才晓得那日阿兴骑着摩拜在身后讲的并非气话，只好同美中商量相劝。美中讲，索性叫阿兴住我桥洞里。白天出来造反，夜里进去困觉，打持久战。过了四月，美中早已不住桥洞，也不住家里了。

植物园那晚，美中给野猫打电话，讲要回来吃饭，多烧一点。野猫开心得不得了。门一开，多出两张嘴巴，各自尴尬。四个人一桌饭，野猫不提，阿兴扯不开话头，美中已板起一副面孔。野猫忙于夹菜，辛苦，多吃点。嗡鼻头不动。美中筷子一拍，做得出就不怕人家晓得，两万块又不是你的，吃进做啥，消化得掉？

野猫一愣，笑讲，我去讨来，本身就是要还给阿兴的，我要两万块做啥。今朝譬如你不讲，我也会还。她转头问，益民是吗，这句话我老早就同你讲过，对吗。嗡鼻头不接。

阿兴却激动起来，一声哭腔。众人只当光火，不想他说，美中妈同我妈烧出来一样味道。边吃边落泪。野猫讲，阿兴欢喜，下趟天天来我屋里吃。连忙夹菜。美中讲，虚头虚脑有啥意思，两万块拍出来，叫阿兴明朝不用上班，再来吃饭。野猫翻脸，丑事你做出来，自家不揩屁股，还来怪我？美中讲，我轧朋友，你趁机发洋财，要面孔？野猫骂，我为你好，白养你大。两人一来一往，各样老棉絮翻出台面。嗡鼻头生怕出事，先进灶间，菜刀藏进碗橱，再关窗门。这一餐，三个人吃过等于没吃，唯有阿兴一只嘴巴全用在饭菜上，尽兴而归。隔一日，阿兴在群里连发三个开心表情，原来野猫通过美中银行卡打钱过来，事情就此了结。

出了春天，美中把两个女人一笔抹去。他只当失忆，再没提过苏西，也不愿同野猫碰面，索性找份看仓库的生活，一个人搬进去住。每趟群里聊天，聊到双休做啥，美中总说上班，走不开。阿兴笑，美中拼命做啥，还想讨老婆？美中笑笑不响。嗡鼻头直到路过小区南面，才知美中是要帮老王重搭一只鸽笼。他走上去，叠角四方的轮廓初现。美中对着空气比画，此地一只顶，挡风，此地一开窗，通风。嗡鼻头问，敲敲弄弄，相邻不骂？美中讲，要搬了，没人管，只当我发戆。嗡鼻头讲，刚搭好就要拆，我看你是发戆。美中讲，放一天是一天。嗡鼻头想起粟凤来说，度一日算一日。细想来，人这一世，谁不是在随时倒塌的楼顶上搭鸽笼呢，搭得再好，总有拆掉的一天。于是大方说起，自己每天照顾一个重病女人。美中讲，有数，要我帮忙就喊一声。两人在天台闷头抽烟。抽一根，往楼下丢一个烟屁股。美中讲，香烟烧起来真快，眼睛一眨，就到梢了。嗡鼻头说，见凤来吃苦，我讲不出，心里是想凤来慢慢烧下去，还是快点到头。

桥洞渐渐空下，美中讲，阿兴随时住进来。阿兴讲，我还没做好准备。美中问，要啥准备，有床有沙发。阿兴讲，一个人过夜，吓牢牢。嗡鼻头讲，有啥两样，你平常住屋里也是一个人过夜。阿兴讲，锁门同露天，到底两样。美中讲，教你一个办法，拿老娘相片摆在洞口，保证比装锁还灵光，没人敢进去。阿兴讲，搞得我自家也不敢进去了。嗡鼻头讲，我拿我老娘相片也摆过来，两个人做伴，放心，不来寻你。三人大笑。

这日嗡鼻头从粟凤来处离开，六点，天光还亮，眼前的草木在晚风中喘息。他知道身后的房子里，她也在喘息，只是一声比一声微弱。这条路上，柳絮渐渐停了，金黄也已谢下，白天一日比一日长，很快，蝉来了，蝉能将她吵醒，也能将她隐没在巨大的喧沸之中。阿三讲，差不多了，鸟要北飞，人要回路了。他算不出自己还有几趟可以来去。

风渐起，云走得急，真的要滚雷了。春里迟到的，春末补上，一顿惊闹是不可少的。出了围墙，黑云像一床棉盖过来，嗡鼻头开始逃命，雨点渐强，打到头皮发痛时，他恰巧钻入桥洞，一屁股跌进沙发。世界一分为二。从缝隙望去，雨水横灌运河，形成某种丝绸花纹的样式。而美中的小天地安安静静，同上次过来时变化无几。仔细看，地上的玩偶变成一排不齐的牙齿，中间缺的，大约被美中带走了。愤怒的小鸟还在排头，满身是灰，一脸不悦。嗡鼻头拍照发到群里，质问美中，为啥不带残疾人走？美中发来一个尴尬笑脸。

嗡鼻头坐进缺口处，补齐队伍，听得头顶铜鼓响翻，汽车冲过水潭，唰——唰，同那天夜里情形一致。回想起自己头趟来，只觉各处新鲜神秘，二趟，三趟，今日虽是独自待着，却同在家一样大方安心。轮到他当主人了，他愿意开门接待任何一位客人，叫老王坐沙发，小黄坐藤椅，烧水冲茶，报纸摊开。姆妈也好，阿兴妈也好，他将她们劝下，彼此不再伤心落泪。他愿意讲，看啊，不出桥洞，万事还算可以。这道理，竟同植物园里那只头盔相似。照顾粟凤来以后，嗡鼻头很少想起姆妈，两个人成为一个，她们让他沉静下来，毫无波澜。可是现在，他听到她们一遍遍喊出他的名字，益民，好弟，好弟，益民，回声交错，在墙上撞来撞去。如同马路上寻人，一张口，无数个面孔回头，都是自己。他突然明白了，此地就是姆妈所说的那个死穴了。由鼻孔钻进来，他正站在自己的洞内，可以唱歌，可以沉默。一切回忆，情绪，幻想，都借着墙壁弹跳，它们游走，撞击，重叠，缠绕，打乱时刻，让每个影子生出一段绳索，牵住要好的人，叫他们凭空转圈，进不来，出不去。原来这死穴并不脏臭，只是偏僻难找，嗡鼻头找到了，他觉得自己在桥洞里，也在急速流淌的河里，水冲过来，淹没他，又疏通他身上的管道。

雨不肯小，持续的冲刷带来困倦，嗡鼻头回到沙发，无意间从坐垫里摸出一本薄薄的册子，美中的折角还在第一页。他顺着这页读下去，醒过来时，竟像过了几天几夜，半截身体横扑在赤裸的行军床上，胸前勒出许多道弹簧印子，脸上发烫。看手机，不过半个钟头，阿兴和美中又在群里喊了几十条语音。这本书确有奇效，十八岁后，他再不曾睡得这样沉过，没有自己，也没有任何一个梦。嗡鼻头起身，书掉落地上，翻开的某一页，一条不直的圆珠笔划痕印在上面：

我爱，便在创伤中灵魂也甚深沉的人，他可以因小损伤而毁灭，由是他喜走过那桥梁。

旁边是一行极小的字，他眯起眼看：

美中，本以为可以就此停下，却不知我无法走过这桥梁。愿你永远安逸。黄。

嗡鼻头没有拍给美中看，他只在群里喊了一句，桥洞确实适意，阿兴抓紧搬家噢。然后把书和小鸟一道带走了。他走出来，仿佛摘下一个巨大的头盔，浑身轻松。大雨过后，小区刷得新亮，满天满地是清爽的气味。日头又起，同时在落，眼前一片金黄。最南面楼顶有间全新的小屋，鸽群起飞，鸽群回转。他几乎能辨认出，这是小区断气前的回光返照。他对小鸟说，走，到新屋去。小鸟横着一副粗黑眉毛，却已褪去愤怒，神气活现。于是他走过这座桥，好像每走一步，桥就在身后坍塌一截，直走到桥下，他不敢回头，怕身后已是一片平地。惊雷隐没，夏天要来了，他知道无论有没有人将在这个季节离去，他都会走过这桥梁，像过去无数次一样，上去，下来，不受任何阻挡。

2019 年 6 月

潮间带

一

我常常觉得，这世上并没什么真正惊心动魄的事情。历史的一波三折，完全可以被拆解成更多的一波三折，最后渐趋于平。这是从几款不争气的理财产品中悟出的，将年化走势缩小了看，每日的跌跌涨涨算得了什么。我甚至敢说，人的生活也绝不像大多数传记或采访所呈现的那样，总有什么至关重要的转折点，什么不可逆的巨大影响。戏剧可以被提炼成两小时，活着不行，上天没空为谁勾描过于工整的曲线，你得一秒一秒地熬，迎头等着各种事情自然而然地出现，消失，再出现时，你得毫不尴尬地继续望着。

比如拗分这件事。长相不够凶狠的少年大多碰到过，场面并不紧张，更谈不上暴力，也就不足以践踏少年最珍视的尊严。无非是一个年纪或身高略胜你一筹的人走过来，不大声地说一句，哎。你一眼认出他是附近哪个小区的，甚至想得起他好赌的父亲在乱糟糟的阳台上抽烟的样子——他比他父亲嫩多了。你看他一眼，他身后的人紧跟着说几句，哎哎。于是你从口袋里掏出一张皱巴巴的五块或十块，他伸手接住。这过程如同一场熟悉的交易，干脆利落。你从对方手里买到了一样东西，比如他们收到钱后反馈给你的满意微笑，比如他拍拍你的肩膀，比如他问你一个问题，交女朋友了吗。再不济，至少买到了一段时间的庇护。一次如此，往后大多如此。他们从不翻我的书包，也就不会知道，我摸口袋时甚至会产生一种优越感，觉得自己在大发善心，家人喂养我，我分一点给街上的混子。但也许他们感到这种难堪了，所以愈发少地说笑，走过来就伸手，而我迎上去就给，默契十足。从来这样，没什么校园欺凌，也构不成心理阴影。

比如单亲家庭这件事。小学几年级，我记不得了，思想品德老师毫不忌讳地当堂提问，哪些同学的父母离婚了。教室四面都有人毫不忌讳举起了手，甚至有人很激动地站起来抢答，老师，我我我！其他人非常新鲜地看着，就像看一个被国旗下讲话表扬了的人，看一个率先解出难题的人，静候老师宣布：你答对了。我同桌也举了手，下课后她说，我奶奶想要孙子，我妈妈不想要，我爸爸做不了主，我就跟我妈过。我明明没问，她还是讲个不停，说她心里更喜欢她爸，他肯花钱给她买球鞋，买蛋糕，最重要的是，他对成绩的要求不严。我没打断她。她一边讲话一边喝酸奶的样子很好看，酸奶流过她的下巴，因为太浓厚而停住了，刚好覆盖一颗黑色的痣，像小山上落了雪。然后我说，我也和我妈过。她骂我，那你不举手，敢骗老师！她是个好学生，什么委员吧。我忙解释，不知道离没离，但他们真不住一起。她哦了一声，上课铃响了。我打算下课再告诉她，我爸在牢里，虽然我不懂原因，妙华不说，我从不问。但我第一次花了整整四十分钟去想象一个男人，打架、放火，还是偷窃，高大威猛，还是猥琐恶劣。铃一响，同桌冲了出去，我才想起饭点到了，再无可讲。有些事发生了，有些没有，一切都是这么自然。就像当我要填初中新生家长信息表而真的问起时，妙华说，空着，不用写。我也并未追问。

比如妙华的再婚。邻居们常说，妙华靠男人的钱养活自己，我靠妙华的钱长大。我想她们应当把话说得更敞亮些，男人养活了我。我记不清这些年来过多少男人，分别长什么样，反正各取所需，不必感恩戴德，这一点上，我和妙华总是有心照不宣的默契。小时候我在一个房间，他们在一个房间。后来我住校，他们在家，进进出出，偶尔打个照面。有时妙华身上会多出一样东西，手镯，项链，或是新烫的头发。有时家里会多一样东西，不实惠的水果篮，DVD，按摩椅，或是被修好的热水器。男人们以各种各样的方式在家中留下印记，或早或迟，又会被下一位的印记取代。在邻居眼里，这不过都是钱的印记，因此她们留意着同妙华行走说笑的每一个身影，讨论哪一位来得勤，哪一位出手大方。而我只当他们是水在墙上的印记，终究要蒸发的。除夕夜，谁也不会出现，家里永远只有两个人。

她负责烧，我负责吃，我放鞭炮，她负责看。

这些年来，我对妙华情感上的关心，就像过去她对我的成绩一样，从不指望突破。可是这个冬天，她超常发挥了。两周前，我说起按最新的排班表，除夕可能回不来，妙华说不要紧，小厉陪我，然后宣布了她的决定。我在电话那头由种种情绪所引发的失语，被妙华以平静的口气打了一记闷拳而消散。她说，超超，你饭碗有了，房子也摇到了，我不欠什么了。我匆忙挂下电话，怕自己再不识趣地说些看似理智的蠢话，当即命令自己积极畅想一番，可以的，从此她可以像别的女人那样，因为男人的出轨而哭泣或控诉，反复犹豫要不要冒着风险再生一个，她可以把喜糖一一送到邻居面前，不经意露出戒指，一洗多年的指指点点。尽管，小厉只比我大了十岁，也就是比妙华小了十一岁。

二

我只见过小厉一次，是在我的卧室。上个月吧，临时回家找东西，妙华正在灶间忙碌。开水呜呜响，夹在碗柜缝隙的手机播着电视剧，“皇上、皇上”地喊着。我脱了鞋进去，见到书桌前一个深深埋头的背影，肩不宽，背不厚，勉强撑起一件灰白色羽绒背心，如同见到另一个自己。我停住，等那个“自己”转身，发现他前额微秃，双腮略鼓，显示出更为老迈的正面时，我竟寻回了一丝喘息的余地。他站起来，你好，厉建彬。头一个字发音黏腻。我伸手，田于超。脑中便浮现起那个曾被邻居们火热讨论的男人，湖南人，年纪不大，在快递公司上班，坐办公室的那种，同妙华好了小半年，在她的情感中实属难得。我和小厉相对站着，似乎都想要从这个房间里退让出去，而妙华倚着门框笑道，已经认识啦。小厉点点头，加个微信？他将手机留下，把妙华的围裙系到自己身上，走了出去。妙华问，来拿什么？我说，考单位的编制，要复印毕业证书。妙华就从床底拉出两只纸箱，一边翻找，一边说，我洗菜，小厉烧菜，他喜欢烧的。我点头。

那片亮着的屏幕渐渐逼近，定睛看时，我脑中被激起一个久违的游戏 ID，双木三刀，以 0808 结尾，高中沉迷魔兽那会，我常常碰到这样一位高手，头像是穿 8 号球衣的科比，定格在二〇〇六，湖人对太阳，经典绝杀，王者的头颅当年还很茂盛——我愿意相信，我们早就认识了。妙华掸了掸身上的灰说，蒸了玉米，你先去吃，我再找找。灶间的辣椒气味冲得人无处可躲，我几乎是忍着眼泪对小厉说，加了，你通过一下，叫鱼潮。他转头笑。我愿意相信他也将认出我来。第一次注册虚拟账号后，我再没改过名，头像永远是那只戴透明浴帽的翻盖垃圾桶，盖翻到一半，撑破束口，像快窒息的人头，初二暑假在家拍的，用我人生的第一支手机，那时叫小灵通。小厉冲着锅问，你在工业园上班？不回家住吧。我点头。他笑道，吃过再走，正好尝尝我的手艺。排气扇呼啦啦地在我和小厉的头顶响起，空气浑浊，刺鼻的香料令我清醒又迷困，我感觉两个人时隔多年再次跨入同一战壕，赤手空拳，乌云密布。然后我说，我吃不了辣，先走啦，游戏闪退。

我不清楚妙华看上小厉什么，照邻居们的说法，妙华的眼力一向是不行的。所幸看上妙华的人眼力也不一定行，因此这些年来，妙华孜孜不倦将自己投身进去，有时一手好牌打成垫底，有时手气极差却能全身而退，浪里来去，并未落得满地狼藉。好了伤疤忘了疼的脾性，让她看起来过于轻松，身心皆不像近五十的人。可是这种微弱的年轻，到了小厉这里又毫无优势，小厉能看上妙华什么呢。我想不出。毕竟活到二十五岁，我还没正经谈过恋爱。最近的一次，确切说，距离恋爱最近的一次，是大学毕业前。

那天我走进食堂，被一个年轻女孩拉住，你愿意参加新生舞会吗，她望着我问。据说她是被一时兴起的室友捉弄，下一个进门的人只能连带被捉弄。我说我没有礼服，她说她会准备，于是我被拉进小树林练了两个星期的基本步，并等来了一套毫不合身的行头。当天她看起来挺后悔的，疏于理我，也不主动和别人打招呼，也许是我实在太拿不出手了，方方面面上。可我觉得她自己也挺一般，身材比较松散，长相比较模糊，某种程度上，这和我们的穿着十分一致，平庸且廉价。两个小时内，乐曲不断，她看着我的时候满是煎熬，望向别处的时候满是遗憾，我明白她不尽兴，可我无能为力。几周后，我去还洗好的衣服，她说，拖这么久，老哥，你不会想叫我还你一次毕业舞会吧。我说并不，没及时是因为面试。事实上，我没想参加任何毕业活动。她又问，那工作找到没。我说找好了，在老家。她说，那就祝你也能在老家找到女朋友吧。说完谢谢，我们再没联系过。直到去年，我在同学朋友圈的婚礼照片上见到她，去当伴娘，比以前好看很多，不知道是不是修过。

除此之外，我认识的女性只剩下妙华和邻居了。阿姨们向来亲昵，总是超超、超超地叫着，夸我懂事，也借机打听我家里的事。近两年，她们开始频频暗示我，超超，你也要抓紧了噢。这件事我仔细考虑过，发现要么是喜欢，要么是需求，否则生活中并不必要。小厉对妙华属于哪一种，还是如邻居所说，小白脸碰到老女人，一开口，能骗几钱是几钱的那种？在被骗钱和骗感情的大循环里，妙华这辈子的损失可以说是一半一半。

三

妙华上一次结婚，是二十一岁半，小姨婆告诉我，那始终被娘家认定是一个骗局。但妙华不承认，也就始终没能与娘家人和好。照姨婆的说法，镇上的年轻女孩碰到大篷车歌手，听不进劝，是常有的，但头脑发昏，直接跟着走了的，少有少见。等到大篷车散伙拆账，一场群架，几块红块砖将人拍废，妙华的靠山就进去了。消息传回来，姨婆叹道，我晓得，不听命的人，命是不会顺的。那时还没断奶，妙华去婆家，婆家不收，回娘家，娘家不认，她接下姨婆半夜送来的一叠钱和一只手镯，进了城，从此单过。往后的事，姨婆不知，我也记不清了。但她说忘不了我那些咿咿呀呀的回答，漏雨、晒月亮、被人赶出去之类，害她掉眼泪了。而我忘不了的是另一些零散而快乐的地点，酒店，超市，洗浴厅，养老院，百货商场，以及别人宽敞的家。妙华在哪上班，我就去哪里找她。放学后要去的地方，大概是我认识世界的起点，认识到世上有很多个妙华，很多个我，还有很多个我和妙华的生活中不曾有过的角色——他们不是在家里，就是在离家的路上，他们总要回去的，但妙华和我更喜欢外面，酒店的马桶干净，商场冷气充足，澡堂的热水器从不会突然跳闸，一切比家里好。我渐渐看懂妙华对这类工作的偏爱，她擅长清理打扫，也擅长把各种物品走私回来。自从固定于几间酒店，一次性生活用品就渐渐占据了家里的大小抽屉。我想妙华的朋友，大概也是从这些地方带回来的吧，他们来了又走，如同对待他们的酒店。

我就像一只蟑螂，一只蚊子，静静停在房间角落，什么都听见了。我听出那些情愿把钱花在妙华身上的人，过一阵就会花到别人身上去了，也听出妙华把钱借给那些声称手头紧的生意人，人就跑了。她再去跟别的生意人借，就等于又有人把钱花在了她身上。似乎她总会搞砸，又总有办法消化。好多次我开门，妙华在客厅里哭，我倒一杯水，她喝完，就开始骂人。无须谁来多嘴，骂一会，她就好了。不忘补上一句，姨婆问起，什么都别说。这样的下午并不少见。也有过偶尔几次，她坐在客厅里笑，超超，我们要搬家了！最后仍是伤心下午的情景再现。直到高中毕业，我勉强挤进二本线，妙华快乐极了，夸我给她省下一笔大钱。半年后她买下这套二手的两室一厅，对着房产证大哭大笑。她说，超超，等你毕业，我再给你攒一套，讨老婆用。最近想起邻居的话，我才反应过来，“也要抓紧”的意思，是妙华在和我共同赛跑。可她们不知道，妙华只有为我铺好了路，才肯全力为自己冲刺。

我曾在电话里问起，不怕又叫人骗去？妙华说，有啥好骗的？房子摇到号了，交完，我身上一分没有。我表示受之有愧。妙华笑，这有啥，你的事我解决，你负责解决你小孩的事。那你的事谁负责？我问她。她顿住了。许久再开口，话又绕回去了，有经济适用房就好了？赚钱换套大的，不要叫对方娘家人看不起。说得好像要结婚的人是我一样。

这次，妙华依然没有娘家，姨婆死后，她再没回过镇上；也没婆家，小厉说老家早没人了，不知真假。这倒给了她最大限度的自由。她说，什么照片啊，酒席啊，统统不要。她只想去上海，跨一个美满的新年。至于会选择外滩还是豫园，我没问，只告诉她，元旦我要值班。意思是不会来打扰二人世界。但妙华主动叫我请一天假，她说，喜糖要当天带到，叫姨婆开心一下。我答应了。姨婆的坟在镇外的竹林里，靠近余杭，据说那是她丈夫的老家。于是我买了一张去杭州的火车票，妙华也将开启她的蜜月之旅。候车时，我看到妙华发了一条朋友圈：2020，新生活！配的是家门口一树新芽。我想，春天来得早了点。

四

火车上挺挤的。今年春节早，很多人开始拎着大包小包返乡了。包里藏着棉被，藏着小孩，竟然还有藏着一棵半人高的树的。老头护着箍桶在狭小的过道里边走边喊，让开让开，碰坏我的发财树，你们赔得起吗！众人明明在言语上吃了亏，却叫这滑稽的场面逗笑。有好事者故意撩拨顶上漏出的叶片，好说好说，借我也发发财嘛！被老头打了手背。我拎着妙华吩咐的各色供品，松糕，酱鸭，自制腊肉，还有喜糖，踏进车厢的一瞬间，我也成了返乡的一员。陌生人十分自在地拍我肩膀，小兄弟，这腊肉几钱一斤？仿佛我若指个地点，他还来得及下车去买似的。

那棵树最终停到了我对面，结实的一声，箍桶落地，我的脚尖隔着鞋面触到一丝冰凉，立刻缩了回来，树冠刚好挡住我去看老头的脸。他旁边坐着一男一女，各玩各的手机。我旁边则是一位戴金项链的光头大叔，一落座，大呼挑错日子，乘了部民工专线，然后开始讲电话。四下吵得他像在演哑剧，手脚钳起，表情总是卡在一个“啊——？”字上。发车后，车厢渐渐安静，一些本地人不得不随之听到了事情的轮廓，光头刚出门，老娘就发热了，父亲要他带老娘去医院。他显得非常急躁，不说自己回不回，只反复质问明明早上还蛮好，怎么吃过中饭就发热了。兜来兜去，人们渐渐听出他常年和父母同住，而父亲腿脚不便。他说话时，金项链一直在太阳底下发光，头顶也有个神奇的光晕在晃，挂掉电话，嘴上仍旧骂骂咧咧。直到发财树旁的年轻女人用北方口音问起，真的要回去吗？我才明白她身边那位专心玩手机的年轻男性，不过是同我一样毫无关系的路人。我立刻想到了妙华和小厉。他们会被人猜出是一对吗，会尽量避免被人看出有什么关系吗。我想不出妙华会用怎样娇嗔的语气对小厉说，不要回去了嘛，然后被厌烦且粗暴地打断，火车都开出了，怎么回去啦！我突然想问妙华，出发了没，但没点开手机。她给了我房子，我不该过问什么了。

很快，光头又接到了一个年轻男人的电话。他的听筒开得比免提还响，车厢愈发安静，所有人都在等着听他的后续。光头说，去问你妈借。并反复强调自己在外地，不知道对方要用车。而对方不容辩驳，坚称让爷爷转告过了，明天一早必须拿到车钥匙。光头抿紧嘴唇，一时说不出话，这叫我意识到不去打扰妙华是明智的，甚至是慈悲的。此后半小时，光头反复打给大哥，还是没能协商好代送老娘去医院的事。又打给酒店，要求提早退房，却与客服争执起来。我在他愈发急促的语气中感受到结成块状的愤怒，整个车厢都感受到了，只他的小女友还没，反复说着要买皮衣什么的，丝毫得不到理会。光头的话破碎凌乱，不妨碍车厢里的耳朵知道得越来越细，他团购了周末酒店，违约退订，房费却不能补。车票改签，已错过了规定的时间。电话来来去去，像一次次定点密集轰炸，光头以机关枪式的凶狠口气回击，却显得节节溃败，颅顶冒汗，面部扭曲，而在电话的间隙，女人若无其事地划着网购软件，反复声明，皮革城是一定要逛的。我突然想起听到过光头父亲在电话里的一句埋怨，大冷天的，看潮有啥看头啦，发神经啊。我为他感到难过。

我转而去想象妙华和小厉吵架的样子，妙华会让着小厉吗，小厉会当众人面不给妙华台阶下吗。旅行总是很考验人和人之间的权力分配，我从不和同学同事一起出游，化解冲突的最好方式，就是不去制造冲突。小时候和妙华去过几次近郊，都是她提议的。遇到要做选择时，我说，随便你，她说，我都行，我们就点名点将来决定。可是光头没有机会决定了，他面前的每条路都和他背道而驰。发财树老头试图安慰，老弟，出来了就好好享受，人嘛，样样都要管，是管不过来的。光头顺着这话，扬起的无名火渐渐衰弱，化作一摊苦水，不是我要管，是样样事体倒逼进来，有啥办法？不出来是坐牢，出来是受罪，有啥讲头？广播响起，他从包里取出鸭舌帽，抹掉汗，盖上自己的光头。年轻女人继续划着手机。海宁到了，发财树，光头，和他的女伴，在站满人的过道上杀出一条小缝，依次从车身剥落。空气沉静了些，叶子留下一两片，喧嚷之间，空出的座位又有新的乘客进来填补。我暗暗希望光头能看到他想看的潮水。否则，我想不出他要用什么样的心情原路返回。

这时妙华发了一条，你到了吗，我要出发啦。我看了看窗外，景致与家附近无异。同为一小时左右的车程，妙华向北，我往南，我感觉自己正在进入一场与人分道扬镳的仪式，每朝前一寸，身后就断裂一寸。

五

小学暑假，妙华带我坐火车，转汽车，到镇上停下，她放我在姨婆家东面的菜地里，自己就先走了。姨婆家西面是外婆家，我从没进去过。听到过几次泼水和对骂，但不懂两家在吵些什么。后来我在电视剧还是地摊杂志上看到了什么过继，什么白养，什么倒贴，觉得熟悉，并没找谁细问。譬如一道白天解不出的数学题，忽然在梦里解出了，似乎也没有讨回作业本重写的必要。那时起，我悄悄观察姨婆和妙华，年纪越长，两个人就越像，瘦小的身材，眼睑下的黄斑，说话时故作轻松的语气，走路一定要拉着我，以及千方百计向对方隐瞒自己的事。

比如妙华的丈夫何时出狱，何时离婚，妙华不说。姨婆来套我话，我一问三不知。她就骂，一个屋底下，你妈的事你一点不上心！我很委屈，连第一集都没看过，你让我怎么讲第十集。姨婆笑了，就给我讲大篷车歌手的故事，唱“年轻的朋友来相会”，跳“路灯下的小姑娘”，讲了几句，她手一甩，算了，都过去了，还讲来做啥。于是我永远只看到第一集。

比如姨婆晚年的病，她瞒着妙华，妙华又因我住校，也瞒着我。腊月里，镇上来了一个电话，妙华去了一趟，几天后，她给我打了电话，姨婆从此在我生活中消失了。譬如床底下少了一样旧物，本不占地方，也就谈不上有多舍不得。隔出半年，我陪妙华回去，走进竹林，我恍然想起，也曾有过这样一个女人带着我，大包小包，兜兜转转，停在一块石碑前，菜肉摆好，倒酒，点香，烧纸。那时姨婆低着头说，看一眼噢，阿姐头当年送出去，现在小囡送回来了噢。她叫土里的人别哭，自己却哭哭啼啼。要让一些土、一些灰去代替一个人，在年幼的我看来毫无道理。我只能朝天看，竹林茂密，像一阵箭雨倒插入土。如果地里真的有人，他们应当会为此而受苦。

这次从镇上走去竹林，沿途几乎无法相认，粉笔小路和零散的矮房子隐没了，两三层高的小红楼成群出现，铁栅栏，玻璃房，处处力求着同城市一样的工整。游戏如果进错一个房间，后面的体验会完全不同。当我没能从姨婆家后院出发，穿过小树林，沿着一条往南的溪，而是自一堆破屋乱石中钻进竹林时，就再也无法找回记忆中那些字迹模糊的土堆。我感觉竹林在缩小，竹子变得稀疏，冷风一吹，要去的地方凭空消失了。

我犹豫着要不要打扰妙华，甚至想随意找一处石牌，把好东西大方留下，乡里乡邻的，也算完成任务了。可转了一圈，什么都没找到，只好先回镇上填个肚子。这时节，外乡人开的饮食店大多歇业了，剩几家规模稍大的本地饭馆，门外还挂着征订年夜饭的广告。手提一些俗气的特产，若被问起，总不好直说是要献给死人的，我便把东西放在门厅。走进去，靠窗坐下，几十张圆桌空无一人。直到酒水柜前的人发现了我，喊道，自己过来点菜噢，看啥吃啥。我听这声音，平心静气，不像招待人的喇叭，倒像竹管里吹出来的，总觉有些耳熟。渐渐走近，那面孔迎上来，我们几乎同时在彼此脸上识出了一个只有彼此能识出的印记。那人说，你是，叫斌斌？……还是超超？

我看着点菜板一角的“德红酒家”四个字，想起了这个叫阿德的人。

六

有过一个伤心的冬天，及要谈婚论嫁时，对方跑了，妙华人财两空。此后很久，我家没来过新的客人。妙华成天躺着，不做饭，不出门，哭哭笑笑，很快耗完了一个春节。那日我放学，见到家里难得敞着大门，她和一个陌生面孔坐在客厅里聊天，吃着瓜子，看看电视，有一句没一句地接着，好像是关于剧情，也好像是关于共同认识的人，大大方方，十分沉静。此人穿着考究，衬衫外面套一件背心，挺括长裤，皮鞋在门外工整地等候。两个人见到我，妙华喊了一声，超超回来了啊。她晓得我不喜欢喊人，并不管我。我关上房门，外面依然清静，电视剧的声音时轻时响。中途妙华进来，说阿德买了桃酥，给我拿几片尝。我才得知这个名字。

没过多久，妙华重新上班，每到休息天下午，阿德就称一斤点心过来，偶尔附几袋熟食。两个人很少进房间，阿德总是那一身套装，头发清爽，腰板笔挺，吃吃茶，聊聊天，妙华的情绪渐渐稳定。唯独一次，我回家拿作业，客厅没人，房门溜开一条细缝，隐约露出半截身体，一片黑色，背心掉在地上。我冲出去，脑子里全是前一秒见到的黑乎乎的东西。很多年后，我看到高架的水泥支柱上爬满了野草，绵延的，须状的，仍感到一阵惊恐的熟悉。

邻居们从未停止过侦察，相反，她们看起来比往常更兴奋，又更谨慎。而妙华的开门，像一种底气十足的挑衅，让对手想近而不敢近，远观又不甘心。她们中有人沉不住气了，索性跑来问我。当头一棒，我被打得不知所措，于是我开始努力寻找这个问题的答案。

阿德生得很白，个头高，上身宽阔，喉咙却很细，像竹管里来的，自带一种清凉的温度。我仔细听阿德小便，听不出是站着还是坐着，我跟踪阿德下楼，没见到转进公厕的一瞬间。很难相信这么近的距离内，我判断不出一桩大是大非。那时，学校要求所有女生剪齐耳短发，有人还没发育，正面背面都和男生无差，无论如何只是乍一眼像，细看就恍然大悟了。可阿德让我摸不着头脑，正如我从没见过哪个叔叔能让妙华安心坐着，以聊天度过一下午，我也从没见过这样一个不知如何去称呼却丝毫不感到危险的人：一位体面的男士，一位和善的女士，一个看起来绝不会临阵脱逃的相处对象。邻居们的猎奇渐渐在我身上发芽，我越看越看不明白，甚至梦到过阿德的身体，是漫画人那样扁平的，身上除了两个黑点和一个肚脐眼，什么也没有，阿德的气质是那样的气质。

有一次，妙华临时出去，阿德照常带着点心来敲门。我不知出于什么原因，私自把人放进来了。阿德坐下，我说我妈过会就回来，然后泡了茶，一壶一壶地冲。阿德去完厕所，我也去了，马桶盖安然无恙，也对，这样有礼节的人，怎么可能像我毛手毛脚。我坐下来，看阿德的脸，白，长，眼角和眉尾上翘，下颌是一个清晰的直角。阿德打给妙华，问在哪里，何时回来，语气中毫无焦急，反而满是关心。讲话的时候，好像有喉结在蠕动，又好像没有。我盯着阿德的裤裆，然后是阿德的腿，很细，裤脚管空荡荡的。我盯着阿德的背心，觉得从来不换，又好像从来不脏。在找不同游戏里找不到不同，失败令我难安。

于是我跟阿德聊天，你叫什么，住哪里，上什么班。阿德的回答一板一眼，像对待一个成年人，使我感到平等。原来阿德老家也在镇上，很早就进城了，做餐饮生意。我又问年龄，属相。阿德讲，比你妈大一点，伊属虎，我属猫。我说我早就过了听猫被骗上树错过生肖的年纪。阿德却说，真的，我有一只养在家里，其他的散养在外面。饭碗还没伸出屋顶，十几只野猫就围过来了，野猫吃起来快，地上抢完了，就爬到我手上来舔，身上来舔，晓得我围裙上全是油腻。说起猫，阿德就笑开了，我看到阿德的瞳仁以极小的幅度左右晃动，鼻翼轻微地一伸一缩，脑中便出现了这样一只猫，轻巧，安静，披着背心，远远立在檐上，分不清公母。我又问，你结婚了吗。阿德点头。有小孩吗？阿德点头，比你大一点。你小孩也属猫？阿德摇头，看你喜欢呀。我说那我选鱼。话题越扯越远。我从没想到，一个问题如果不能直截了当地问，就怎么也无法旁敲侧击地获取答案。最近这种感觉出现，是苦于不能当面问小厉，对妙华到底是真是假。成年人的忌讳是直来直往，而我当时太过急于模仿了。

那天我问了很多问题，阿德总是点到即止，那副沉静的笑脸甚至让我怀疑，对方明明知道我最想问的是什么，却稳稳地守在底线，绝不主动向前。像压在石缝里的一只老头蟋蟀，你出草，它不动，你只能一脚踢掉石头，但它知道你不会，你也知道，因为石头底下很可能还藏着红脚蜈蚣，甚至是蛇。那天阿德没等到妙华，我看着阿德起身，穿鞋，离开，始终没能踢开那块石头。我安慰自己，东西丢了过几天自然会出来，谜团也是。但很快，妙华找到新朋友了。大门紧闭，一切照旧，阿德再没来过。

七

老了以后的阿德成了一道开卷题。像整容失败的脸，不是皱纹，不是黄斑，是各处的劲道都用错了。下巴垂落，颧骨耸起，原本硬朗的轮廓被松弛的皮肤拉得模糊不清，五官陷落于膨胀的面颊，眉眼尤为挤兑，气势尽失——她比妙华显老多了。我脱口而出一句阿姨好，瞬间在心里吓了一跳，明明从没把阿德当成阿姨过，而现在，她浑身都是阿姨的样子了：穿着最普通的高领毛衣和黑色羽绒背心，微卷的红色短发，身形在虚胖和魁梧之间不定，成了另一款没有性别的人。

阿德笑着解释，一见到，名字就在嘴边，可惜记性不好啦。

我说没记错，是叫超超，便问起竹林的事。阿德说，前一阵搞郊外绿化带，靠马路的竹林全砍了，靠河的竹林划成好几段，用水泥马路隔开，她猜我只走了其中一段，等我吃好，要陪我一道去。然后推荐了几个招牌菜，荤素都有，我说吃不了那么多。

这有啥啦，吃点酒就开胃了，我请客。阿德从身后选出一瓶黄酒，叫人拿去后厨温。

我穿过包厢和门廊，见到了另一栋房子。和此前看到的小红楼格局类似，空阔明亮，院里有两个小孩蹲着玩耍，年轻女人陪护。墙上挂着全家福，正中心的中年男人旁边，依然是微卷的红色短发，正式而保守的连身裙，体面富态的笑。见到这个也许叫德红的中年女人之后，我忽然想不起阿德原来的面貌了。

找卫生间吗？年轻女人抬头，笑着给我指路。我走过去，见到附近矮棚里有鸡，有鸭，有不拴绳子的土狗。我在动物的叫声和屎味中放出一泡，抬头看了看屋顶，没有轻跃瓦片的身影。

回来时，桌上已有几碟开胃小菜。阿德走过来，问合不合口味，又问几岁了，在哪工作，结婚没，就像当年我问她一样，简单且密集。我一一回答。我们借此扯了些无关紧要的话题，比如我上大学的那座城市，养老金的交法，镇上关门的小店，即将要来的春节，然后她问起了妙华，我猜到了这一步。

我说我妈很好。话落定，心里仍犹豫着要不要多加几句，关于结婚，关于结婚的对象，主动将话题引上某条猎奇的路线。阿德却问，怎么今朝来上坟？

我顿了顿说，冬里没的。

阿德讲，亏得你用心了。出了镇的人，除开清明，没几个想到要回的。自己来的？

我说我妈在上海，过不来。

阿德没有追问，只感叹，多少年没见了，见到也认不出了。

我翻了许久，找出几张手机照片给阿德看。最近的也是夏天了，妙华穿着半身裙，齐肩发，刘海被风吹得很乱，脸笑得有点僵。那天我们走到桥上，远处是住别墅的人的屋顶花园，妙华说自己穿着小花，正衬大花，无论如何要隔空合一张影。

阿德说，啧啧，真真一点也不老。

我只好礼貌一句，德红阿姨也不老。

阿德叹道，我是，没啥讲头，真真变一个人了。然后起身去端菜。虽是谦虚的套话，我却觉出了她诚心诚意的失落。

阿德端来一碗蛤蜊汤，菜齐了，我邀她坐下一起吃。她说，店里人都是午后一顿，晚间一顿，这时段不吃的。我笑，你是老板，可不是店里人。阿德也笑，这年头，老板莫不是混得顶差的那一个。我便问起是何时回镇上开的店。

阿德说，人嘛，总归要回归家庭的，有了小孩，总要以小孩为重。你看你妈，不也是……我便夸她孙儿成双，好福气。

阿德摇手，养了一儿，就要准备好养一孙。旧年又添一个，还是男的，这下是开银行也不够用了。她说起儿子在镇上当民警，忙起来全脱手，我们就闲聊了几句她儿子办过的案子，传销，诈骗，老人遗产，婚姻纠纷之类。阿德突然说，当时你妈日子也是蛮难过的。

我只当她说的是妙华独自带我的那段时间，不愿多聊，闷头吃菜。阿德却跳了进去，再绕不出这个话题。她说，妙华的路子，人家是看不懂的。在牢里一直没舍得离，总觉得还有感情，出来了，见了面，反倒离了。人家都讲傻，讲闹笑话，我倒是蛮理解，人一定要亲自死心，才能真的死心。我愣了一会，追问这是何时的事。

阿德说完，给自己倒了一杯酒。我才明白妙华失魂落魄的那个冬天，并非为了某一桩感情。当逃兵的男人她见多了，怎么会毫无心理准备呢，她把自己锁在家里，是在犹豫更要紧的事情。但她一定不会找我商量，也不会告诉姨婆，她就这样一天天闷进被子，醒醒睡睡，想到想不动了，或许用点名点将法，逼自己做个了断。至于阿德是在这过程中，还是在一切落定之后出现的，我不确定。阿德只说，落子无悔这种道理，从来不必别人关照，自己心里都是有数的。

日近傍晚，客人渐渐多起来，阿德忙着招待，她的声音沉稳清亮，听不出过分谄媚，也丝毫不显冷淡，落落大方地安排好每一间包厢，每一桌散客，频繁在前厅和后厨走来走去，在客人和家人之间走来走去。我也开始喝酒，很少尝到这么鲜的菜。妙华的手艺一直平平，她不喜欢厨房里的事，厨房要一一摆开，她擅长的是收拾规整。我看了眼手机，才想起回复一句，已经到了。

阿德坚持要陪我去。我说你忙你的，她说预订的都来了，散客让伙计去管。我们离开酒店时，她带了几包东西，一路走一路撒，我回头，已经有几只猫蹿了出来。我问她，你现在养了多少。阿德笑说，镇上的我都认识，不比家里的鸡少。我就提起当年她教我选生肖的事。阿德大笑，选来选去，选了簿子上没有的，就过不上本命年了，吃不吃亏？我问，那你现在是选回来了？她说，我马上就轮到啦。我想了想，是鼠年。

在熟人的陪伴下边走边说，周围随之少了一丝陌生，见到竹林时，我竟完全不觉偏僻，只像散步到了家附近的公园。阿德问我坟墓的位置，我简单复述了妙华的话，她领我几进几出，头顶的天色渐渐稀疏。很快，在最茂密的一片林中，我认出了姨婆带我去过的坟，然后是姨婆自己的坟，光秃秃的，什么也没有。阿德从包里拿出一束香，我这才想起，供品还在酒店门厅放着。只好点上三支烟，从口袋里摸出一盒喜糖，我对姨婆说，我妈叫我带的，你吃一粒，开心一点。

阿德说，妙华结婚了？很快又说了一句，妙华一直没结婚啊。

我点点头。

阿德又问，你妈在上海？

我点头。

阿德将香凑近烟口，一把甩亮，插进土里，白色细线从她的脚边升到腰身，渐渐散形。她说，两个人下了班，老是跑到厂办公室看地图，我讲要去大上海，上东方明珠，看外滩。妙华讲，要去川沙。我找了很久，没找到呀。妙华就讲，同东方明珠一样，也在浦东。我笑，你真想得出。妙华讲，川沙有一条妙华路，自己没有娘家，那条路就算娘家，要到妙华路上去开汽车，穿婚纱，放炮仗，还要给路上的人发喜糖。这句话多少年了。

我用手机查了查，这条叫妙华的路细细窄窄，和此处的竹林一样，沿着一条河而动。我忽然感到快乐，仿佛已经看见妙华在这条路上走来走去，脸被西北风吹得发红，她的喜糖撒在地上，撒进河里，像炮仗屑一样满。人们走过，没留意到小厉，只当是一个女人在拍电影，纷纷停下来看。

妙华真真厉害啊。阿德说这话时，神情有些难以形容。也许是竹叶太密，也许是天色渐暗，也许她僵硬的面容早已不足以传达自己的情绪了。

阿德问我讨了支烟，她一支，姨婆三支，风渐止，烟丝上逸。我总觉得她想说什么，但她什么也没说，觉得自己应当说些什么，又想不出要说些什么。我们的沉默，和土里的沉默，让竹林轻晃起来更像人的呼吸，它们沙沙，簌簌，如同第三个人在努力弥补言语的空白，然而一开口，又让空白变得更加明显。

阿德突然打破了沉默，当时我以为小田会带你妈去的。

我说，我妈离了婚，为什么不让我改名叫于超。

阿德说，改不改掉，你都是你妈和你爸生的。

八

阿德让我带鸡蛋腌肉之类的给妙华，还要开车送我去火车站。我说不麻烦，回程打算坐大巴。心里明白，为的是一种前后分割的仪式感。告别时，阿德提出加我微信。你扫我，我扫你？她这么说，我突然想起来，那天小厉并没有通过我的好友申请，我扫了码，他不通过，我这里便是毫无印记的，如同从没做过这件事。也许我和小厉的交集，只能在妙华的话语中产生，也许小厉根本不是那个我早就认识的游戏玩家。世上这么多人，头像和ID同时重合的也不奇怪。我瞥了一眼门厅，东西还在，突然决定假装再次忘拿，希望阿德的伙计能在打烊时看到，悄悄带回家，然后带上返乡的火车，被陌生的同路人热情询问。

在酒店里，在竹林里，我有些模模糊糊的想法始终难以结成语句，关于那件马甲的去向，曾经开在城里的餐饮店，关于我所不知的妙华的年轻时代。阿德似乎会错意了，只当我的拘束是为着另一件事。也对，谁都觉得血缘是无法断绝的。于是回来的路上，我们聊几句什么，她就主动把话题扯到一个男人身上，努力以一种最不经意的表演方式，尽可能多地将信息释放给我。阿德说，小田是北面人，出狱后一直没回老家。小田又结过一次婚，不清楚和谁，后来听说离了。他们在棋牌室见过一次，急诊大厅见过一次，还在电动车修理店见过一次，小田都是一个人。问起做什么生活，小田不是说在工地上，就是在看大门。阿德叹道，估计连这些也是骗骗人的，做不长的。语气处处透出一股不屑，好像小田的不中用，是早就被她看穿了的。直到重新聊回酒店和春节，我才意识到，阿德已把她所知道的小田全部告诉我了，而我依然拼凑不出一个足够清晰的形象，除了姨婆曾提过的那首歌，正渐渐嵌入其中。

再过二十年，我们来相会。美妙的春光属于谁？属于你，属于我，属于八十年代的新一辈。

我在一位本土导演的故事片里看到过，也是小镇，也是音响，也是一些青年男女在欢唱，他们把歌词改成不雅的句子，被领导批评了，脸上还是嘻嘻哈哈。那堆篝火旁围着的人里一定会有妙华，小田，阿德，还有别的什么人，但没有小厉，更不会有我。他们有一个属于自己的竹林，遮挡天色，隐于外人，最后消失在城乡道路的灰尘里。

大巴发动，我坐在一群刚从附近厂里下班的工人之间，目睹他们一天下来的疲劳和昏倦。好几位上了年纪，车一颠，仰起头鼾声激荡。我不免想象他们的过去，其中会不会有人认识小田，会不会有人就是小田，或从我脸上看出小田。关于这点，妙华也好，姨婆也好，从没提过。也许是不够像，也许是太像反而成了忌讳。我们会不会如妙华和姨婆那样，年纪越大，就越活得像同一个人。如果是，我们见面的时候大概无法拥抱，无法落泪。如果是，很快我意识到，我们就不会碰到对方，认出对方：这成了一件无从实现的事。

但我还是停在了阿德有意提起的那个镇上。夜已深了，有钱人家在屋外放新年的鞭炮，没钱的继续守望几周以后的新年。这是二〇年代来临前的最后一夜了，一个歌里没畅想过的时间悄然而至。一些人走在路上，喝酒的，打电话的，走到半路被朋友的摩托车载走的，我来不及仔细去看。远处是大面积的黑暗，更远处是银河般耀眼的灯光，城市的集体狂欢，让此地显出过分的冷清和老迈。大多数人已睡下了，一觉醒来，有些想当然地以为自己和时间的节奏保持高度一致，有些则遗憾地认识到自己还是慢了几拍。小田呢，大概会同往常一样，没留意到什么日历，也没留意到梦里的卡车和音响被一泡蜡黄的晨尿无情冲走。

路牌告诉我，这里离光头下车的地方不远。一天结束了，不知道他后来去逛了皮革城，还是如愿看到了潮水，不知道他母亲的病和儿子的车解决了没。我想我的担心是多余的，即便白来一趟，他也不至于就此崩溃。活到那样的岁数，难以实现的东西见过太多了。过去的一切像雪球一样越滚越大，好的，坏的，叫他统统背在身上，他早就习惯了。

听说冬天的早潮是很凶的。人们无条件崇拜八月钱塘江的暴力，却很难顶住一月的刺骨和昏暗。天还没亮，人哪里能看得清潮水呢。潮水也知道来早了，只好尽力发出最大的声响让自己被听到。它们翻过丁字坝，不断上升，上升，然后爬坝，抓住堤岸，向铁丝网奋力冲去，潮头如万马奔腾，如舞龙舞狮。在黑暗中见不到黑夜，反可以暂时忘掉夜的恐怖而彻底释放。它们凭直觉朝前扑，扑向那些快要干涸的地方，虾蟹贝壳们等了很久、几乎要放弃的地方。那片土壤松软潮湿，有着最为丰富繁杂的生态，反反复复上演着拯救与遗落，绝望和希望。大部分人只见过退潮后的潮间带，他们以为此时的裸露意味着安全与平稳，他们以为所有生物都像他们一样，觉得上了岸就是劫后余生。事实上，那也是一场无比漫长的焦躁的等待。

妙华打电话来，超超，今天不结了。语气中听不出任何波动。我明白今天不结的意思，是明天、后天都不会结了。我竟有一丝放松，似乎再次得到确认，任何男性都不可能与妙华发生长久的交集，除了我。按她的话，我是她身上掉下来的一块肉。这种联结不可能在我和小田身上出现，这是男性之间无可驳斥的软肋。

我问妙华，你人在哪。她发了个定位，我见到那条熟悉的路名，便主动说起今天见到一位熟人，她托我带些鸡蛋腌肉回来，还没来得及讲名字，妙华就说，蛮好，蛮好，过年正好有货了。她开始清点今年除夕的安排，八宝饭有了，鱼、草鸡和走油蹄髈还没，哦哟，早晓得不送给姨婆了，还要排队去买，年底肉价不好看了……她的声音听起来像一阵小的涟漪，以精准老练的力度制造出常规的急促，底下冻结着不知多大多深的浪头。我说不要紧，一样一样来。我们约定明天回家见。

我挂了电话，决定继续朝前走，如果彻夜步行，也许能在四五点赶到光头要去的那个地方。天一定还没亮，那段中间地带也没什么人，我站上去，一定能听到潮水在黑暗中的呼喊，我若躺下，潮水会带我走。

2020 年 2 月

图书在版编目（CIP）数据

小花旦 / 王占黑著 . -- 上海 : 上海三联书店 , 2020.10

ISBN 978-7-5426-7154-7

Ⅰ . ①小… Ⅱ . ①王… Ⅲ . ①中篇小说—小说集—中国—当代②短篇小说—小说集—中国—当代
Ⅳ . ① I247.7

中国版本图书馆 CIP 数据核字 (2020) 第 160188 号

小花旦

王占黑 著

责任编辑 / 徐建新

特约编辑 / 黄平丽

装帧设计 / 山川制本 workshop

内文制作 / 陈基胜

责任校对 / 张大伟

责任印制 / 姚　军

出版发行 / 上海三联书店
（200030）上海市漕溪北路331号A座6楼

邮购电话 / 021-22895540

印　　刷 / 山东韵杰文化科技有限公司

版　　次 / 2020 年 10 月第 1 版

印　　次 / 2020 年 10 月第 1 次印刷

开　　本 / 850mm × 1168mm　1/32

字　　数 / 196千字

印　　张 / 10.75

书　　号 / ISBN 978-7-5426-7154-7/I・1653

定　　价 / 59.00元

如发现印装质量问题，影响阅读，请与印刷厂联系：0533-8510898